诺贝尔文学奖获奖者小说丛书

亡灵的弥撒

[法国] 法朗士 著
王艳秋 译

La Messe des ombres

ANATOLE FRANCE

江苏文艺出版社
JIANGSU LITERATURE AND ART
PUBLISHING HOUSE

图书在版编目（CIP）数据

亡灵的弥撒 / （法）法朗士著 ； 王艳秋译. -- 南京：江苏凤凰文艺出版社，2013.11（2022.8重印）
（诺贝尔文学奖获奖者小说丛书）
ISBN 978-7-5399-6436-2

Ⅰ. ①亡… Ⅱ. ①法… ②王… Ⅲ. ①中篇小说－小说集－法国－现代②短篇小说－小说集－法国－现代 Ⅳ. ①I565.45

中国版本图书馆 CIP 数据核字(2022)第 145796 号

书　　名	亡灵的弥撒
著　　者	（法）法朗士
译　　者	王艳秋
责任编辑	孙金荣
出版发行	凤凰出版传媒股份有限公司 江苏文艺出版社
出版社地址	南京市中央路 165 号，邮编：210009
出版社网址	http://www.jswenyi.com
经　　销	凤凰出版传媒股份有限公司
印　　刷	三河市燕春印务有限公司
开　　本	880 毫米×1230 毫米　1/32
印　　张	9.375
字　　数	205 千字
版　　次	2013 年 11 月第 1 版　2022 年 8 月第 2 次印刷
标准书号	ISBN　978-7-5399-6436-2
定　　价	49.00 元

目　　录

克兰科比尔

献给亚历山大·斯丹朗[1]和吕西安·吉特利[2]，他们二人——前者用其令大家交口称赞的图画，后者凭借其戏剧天分的完美塑造——赋予我那可怜的流动蔬菜商贩的卑微形象以伟大的个性。

——安纳托尔·法朗士

第一章　法律的威严

法官每一次以至高无上的人民之名义做出的宣判都体现了司法的神圣和威严。热罗姆·克兰科比尔是一个流动蔬菜商贩，因侮辱警察而遭指控，在开庭的那天，他才明白司法的威严。他坐在庄严肃穆而又阴郁的审判庭的被告席上，能够看见法官、书记官、身着长袍的律师、挂着链子的执达员、警察以及隔栏后面安静的旁听者的脑袋。他发现自己的位置高高在上，好像遭受指控、出现在法官面前是某种极致的荣誉。在大厅的最里面，布里

---

① 亚历山大·斯丹朗(1859—1923)：法国漫画家、版画家，以画猫而闻名。他是《克兰科比尔》插图作者之一，原籍瑞士洛桑。

② 吕西安·吉特利(1860—1925)：法国演员、导演。他帮助法朗士将《克兰科比尔》改编成戏剧并于1903年在剧中扮演克兰科比尔。

希庭长正襟危坐，他左右各有一名陪审官。布里希庭长胸前佩戴着一枚棕榈叶状的文化教育勋章[①]。法庭上还悬挂着一尊象征共和国的胸像[②]和一座被钉在十字架上的基督像，仿佛天堂和人间的全部法律都悬于克兰科比尔头顶，这样的暗示让他凛然生畏。克兰科比尔没有哲学头脑，所以他没去弄明白胸像和十字架上的耶稣像的含义，也没法去探究耶稣和共和国胸像在法庭上能否和谐相处。不过，这确实值得思量。因为，教皇的学说和教会的法规在许多方面和共和国的宪法和民事法律是背道而驰的。我们都知道教宗手谕录并没有被采纳。基督教会一如既往地告知民众：唯有它授权的政权才是合法的。但是，法兰西共和国却宣称，它不仰仗教皇的权威。克兰科比尔完全可以说：

“法官大人，先生们，卢贝总统没有涂过圣油。基督的圣像正高悬于你们头顶，借由普世会议和教皇之口否定了你们的权利。基督出现在法庭，要么是为了让你们铭记教会的权利，告知你们自己的权利无效，要么就毫无意义。”

布里希庭长可能会这般反驳：

“被告克兰科比尔，法国的历代统治者和教皇相处得都不融洽。尧姆·德·诺加雷[③]法官被逐出教会，但他并没因这件琐碎小事而辞职。法庭上的基督与格雷高瓦七世和伯尼思法八世时期的基督不可相提并论。你若愿意，也可以把他看作福音书里的基督，毫不知晓教会法典，而且从没听别人提起神圣的宗教手谕录。”

---

① 法国的文化教育勋章为棕榈叶状。

② 胸像是法兰西共和国的象征，名叫玛丽安娜。

③ 尧姆·德·诺加雷(13世纪中期—1313)：法国政治家、法学教授，曾任菲利普四世的大法官。

克兰科比尔可以这样作答：

“福音书中的基督是位布森古[1]。一千九百多年来，所有信奉基督的民族都坚信：基督被判刑是次错误极其严重的审判。庭长大人，若以基督的名义，我确信您未必敢判我超过四十八小时。”

可惜克兰科比尔并没有做出任何历史、政治和社会学方面的思考。他一直处在惊奇未定的状态。周围的场景和氛围让他对法庭审判萌生敬意。他恭恭敬敬、诚惶诚恐地等待聆听法官的判决。克兰科比尔潜意识里并不觉得自己犯了法，但他又觉得在法律庄严的意象面前，在社会制裁的执法者面前，一个流动果蔬商贩的潜意识是多么不值一提。而辩护律师的一席话也让他对自己的无辜感到质疑。

于是，一次仓促的概括性的预审判定克兰科比尔罪名成立。

第二章　克兰科比尔的不幸遭遇

克兰科比尔是个果蔬小贩，他手推推车，走街串巷，沿街叫卖：“卷心菜！萝卜！胡萝卜咯！”如果推车里有青蒜，他就会喊：“芦笋咯！”因为穷人们总把青蒜当成芦笋。十月二十日的中午时分，克兰科比尔正推着车沿着蒙玛特尔大街往南走，鞋店的老板娘巴雅尔太太从店里出来，走到他的推车旁。巴雅尔太太拿起一捆青蒜，略显不屑一顾地说：“你的青蒜不怎么样啊。多少钱一捆？”

---

① 1830年革命后，一些年轻的共和党人头戴硬皮帽，以“布森谷”为名，他们中大多数都参加了1832和1833年的骚乱。布森谷代表“无政府主义者”。

“十五个苏①，太太，这是市场上最好的青蒜了！”

“这三棵烂蒜要十五个苏？”

老板娘非常厌恶地把青蒜扔回了推车。

这时候，64 号警察走过来对克兰科比尔喝道：“赶紧走！”

五十年来，从早到晚总是有人警告克兰科比尔“赶紧走”。对他而言，这个命令的正确性不言而喻。为了赶紧服从命令，他督促巴雅尔太太抓紧买。

“你得让我好好挑挑。”巴雅尔太太刻薄地反驳道。

她把所有的青蒜都翻了一遍，终于挑了一捆自己觉得最好的，然后把那捆葱紧紧地抱在胸前，就像是教堂绘画里的圣人抱着代表胜利的棕榈枝。

“我给你十四个苏，十四个不少了。我身上没带钱，得回店里给你取。”

巴雅尔太太抱着青蒜往店里走。一个带小孩的顾客抢先进了店里。

此时，64 号警察第二次警告克兰科比尔：“赶快走！”

克兰科比尔说：“我在等菜钱。”

“我在让你走，没让你等菜钱！”警察语气严苛地说道。

这时，老板娘正在店里给那个十八个月大的孩子试一双小蓝鞋，孩子的母亲着急要走。翠绿的蒜头正躺在柜台上。

五十年来，克兰科比尔一直推着他的小车穿街走巷，他对权

---

① 法国货币单位。大革命前的法国货币流通比较复杂，本位币单位是里弗（Livre）。按 1726 年的规定，1 路易（Louis d'or）合 24 里弗，1 埃居（écu）合 6 里弗，1 里弗合 20 苏（sou），1795 年法郎（Franc）正式代替里弗成为本位币，1∶1 折合，1803 年确立 1 法郎合 100 生丁（Centimes）。1834 年起，其他货币逐步退出流通领域，法郎、生丁成为法国仅有的货币单位，直到被欧元、欧分取代。

威向来都是敬畏有加,不敢怠慢。但是,现在他遇到了特殊情况:此时他既有自己的权利,也有要履行的义务。他又不是个明断的人,没能明白个人的权利并不足以让他不履行义务。他太执著于自己那十四个苏,结果忽视了自己该把车推走,赶快把车推走,永远都别停留的义务。他还站在那儿等。

这时,64 号警察第三次平心静气地警告克兰科比尔快点离开。这位警察的习惯和蒙托西勒队长的态度截然相反:蒙托西勒队长是不断地吓唬人,却从不严厉惩罚;而 64 号警察虽然轻易不警告人,却动不动就做违警记录。64 号警察的秉性就是这样,虽然有点严厉,但却是名优秀的公仆、尽忠职守的军人。他既像狮子般勇猛,又像孩童般温顺。他只知道执行命令。

"我叫你往前走,难道你没听见?"

克兰科比尔有理由待在原地不走,在他看来,这个理由非常重要,他不可能认为不够充分。他简单直接地说出了这个理由:

"真见鬼!我已经跟您说了,我在等我的菜钱。"

64 号警察只回答道:

"你是要我给你开个违章记录吗?是的话,你只管说出来。"

听到他这么说,克兰科比尔讷讷地耸了耸肩,眼含痛苦地望了眼警察,然后抬起头看着天空,那种目光仿佛在说:

"但愿苍天明鉴!我是一个蔑视法律的人吗?我哪里敢无视管理我这种流动商贩的法令和规章!大清早五点钟,我就推着车到中央菜市场进货。七点钟开始,我就火急火燎地推着车,大声吆喝'卷心菜!萝卜!胡萝卜咯!'今年我整整六十岁了,累坏了。可您却问我是不是想造反不听话。您这不是成心在跟我开玩笑吗?您的这个玩笑开得也太残忍了。"

也许警察没有注意到克兰科比尔的眼神,也许他从来都没有察觉有任何可以为他开脱的理由，他只是厉声问他听没听明白。

就在这时候，蒙玛特尔大街上出现了极其严重的交通堵塞。出租马车、平板马车、运送家具的马车、公共马车、四轮大车，一辆紧挨着一辆，前辆堵着后辆，仿佛牢牢地粘在一起，怎么都分不开。从闹哄哄水泄不通的车群里升起了阵阵咒骂声和叫喊声。出租马车的车夫们和隔着老远的肉铺伙计们粗鲁地对骂。公共马车的车夫认定是克兰科比尔导致了交通堵塞，因此都骂他"脏青蒜"。

这时人行横道上聚拢了很多看热闹的人，他们专心致志地听众人争吵。警察发现自己引人注目，满脑子只想着要显示身份的威严。

"很好！"他说道。

说完从口袋里掏出了一个脏兮兮的小本子和一小截短到不能再短的铅笔。

克兰科比尔打定了主意，决定听从内心的力量，更何况此时的他已经进退两难。他的小推车的轮子不幸被一辆送奶车的轮子给卡住了。

克兰科比尔扯着鸭舌帽里的头发，大声叫着：

"我已经跟您说了，我在等菜钱。真背！真是倒霉透顶了！真他奶奶的该死！"

他这些话里表现出的绝望远胜于反抗，64号警察却认定自己受了侮辱。在他看来，所有的辱骂都必须具备"死母牛"这种传统的、约定俗成的、仪式一样，甚至可以说是宗教仪式般的形式。正是在这种形势下，他本能地把克兰科比尔的话收进了耳朵，并且烙在那里。

陷入极度惊诧和不解中的克兰科比尔，用他那双被太阳晒坏的眼睛望着64号警察，两条胳膊交叉放在蓝罩衫上。微弱、颤抖的声音时而从头顶冒出来，时而又从脚底钻上来：

“我说过死母牛？我？……啊！”

商店里的伙计和小孩子们看见拘捕个个哈哈大笑。这件事正合那些喜欢暴力场面和卑鄙局面的好事者的心意。但是一位穿着礼服、头戴大礼帽、神色忧郁的老人从围观的人群中挤出来，他径直走到警察旁边，态度温和，平心静气又信心十足地说：

“您听错了。他没有骂您！”

“管好自己的事吧！这事和您没关系！”那位老者衣冠楚楚，所以64号警察回答时没有大声吓唬。

老人固执己见，显得冷静又顽固。警察命令他去向警察分局局长解释。

这时候，克兰科比尔大声嚷道：

“我竟说过‘死母牛’？啊？”

就在他惊诧不已地感叹时，鞋店老板娘巴雅尔太太手里攥着十四个苏往他这边走来。巴雅尔太太看见64号警察拽住了克兰科比尔的衣领，她心里寻思，欠一个被带到警察局去的人的钱是不用还的，于是就把那十四个苏放回了自己的围裙兜里。

克兰科比尔眼睁睁看着自己的推车被扣押，自己失去了自由，脚陷万丈深渊，太阳也失去了光辉，他低声抱怨：

“怎么回事呀？……”

当着警察分局局长的面，老人称，由于交通拥堵，他滞留在马路上，亲眼目睹了整个经过。他确定64号警察没有遭到辱骂，是警察听错了。老人报出了自己的姓名和身份：大卫·马蒂厄医生，昂普瓦兹-巴雷医院的主任医师，四级“荣誉勋位”的获得者。换在别时，这样的证词足以让警察局局长了解事情的真相。但是在当时的法国，学者和贤人饱受质疑。

克兰科比尔被正式逮捕了，在拘留室呆了一夜之后，第二天一早他就被囚车押送到了拘留所。

在克兰科比尔眼里被监禁既不痛苦，也不丢脸，他觉得这是必须经受的。迈进监狱后，他印象最深刻的是干干净净的墙壁和方砖地板。他说：

"说到干净，这里可真是个干净地儿。真不错，完全可以在地上吃饭。"

就剩下他自己后，他想把木凳往外拽拽，但是却发现木凳是固定住的，不能动。他异常惊奇地自语道：

"真是个怪主意！这样的法子，我可想不出来。"

克兰科比尔坐下来，晃动拇指，仍旧惊奇未定。寂寞和孤独向他扑来。他心烦意乱，想着他被扣押的小推车和车上装着的卷心菜、胡萝卜、芹菜、野苣和蒲公英，心里忐忑不安。他焦虑不安地问自己：

"他们会把车子扔到哪儿去呢？"

第三天，克兰科比尔的律师——勒梅尔律师来探视他，这位律师是该协会最年轻的成员之一，还是"法兰西爱国协会"的一个分会的会长。

克兰科比尔试着把他的遭遇讲给律师听，因为他太不善表达，这对他来说可不是件容易事。其实，也许稍稍帮助一下他，他就能讲清楚。但是他的律师对他陈述的一切都毫不相信，律师一边摇头，一边查阅文件，低声说：

"哼！哼！这些卷宗里完全都看不到……"

然后，他带着厌倦，捋了捋金黄色的小胡子，对克兰科比尔说：

“为了您的利益，最好还是招了吧！依我看，矢口否认实在是蠢到家了！”

从那时起，如果克兰科比尔当真知道自己该坦白什么的话，他肯定是会供认不讳的。

第三章　克兰科比尔上法庭

布里希庭长整整用了六分钟审问克兰科比尔。如果庭长问的问题被告能一一作答的话，这场庭审必然会让案情变得清晰。但克兰科比尔生性不善争辩，又置身于这样一群人中，敬畏之感更让他有口难言，因此，他始终沉默不语。布里希庭长自问自答，每个回答都很犀利，压得人喘不过气。最后，他得出结论：

“那么您认为自己说过‘死母牛’了？”

“我说过‘死母牛’。因为警察先生先说了‘死母牛’，我之后才说的‘死母牛’。”

他其实想表达是警察出乎意料的指控把他弄懵了，在惊慌中他重复了警察加在他头上的话，而自己根本没说过。他说“死母牛”，就好像是在说：“我，侮辱别人？怎么可能呢？”

布里希庭长可不是这么理解的。

“您确定是那位警察先生先这么说的吗？”

克兰科比尔没有为自己辩解，对他来说，解释清楚这个问题难如登天。

“您不再坚持了。这么做非常明智。”庭长先生说。

庭长传证人出庭。

64号警察叫巴斯蒂安·马特拉，他宣誓自己所说属实，而且只说真话。他的证词如下：

“10 月 20 日中午，我正在蒙玛特尔大街上执勤，看见街上有个流动小商贩模样的人，违章停车在 328 号位，导致交通堵塞。我三次警告他把车推走，不要停在那儿，可是他拒不服从。我警告他要开违章记录时，他却大喊‘死母牛’。我认为这句话是对我的一种侮辱。”

这段证词说法得当、无懈可击，法官们听后非常满意。被告一方曾提出传鞋店老板娘——巴雅尔太太和昂普瓦兹-巴雷医院的主任医师、四级“荣誉勋位”的获得者大卫·马蒂厄医生出庭作证。可是巴雅尔太太什么都没看见，一句话也没听到。而马蒂厄医生在警察勒令菜贩往前走时，正挤在人群里。他的证词掀起一场风波：

“我目睹了他们的争执。”医生说道，“我发现警察说错了，其实他并没挨骂，于是我走过去跟他解释这件事。但警察坚持拘捕这个流动菜贩，还让我跟他一起去警察分局，我按照他说的做了，当着警察分局局长的面重复了自己的证词。”

“您请坐，”庭长说道，“执达员，传证人马特拉上庭。”

“马特拉，在你准备拘捕被告的时候，马蒂厄医生是否上前指出你弄错了？”

“庭长先生，他辱骂了我。”

“他怎么骂你的？”

“他说：‘死母牛’！”

旁听席上传来一阵喧哗哄笑声。

“你可以下去了。”庭长赶忙说道。

然后他警告旁听的人，如果再发生这种破坏法庭秩序的喧闹，就把他们全部清场。被告律师志得意满地舞动着长袍的袖子，这时，大家都以为克兰科比尔会被判无罪。

法庭重又安静下来，勒梅尔律师站起身，他的开场白是对巴黎警察局里警察的一番赞颂："这些质朴谦逊的人民公仆，他们挣着微薄的薪水，却受苦受累、甘冒风险，时刻展现着英雄风采。他们过去是战士，现在仍然是战士。战士，这个词就说明了一切……"

勒梅尔律师轻轻松松地对军人的品质做了极高的评价。他说自己属于那种"不能容忍任何人冒犯军队，触犯国家军队，而且以自己是军队中的一分子为傲"的那类人。

庭长点了点头。

其实，勒梅尔律师曾经是一位预备役中尉。他还是老奥德里耶特街区民主党的候选人。

他接着说道："当然，我不会不认可治安警察每天为巴黎人民所做的细微却难能可贵的贡献。如果我发现克兰科比尔曾辱骂老兵，我绝不会答应当着众人面为他辩护。有人指控我的被告委托人骂'死母牛'，'死母牛'这个说法并不是空穴来风，翻开《俚语词典》，可以看到：'母牛般的人指不怀好意、懒惰成性、游手好闲，像母牛一样懒懒地躺着不干活的人'；'母牛：警察局的眼线密探'，因此'死母牛'的确适合借指某些群体。但问题的关键是：这句话克兰科比尔是怎么说的？甚至他是否说过这句话？先生们，请允许我对此表示怀疑。

"我坚信马特拉警察毫无恶意。正如我们前面所谈，他当时在执行一项繁重的任务。他可能会因过度劳累而疲惫不堪，这样的话就会很容易出现幻听。先生们，当马特拉先生走上证人席，对大家宣布，科学界的骄子、上层人士、四级'荣誉勋位'得主，昂普瓦兹-巴雷医院的主任医师，大卫·马蒂厄医生也说过'死母牛'时，我们不得不认为马特拉被强迫症纠缠。如果我的用词不过分的话，我觉得他有被迫害妄想症。

“况且，即便克兰科比尔喊了‘死母牛’，我们也得弄明白他说这话是否就犯了轻罪。克兰科比尔是个私生子，她母亲是个放荡、酗酒的小商贩，患有先天性酒精中毒症。你们看他现在这副傻头傻脑样儿，那是六十多年悲惨生活的产物。先生们，你们会说他根本负不了法律责任呢。”

勒梅尔律师坐下来，布里希庭长含糊不清地宣读判决：热罗姆·克兰科比尔被判十五天监禁，罚处五十法郎。法庭偏听偏信了警察马特拉的证词。

克兰科比尔被押着走过法院里阴森漫长的走廊，极其渴望得到人们的同情。他转向押送自己的治安警察，连喊三声：

“长官！……长官！……喂，长官！……”

克兰科比尔长叹道：

“要是半个月前有人告诉我会遇到这档子事就好了……”

后来，他念头一转：

“这些先生们讲话也太快了。他们说得真好，就是太快。没办法向他们解释明白……长官，您不觉得他们讲得快吗？”

那位警察只自顾自地往前走，不但没作答，连头都没回。

克兰科比尔问道：“您怎么不回答我呢？”

警察依旧默不作声。克兰科比尔极其悲怆地对他说：“别人还和狗说话呢？您为什么不搭理我？您总不开口，不怕得口臭吗？”

第四章　为布里希庭长辩护

宣判之后，一些旁听者和两三位法官走出了审判庭，书记官通知另一宗诉讼案开庭审理。走出法庭的人对克兰科比尔一案没什么看法，他们已然没有丝毫兴趣，也就不必费心思量。唯有偶然来法院旁听的铜版画家让·勒尔米特先生还在琢磨刚才亲历的一切。

他把手搭在约瑟夫·奥巴雷律师的肩上，对他说：

“我们应该表扬布里希庭长，因为他控制了人们那徒劳无益的好奇心，以免滋生出想把一切都弄得清清楚楚的骄傲和自满。如果法官对比警察马特拉和大卫·马蒂厄医生的证词，就会发现二者南辕北辙，他也会充满疑窦，左右为难。依照批评的准则去审理案件，这种方法和良好的审判制度南辕北辙。如果法官草率地采取这种方法，他就会依照微不足道的个人观察和人类根深蒂固的弱点而做判决，那又何来权威？我们不可否认历史方法根本无法让他得到他需要的可靠性。这可能让我们想起瓦尔特·拉雷[①]的故事来。

“瓦尔特·拉雷被囚禁在伦敦塔中。一日，他像平常一样在撰写《世界史》第二部分时，窗下传来一阵嘈杂声。他走到窗前，看人们争吵，然后继续写书，他以为自己把这次吵架了解得一清二楚了。第二天，他跟一位朋友谈起这事，恰巧这位朋友当时在场，还参与了吵架，可是瓦尔特·拉雷所说的与他朋友所见的截然不同。他思量着，发生在自己眼皮子底下的事都会弄错，更何况那些发生在遥远时代的事情，弄清它们的真相一定是难上加难。于是，他把自己那本历史著作的草稿付之一炬。

“假如法官们有和瓦尔特·拉雷一样的担忧，那他们也会把

---

① 瓦尔特·拉雷（1552—1618）：英国大臣、航海家、作家。伊丽莎白一世在位时得宠，1603年雅克一世登基后失宠，被囚禁于伦敦塔，后获释赴美洲探险。在探险途中，与西班牙人发生争执，回英国后被捕，在西班牙大使的唆使下被斩首。主要作品有《世界史》（未完成）。

所有法律文本统统烧毁。但他们没有这个权利，他们要是这么做，就是对司法的否定，就是犯罪。他们要放弃的是查明案件真相，而不是审判。那些希望法庭的判决建立在对事实条分缕析的研究之上的人，是危险的诡辩家，是民事审判、军事审判狡猾的敌人。布里希庭长颇具司法思想，不会让理智和思考来决定他的判决，以免判决结果引起人们无休无止的争论。他把审判建立在条条框框之上，以传统为基，正因此，其权威性和教会戒律几乎如出一辙。我听得出来，他的判决是从为数不少的宗教判决里抽取出来的。比如，您看到了，他对证词的分类不是按照那些不明确的、富有欺骗性的特性，比如真实性和人的诚实，而是遵循一些内在的稳定特征。他以武器做砝码，小心衡量。还有什么比这更简单，更明智的方法呢？他坚持认为那位治安警察的证词无懈可击，形而上学地把那位警察设想成花名册上的一个编号，把他归为最出色的警察一类。在他眼里，并不是生于科西嘉①的马特拉不可能犯错。他从不认为巴斯蒂安·马特拉有什么深邃的洞察力，能运用精确严格的方法考量事实。说实话，他在意的不是巴斯蒂安·马特拉这个人，而是 64 号警察这个身份。他认为人人都可能犯错，皮特和保罗②可能被误解，笛卡尔③、伽桑狄④、莱布

---

① 科西嘉：地中海西部的岛屿，法国一个省份。

② 皮特和保罗都是《圣经》中基督的使徒。

③ 笛卡尔（1596—1650）：法国哲学家、物理学家、数学家、生理学家，解析几何创始人。主要著作有《方法谈》、《形而上学的沉思》、《哲学原理》等。

④ 伽桑狄（1592—1655）：法国唯物主义哲学家、物理学家、天文学家。主要著作有《伊壁鸠鲁哲学大全》。

尼茨[1]、牛顿[2]、比夏[3]和克洛德·贝尔纳[4]都可能犯错。所有人随时随地都可能犯错，犯错的原因则多得数不胜数。感官的直觉和大脑的判断是错误之源泉，是事物糊里糊涂的起因。不应该听凭一面之词：只有一人作证，等于无人作证。但我们可以信赖一个号码，生于森托山的巴斯蒂安·马特拉可能犯错，但64号警察，撇离了人的本性，是不可能犯错的。在号码这样的实体上，完全没有人类令人困惑、堕落、受骗上当的东西，它是纯粹的、持久的、毫无掺杂的。正因如此，法庭毫不犹豫地摒弃了大卫·马蒂厄医生的证词而选择了64号警察的证词，因为马蒂厄医生是一个个人，而64号警察却是个纯粹的概念，犹如降临法庭的一道圣主灵光。

“布里希庭长这样做，能够确保自己不犯错，这也是法官所追求的唯一目的。如果证人身佩军刀，那就应当听从军刀的陈述，而不是证人的。人理应受到蔑视，因为人可能犯错，而军刀不会，它永远是对的。布里希庭长深刻地领悟了法的精神。社会建立在法律之上，权力作为社会令人敬畏的基础应该得到尊重，而司法机关正是行使权力的部门。布里希庭长知道64号警察是最高权力的一个小小部分，最高权力就体现在它的每位官员身上。损害64号警察的权威就等于削弱国家的权力，正如波舒哀[5]用他非凡的语言所说的，‘吃朝鲜蓟的一片叶，就是吃掉整株朝鲜蓟。’

“一个国家的所有利剑都应同指一个方向。若剑锋相对，共

---

① 莱布尼茨（1646—1716）：德国自然科学家、数学家、唯心主义哲学家。

② 牛顿（1642—1727）：英国物理学家、数学家，在光学、热学、天文学、数学方面都卓有建树。主要著作有《自然哲学的数学原理》等。

③ 比夏（1771—1802）：法国解剖学家、生理学家。主要著作有《普通解剖学》。

④ 克洛德·贝尔纳（1771—1802）：法国生理学家。

⑤ 波舒哀（1627—1704）：法国作家，著有百余篇说教词，宣扬天主教教义。

和国就会颠覆。也正因如此，法官依据 64 号警察的证词公正地将犯人克兰科比尔判处了十五天监禁和五十法郎的罚金。我仿佛听见布里希庭长亲口解释激发他做出判决的那些堂皇而崇高的缘由。他仿佛在说：‘我依照 64 号警察的证词来审判此人，因为 64 号警察是警察力量的一部分。为了证明我的明智，请设想一下我采取相反做法的结果。如果我做出反对权力的判决，我的判决就不会得到执行。先生们，请注意，只有得到权力的支持，法官们的判决才能得到服从。没有警察，法官不过是可怜的空想家。如果我判一位警察有错，那就会祸及自身。更何况法律的精神也反对这么做，解除强者的武器，而武装弱者，就意味着改变社会秩序，而我的使命是维持社会秩序。司法就是将存在的一切不公行为合法化。谁见过它与征服者对立，和篡权者背道而驰？一个不合法的政权被建立起来，司法的任务仅仅是认可它，使其合法。一切都只不过是形式而已，有罪和无辜之间只隔着一张印花公文纸的厚度。全是你的问题，克兰科比尔，谁让你不是强者呢？如果在骂完‘死母牛’后，你能成为皇帝、独裁者、共和国总统或者只是一名市议员，我都可以向你保证，绝不会判你十五天拘留和五十法郎罚金。我会免除你的一切处分，这点你大可放心。’

“毫无疑问，布里希庭长肯定会这么说，因为他具有司法头脑，深知一名法官对社会肩负着什么职责。他始终有条不紊、规规矩矩地维护着社会准则。司法是社会性的，只有那些刚愎自用的人，才希望它是人道的、合理的。司法是依照固定的法则执行的，而不是服从感情或智慧的灵感一闪。特别是，别要求司法能够公正，司法没必要是公正的，因为它本身就代表了公正。我还要对您说，只有在无政府主义者的脑袋里才会冒出司法公正的念头。当然，马尼奥庭长[①]做过公正无私的判决，但是如果这些判决都被颠倒，也依然是公正的。

“真正的法官在权衡证词时以武器为砝码。克兰科比尔的案子如此，其他著名的案例里也不例外。”

让·勒米尔特先生一边这样说着，一边在休息室里走来走去。

约瑟夫·奥巴雷律师很熟悉法院的情况，他搔了搔鼻尖回答道：

“如果您想听听我的看法，我会说我不相信布里希庭长能达到那么高的形而上学层面。我认为，他之所以接受并认为 64 号警察的证词是真的，完全是依样画葫芦，只是效仿其他的法官。大部分人都模仿别人，因为人们尊敬循规蹈矩的人，信赖和别人行为一致的人，把他们称为好人。”

第五章　克兰科比尔服从共和国法律

克兰科比尔被押回牢房，坐在拴着链子的凳子上，心里充满了惊讶和崇敬。他自己并不清楚法官做了错误的审判——法庭仪式何等庄严，把内在的弱点都掩藏了。他不可能相信自己有理由反对法官的判决，因为他根本连判决都没弄明白——在如此壮观的场面下，他根本不可能发现有什么不对头。克兰科比尔从未做过弥撒，也没去过爱丽舍宫，他活了一辈子也没见过可以和轻罪法庭的审判相提并论的庄严场景。他清楚地知道自己没喊过

---

① 马尼奥：法国法官、政治家，1887 年任法国下托蒂埃里法庭庭长。他的一些判决建立在公正而不是严格的法律基础上，对当时的社会结构进行了毫不掩饰的抨击，为他赢得了“好法官”的称号。

“死母牛”，却因为喊了这句话被判处十五天监禁，在他看来这里一定有某种庄严神秘的东西。这神秘的东西是宗教信徒虔信谨遵却并不理解的信条，是一个难以捉摸、惊奇万分、引人崇拜却又畏而生惧的启示。

这位可怜的老人承认自己因为神秘地冒犯了 64 号警察而犯了罪，就如同教理课上小男孩承认自己犯有夏娃的原罪一样。法庭说他喊过“死母牛”，所以，他一定是用一种神秘的、自己都不知道的方式喊的。他被送到了一个超然的世界里，而判决书就是他的启示录[①]。

如果说克兰科比尔对轻罪没有明确的概念，那么他对处罚的概念就更模糊不清了。判决这件事对他而言是一场庄严崇高的仪式，让他眼花缭乱，觉得深不可测。而且，他也不能和别人讨论，对这件事既不能加以颂扬也不能感到遗憾。就算此时他看见布里希庭长拍打着白翅膀，从天花板的一个洞里从天而降，额前一圈光环，他也不会对这彰显司法荣耀的新形式感到惊讶。他会说：“这是在继续审理我的案子呢！”

第二天，他的律师来看他：

“喂，老人家，情况还不至于太差劲吧？千万别灰心。两周很快就过去了。我们没什么可抱怨的。”

“这个嘛，我必须说那些先生们非常友好、很有礼貌，一句粗话都没说。真有点难以置信。那个保安警察还带着白手套，您注意到了吗？”

“仔细考虑后发现我们认罪是对了。”

“或许吧。”

---

① 《圣经 · 新约》里的一卷。

“克兰科比尔，我有个好消息要告诉你。有一位好心人，听我说了你的情况后，很关心你的境况，他给了我五十法郎，用来支付你的罚金。”

“您什么时候把这些钱给我?”

“这些钱要交到书记官那儿。你不用操心了。”

“都一样。无论如何要谢谢那位好心人。”

克兰科比尔陷入了沉思，他低声说道：

“我遇到的这事可不一般。”

“不要夸大其词，克兰科比尔，像你这种情况并不少见，多得很哪!”

“您能告诉我他们把我的推车扔到哪儿去了吗?”

第六章　公众面前的克兰科比尔

出狱后的克兰科比尔依旧推着车在蒙玛特尔大街上叫卖：“卷心菜！萝卜！胡萝卜咯!”对于此番遭际，他既不感到光荣，也不觉得丢脸。这次遭遇并没有给他留下沉痛的记忆，在他看来，这不过就像是一场梦、一次旅行甚至一个游戏。但是，话说回来，能够走在泥泞的街上，沿着步行街叫卖，抬头看下雨前头顶上像臭水沟一样脏兮兮的天空还有城镇里的漂亮蓝天，他感到非常满足。每到一个转角他都要停下来喝一口酒，然后，心情快乐，无拘无束。他朝手心里吐口唾沫，润润布满老茧的手掌，然后抄起车把，推车上路。这个时候，一些和他一样可怜兮兮、早晨在街上觅食的麻雀伴着他熟悉的叫卖声“卷心菜！萝卜！胡萝卜咯!”，呼啦啦飞走了。一位老妪走过来，边挑芹菜边问他：

“克兰科比尔老爹，你这是出什么事了？有三个星期没看见你了。你生病了吗？你的脸有些苍白。”

“告诉你吧，马约希太太，我过了几天清闲日子。”

除了酒馆去得越来越频外，克兰科比尔的生活没有丝毫改变。他觉得自己是在过节，在酒馆里还认识了一些好心人。他乐乐呵呵地回到自己的阁楼，倒在床上，把麻袋拉过来盖在身上，那麻袋是街角卖栗子的小贩借给他当毯子用的。他心想：“蹲监狱也不算糟糕，那儿要啥有啥。不过，说来说去还是自己家好呀！”

可是好景不长。很快他就发现他的主顾看他的眼光有些异样。

“好芹菜呀，库安特罗太太！”

“我什么都不买。”

“什么！什么都不要？您总不能靠吃空气活着吧？”

库安特罗太太没搭理他，走进了面包店，她是那家店的老板娘。过去，商店的老板娘、女看门人常把他装着各色蔬菜的推车围住，不愿离去。现在，她们一看见他扭头就走。他走到“守护天使”鞋店，当时他就是在那儿吃的官司。克兰科比尔喊道：

“巴雅尔太太，巴雅尔太太，您上次还欠我十五个苏呢。”

当时巴雅尔太太正坐在柜台旁，压根就没打算回头。

蒙玛特尔大街上所有的人都知道克兰科比尔老爹蹲过监狱，现在街上没一个人认识他了。他被判刑的消息一直传到市郊，就连里歇大街吵吵闹闹的角落都知道了。克兰科比尔走到里歇大街的时候已快中午时分，他看见那位和蔼忠诚的老主顾——洛尔太太正俯下身子，在小马丁的车里挑一棵大个儿的卷心菜。她的头发像一团松松垮垮的卷曲金线，在阳光下闪闪发光。小马丁，那个无赖，坏蛋，正手贴胸口地跟她打包票说，别人卖的菜都没有他的好。看到这一幕，克兰科比尔的心都碎了。他把车子推到小马丁的车前面，用埋怨、颤抖的腔调对洛尔太太说：

“抛弃老卖主可不太公平。”

正如她自己承认的一样，洛尔太太并不是什么公爵夫人。她对囚车和监狱的看法也不是上流社会里那样的。但一个人无论做什么职业，都可以清清白白，不是吗？人人都有自尊心，都不愿意和一个监狱里放出来的人打交道。因此她装出一副厌恶的神情，算作是对克兰科比尔的回答。这个卖菜的老头感到自己受了奇耻大辱，大声吼道：

“臭婊子！去你的！”

洛尔太太放下手里的卷心菜，喊道：

“啊！滚开，老惯犯！刚从监狱里放出来，居然就开始骂人。”

如果克兰科比尔冷静的话，是决不会责备洛尔太太的职业。他心里清楚，一个人在生活中不是想干什么就能干什么的，谁都不能决定自己的职业，他也知道做什么的都有好人。他过去一向谨慎，从不过问女顾客是干什么的，也不鄙夷任何人。这次他一连几次骂洛尔太太婊子、烂货、骚娘们儿。爱看热闹的人在洛尔太太和克兰科比尔身边围了一圈，听着他们你来我往、唇枪舌剑地对骂。要不是来了一个警察，他们会一直你一句我一句地骂个没完没了。那位警察一声没吱，一动没动，弄得他们也一下子沉默不语了。克兰科比尔和洛尔太太终于分开了，但是经过这一番争吵，克兰科比尔在蒙玛特尔和里歇大街的居民心目中的形象一落千丈、声名狼藉。

第七章　后　果

克兰科比尔一边走一边嘟囔：

“肯定是个婊子。没人比她还不要脸。”

但是，在他心里，他却并不是因为这个而辱骂她，他骂她并不是因为瞧不起她的营生。相反，他甚至因此而敬重她，他知道她非常节俭，规规矩矩。以前他们喜欢一起聊聊天。洛尔跟他说起住在乡下的父母，他俩的共同心愿——有个小花园，养点家禽。一直以来，洛尔太太都是他的好主顾。一看见她在小马丁，那个脏兮兮、一无是处的混蛋那儿买卷心菜，他就被重重地刺痛了。当她假装出看不起他的神情，他实在忍无可忍了，然后就吵了起来！

唉，无独有偶，最糟的是把他视作灾难的人不只洛尔太太一个，再也没有一个人和他打交道了。面包店老板娘、库安特洛夫人、“守护天使”鞋店的巴雅尔太太，她们全都和洛尔太太一样，看不起他，嫌弃他。整个社会都不想和他打一点交道，该怎么办呢？

一个人就因为蹲了十五天监狱，结果连卖大葱的资格都不够？这公平吗？一个老实人，就因为和警察有点过节，就要眼睁睁地被饿死，天理何在呀？如果他再也没法卖菜，那就只能等死了。

就像酿坏了的葡萄酒，他日渐尖酸刻薄。自从和洛尔太太吵架后，他动不动就和别人吵起来。为了一点鸡毛蒜皮，他就毫不顾忌地揭主顾的短。只要她们买菜时稍微挑长了点时间，他就说她们是小气鬼、穷鬼。在小酒铺里也是这样，他责骂那些酒友。卖栗子的小贩曾是他的朋友，现在也完全认不出他来了。他说，老克兰科比尔已经变成了一只真正的刺猬。确实如此，他变得粗暴无礼、很难相处、说话粗鲁、油腔滑调。这都是因为社会制度不完善，但他很难像自然科学家或政治学院的教授一样，把社会体制的弊端和改革的必要性陈述清楚，何况他的想法又很跳跃，根本没有条理。

不幸使他变得越来越蛮不讲理。他对那些并不想伤害他,有时比他还弱小的弱者发起报复。有一天他喝醉了,打了酒商的儿子阿尔封思一记耳光,就因为那孩子问克兰科比尔蹲监狱什么感觉。克兰科比尔边扇耳光边说:

"小混球,你老子靠卖高级劣质酒发家致富,他才应该进监狱。"

这个举动和这番言论让他身败名裂。那位卖栗子的小贩一语道破,他说:"不该对一个孩子大打出手,也不该用他父亲的过错惩罚他,因为儿子并没有选择父亲的权利。"

克兰科比尔开始酗酒。他挣的钱越来越少,喝的反而越来越多。他从前节俭度日,思维清醒,现在连他自己都弄不明白怎么变成了这个样子。

"我从来就不是个胡吃海喝的人,可能人越上了年纪越不长进吧!"他忖度道。

有时他也严厉谴责自己的放纵和懒散:

"克兰科比尔,老伙计,你除了举杯喝酒外,啥也干不了呀!"

他有时还自欺欺人地告诉自己,他喝酒都是有正当需求的:

"我得时不时地喝点,得给自己壮壮胆,提提精神。我这身子里烧着一团火,只有这东西才能把火浇灭。"

他经常赶不上早上的蔬菜拍卖,只能进到别人赊给他的质量很次的蔬菜水果。有一天,他觉得疲惫不堪、灰心丧气,就把推车扔在了棚子里,在卖下水的罗丝太太的肉铺附近和中央菜市场所有的酒铺里闲晃荡了一整天。到了晚上,他坐在一只篮子上,陷入了沉思,意识到了自己的衰老。他回想起年轻时的意气风发;他那繁重的劳动和不错的收入;那些数不清的简单重复却又充充实实的日子；他回想起天还没亮，自己在中央菜市场上来来回回，等着蔬菜批发拍卖；他想起自己把一抱抱蔬菜细心地摆到推车上，匆匆把泰奥多大娘那一杯滚烫的黑咖啡一饮而尽；回想起自己在熙来攘往的街上推着车，洪亮的叫卖声像雄鸡啼鸣一样，刺破清晨的空气。他做牛做马、清白艰难的生活都浮现在了眼前。半个世纪以来，他一直用他流动的蔬菜摊，把园子里的新鲜蔬菜送到夜里难眠、饱受忧苦的市民手里。他摇头、叹着气道：

“完了，我变了。我是完蛋了。瓦罐从井里打水，碎也不离井边。而且，吃了那么一场官司，我的脾气全变了。我再也不是以前的那个我了，不是啦！”

最后，他完全垮了。一个人沦落到那种境地就好像倒在地上再也爬不起来。所有路过的人都能踩他几脚。

第八章　最终结局

困厄，极度的困厄来袭。以前这个卖菜的老头能从蒙玛特尔区带回装了满满一袋子装着一百苏的硬币，现在却连一个子儿都见不着了。冬天到了。他被从阁楼里轰了出来，只能睡在车棚的推车下面。雨下了好些日子，阴沟里臭水泛滥，把车棚给淹了。他就蜷缩在推车下面，身边是难闻的臭水，四周都是蜘蛛、老鼠和恶猫，在恶臭的黑暗里他的脑袋里想着什么。已经一整天没吃东西了，卖栗子的小贩借给他的麻袋也没了，他想起在监狱里度过的那两个星期，那里供吃供住。他羡慕起囚犯的日子来，他们不用挨饿受冻，于是他灵机一动：“咱都知道那个绝招了，为啥不用用呢？”

他站起来，走到大街上。刚过夜里十一点，夜色漆黑，天气寒冷。天飘着毛毛细雨,比大雨还刺骨。零星几个路人从屋檐底下匆匆走过。

克兰科比尔走过圣欧斯塔西教堂,拐进了蒙玛特尔大街。街上冷冷清清的。一名治安警察站在教堂圆室的人行道上的一盏煤气路灯下面。可以看见灯光下跳跃在他四周的棕红色的丝丝小雨。雨水打在他的风帽斗篷上。警察看起来瑟瑟发抖,但是或许是因为他喜欢光亮,或者是他不想再走了,他就站在那盏路灯下,没准还把路灯当做朋友,让灯陪着他。孤单的夜晚,这闪烁的灯光是他唯一的倾诉对象。他一动不动,完全不像是人能做到的。他的靴子倒映在湖水一般的湿漉漉的街道上,把他的下半身拉得特别长,远远望去,好像是一头半个身子露出水面的两栖巨兽。走近一看,则全然一副修道士或军人的模样。他粗糙的脸部轮廓在风帽的影子里显得更宽大了,表情忧郁而平静。他留着短短的灰色的浓胡子。看上去有四十多岁。

克兰科比尔轻轻地挪到他面前,用犹犹豫豫、微弱的声音说道:“死母牛!”

然后,他开始等待这句行话的效果,但这句话并没引起什么反应。警察依旧一动不动、一语不发,双臂交叉着插在短大衣里。他眼睛睁得大大的,在黑暗中闪着亮光,用满含忧伤、警惕和鄙夷的神情望着克兰科比尔。

克兰科比尔顿感惊奇,但他还是下定了决心,结巴着又说了一句:“死母牛。我说你呢!”

在这飘着刺骨细雨的凄冷寒夜里,警察沉默了良久,然后终于开腔了:

“不该说这话的……确实不该说这话。您这么大年岁应该知道。快走吧。”

“您为啥不抓我?”克兰科比尔问道。

警察摇了摇带着湿漉漉风帽的脑袋:

“如果把所有说了不该说的话的酒鬼都抓起来,我们可就有事干了!……可是,那又有什么用呢?”

如此宽宏大量的蔑视让克兰科比尔非常沮丧,他神情木然、呆呆地在水沟里站了很长时间。要走前,他试着解释:

“我说‘死母牛’不是针对您,也不是针对别人。这么说就是一个想法。”

那位警察严肃而和蔼地说:

“无论是个想法还是什么别的,都不该这么说。当一个人正履行职责,忍受痛苦时,不应该用这些无聊的话侮辱他。我再说一遍,走你的路吧!”

克兰科比尔低着头,摆着双臂,一头扎进了黑暗的雨夜。

莉莉丝的女儿
——献给让·浦西卡里

我前天晚上离开巴黎,在火车车厢的角落里熬过了漫长而寂静的雪夜。在一个不知名的地方悲惨地等待了六个钟头后,只在第二天下午找到了一辆农民种田用的马车能把我送到阿尔提格。道路两旁的平原起起伏伏,这片昔日曾沐浴阳光的平原,如今已被重重白雪掩埋,葡萄藤弯弯曲曲的黑色藤茎胡乱地在雪地上蔓延。车夫温和地赶着他的老马,田野里无垠的寂静偶尔被一只鸟的哀鸣打破,那叫声凄厉至极,仿佛鸟已命悬一线。我在心里默默地祈祷:“上帝,仁慈的上帝,请把我从绝望和悔恨中解救出来吧,千万不要让我犯下永远不可宽恕的罪过呀!”后来,我看见那轮毫无光芒的红太阳,像血红色的圣体饼一样,渐渐朝地平线落下去。我想起了骷髅地的受难,感觉希望正走进我的灵魂。车轮继续碾压着厚厚的积雪。最后,车夫终于拿起他的鞭子指向阿尔提格的钟楼。那座钟楼矗立在混沌的红色阴霾里,宛如一个幽灵。

车夫说:“我说,您是要去神父的宅邸吗?您认识神父?”

“我还是个孩子的时候就认识神父了,我是他的学生。”

“神父是不是特别有学问?”

“朋友,萨弗拉克神父不但知识渊博,而且德高望重。”

“大家都这么说,但是他们也有别的说法。”

“朋友，他们还说什么？”

“他们想怎么说就怎么说，随他们的便。”

“他们还说了什么话？”

“呃，有人说神父是个占星师，而且他还会算命。”

“真是胡说！”

“我从不说别人长短。不过如果萨弗拉克神父不是占星师也不是巫师的话，他为什么还要花那么多时间读那么多书呢？”马车在神父宅邸门口停了下来。

我离开了那个笨蛋车夫，跟着神父的仆人去拜见她的主人。房间里，桌盘已经摆好。自上次别过，三年间神父发生了很大变化。他高大的身躯变得佝偻，脸颊清癯，敏锐的双眼在瘦削的脸上闪着光彩。他的鼻子似乎长得更长了，向下压倒在单薄的嘴唇上。我扑进他的怀里，抽噎着喊道：“神父，我的神父，我来见您是因为我有罪！我的神父，我最亲爱的师长！您高深神秘的学问震撼了我的灵魂，请用您慈爱的心肠温暖我的心灵吧，将您可怜的孩子从悬崖边缘解救出来吧！我唯一的朋友，救救我吧，为我指明方向吧！您是我唯一的光明，请为我照亮吧！”

他拥抱我，脸上带着和蔼慈祥的笑容，一如我少年时经常感受到的慈祥和友善。他后退了几步，好像是为了能更清楚地看到我的模样。

“噢，又见面了！”他说道。神父用他家乡的习俗迎接我。萨弗拉克神父出生于加伦河畔一个盛产葡萄酒的地方，他家乡的美酒似乎也是他无私、芬芳的灵魂的象征。

萨弗拉克神父曾在波尔多、普瓦捷和巴黎教授哲学，并享有盛名，但是他却将在故乡当位神父作为给自己的唯一奖赏。他的故乡，是他生于斯，也想葬于斯的地方。他已在阿尔提格做了六年神父了，在这个落寞未开化的乡村，他实践着谦卑的虔诚，钻研着精神的学问。

“噢，又见面了，我的孩子！”他重复着刚才的话，“你写信给我，说要来这里看我，真是让我颇为感动呀！你真的没有忘记曾经的老师吗？”

我真想跪到他的脚边。

“救救我吧，请您救救我！”我结结巴巴地说。

但是他用既专横又温柔的手势打断了我。

“阿里，明天你再讲给我听吧。你要先暖和暖和，然后吃晚饭。你一定饿坏了，渴坏了。”

女仆端上来一盆冒着浓郁香味的汤。女仆是一位老妇人，头上裹着一块黑方巾，在她布满皱纹的脸上，既能觅得特有的美貌，又有遭沧桑岁月洗劫后的丑陋。虽然我心里悲痛，然而这处圣洁居所的静谧、美酒、热腾腾的饭菜却一点一点地温暖我的心。吃晚饭的时候，我几乎忘了自己来到神父家里是为了将懊悔的悲伤化为丰沛的悔过甘霖。重见神父我想起了很久以前在大学上他的哲学课时我们共同度过的时光。

“阿里，”他对我说道，“你曾是我最优秀的学生。你聪慧机敏，才智过人，敢于不断超越老师的思想，这也是我为什么很快就喜欢你的原因。我欣赏有胆量的基督徒，当亵渎信仰变得越发不可遏制，信仰就不应该再怯懦了。现在的教堂里只有温顺的绵羊，但是那里理应有狮子。谁会把那些知识广博的神父和博士还给我们呢？真理像太阳一样，需要用锐利的目光去审视。”

“啊，萨弗拉克先生，您以这种大胆的眼光看待所有问题，从来都不会眼花缭乱。我记得您那些前沿的观点时常令您的同僚目瞪口呆，而您的个人生活却圣洁得备受称赞。比如说，您倾向于承认居住人口的多样性。”

萨弗拉克先生双目放光。

“那些胆小的人读了我的书会怎么说呢？阿里，在这片美丽的天空下，在天主用热爱造就的这块土地上，我沉思默想，默默耕耘。你知道的，我掌握希伯来语、阿拉伯语、波斯语，也懂得几种印度方言。你也知道我给这个村落带来了丰富的古典文献藏书。我也一直致力于古东方国家语言和传统的研究。在天主的帮助下，我的这些努力和付出并非一无所获。我已经完成了《起源》一书。在《起源》里，我重新佐证和肯定了《圣经》注释本，那些亵渎宗教的人，一直以为从《圣经》注释本中看到了朝夕之间的毁灭。阿里，仁慈的上帝最终希望知识和宗教能够达成和解，我以此为出发点，为了实现这种和解。虽然受圣灵启示的《圣经》只说真的东西，但是它并没有表达出所有真的东西来。《圣经》试图让我们相信如何让灵魂得救才是唯一的目的，因此对它来说，除了这个伟大的目的外，其他都是无足轻重的。《圣经》的构思既简单又广阔，它包括了原罪和拯救，是人类的神圣历史；然而它既完整又有局限，那里没有收录任何满足世俗好奇心的故事。可是，不应该纵容亵渎宗教的知识长久地亵渎上帝的沉默。是时候说‘不，《圣经》没有撒谎，因为它没有把一切都显示出来’，这就是我想表达的真理。在综合了地质学、史前考古学、东方宇宙起源论、赫梯人和苏美尔人的古迹、迦勒底和巴比伦王国的传统以及犹太法典中保留下来的古代传说之后，可以肯定在亚当之前已有人类出现；而受《创世纪》启发编纂《圣经》的作者却对此只字未提，唯一的原因就是他们的存在与亚当子孙的永世幸福毫无关系。而且，在研究了《创世纪》的前几章之后，我确证在没有文字记载的远古时期，一共发生了两次造物，而第二次仅仅是为了亚当和他的后裔的需要对某个地方的改写。”

停了一会儿之后，他声音低沉，虔诚而庄重地接着说：“我，马蒂亚尔·萨弗拉克，不称职的神父，神学博士，我像个听话的孩子一样服从圣母——教会的权威，我十分肯定地认定——我们的圣父、教皇和教规，并不受我所认定的事物的影响——按照上帝的形象创造的亚当有两任妻子，夏娃是第二位。”

他说的每个字渐渐地吸引着我，让我对这些话非常感兴趣。当萨弗拉克先生将双肘放到桌子上时，我察觉到他的一些失望，他对我说：“不谈这个话题了。也许，哪天你就能够看到我的书，书里更清楚地阐明了我这个观点。为了严格履行义务，我必须将书稿呈交给主教阁下，请求他的批准。书稿现在正在总主教的宅邸，我每时每刻都在期待一个令人满意的答复，对此我非常有信心。我亲爱的孩子，尝尝从林子里采回来的蘑菇吧，还有本地的美酒，不得不承认这里就是第二个希望之乡，而第一个只是幻想和寓言罢了。”

从此时起，话题回到了我们共同的回忆上来，谈话越来越亲切。

“是的，我的孩子，”萨弗拉克先生说，“你是我最喜爱的学生，上帝允许人们有所喜好，只要它们是在公平的基础上作出的判断。所以我很快就从你身上看到了一个人和一个基督徒具有的品质。你犹豫不决，瞻前顾后，很容易迷失、困惑。在你的灵魂深处，潜藏着强烈的热情。我喜欢你正因为你身上的彷徨和困惑。我也很喜欢我的另一位学生，他身上的气质和你的完全相反。我喜欢保尔·德·埃尔维坚贞不渝的思想和灵魂。”

这时，我的脸瞬间通红，马上又变得一片惨白。我费力地控制自己不要哭出声音，可是当我想回答的时候，却根本没办法开口。看起来萨弗拉克先生并没有注意到我的不安。

“如果我没记错的话，他是你最好的朋友。”他接着说，“你们那时关系非常好，形影不离，是吧？我听说他进入了外交界，将来肯定前途远大。我希望将来在一个比现在更好的时期他能到罗马教廷任职，他是你最忠实的朋友。”

“我的神父，”我费力地回答道，“我明天再和您讲保尔·德·埃尔维和另一个人的故事。”

萨弗拉克先生握了握我的手。分开后，我来到为我准备的房间里。躺在弥漫着熏衣草香的床上，我梦见自己又回到了从前，那时我还是个孩子，跪在学校的小教堂里，欣赏着挤在走廊里的妖娆的金发美女们。突然，一个声音穿过云层，飞到了我的头上说：“阿里，你认为自己是在以上帝的名义爱她们，其实，你是以她们的名义爱上帝。”

第二天早晨，我一睁眼就看见正站在床边的萨弗拉克先生。

“过来，阿里，起来听我为你的到来而做的弥撒吧！圣祭结束后，我要听你想给我讲的那个故事。”

阿尔提格的教堂是一个小型的罗马风格避难所，这种建筑风格在二十世纪的阿基坦依然盛行。二十几年前人们重建了教堂，还新建了一个钟楼，不过钟楼是原计划之外的。然而，因为该区贫穷，无钱修缮，教堂完全裸露。我尽量参与到神父的祷告中，弥撒结束后，我们回到了他的住所。吃了点面包，喝了些牛奶后，我跟着神父来到了他的房间。

壁炉上面挂着一个十字架，神父拉过来一把椅子放在壁炉旁边，他邀请我坐下，然后坐在了我旁边，示意我可以开讲了。窗外正下着雪，我讲起下面的故事：

“我的神父，十年前，我离开您，开始接触这个世界。我保留了自己的信仰，可是没守持住单纯。不必跟您赘述我的生活，您对此了如指掌。您是我的精神导师，我意识的唯一引导者。而且，我实在是太想马上讲到那件震撼我心灵的事情了。去年，我的家人决定让我结婚，我自己也有这个意愿。那个年轻的姑娘和我很般配，而且父母希求的优势她都有。她长得也非常漂亮，我非常喜欢她，最后我们是因为爱恋而结合，而不是因为门当户对而结婚。家里人给我们订了婚，我幸福安宁的生活似乎有了保障。就在这时，我收到了一封保尔·德·埃尔维的来信，信中说他已经离开君士坦丁堡，即将回到巴黎，还说很想见我。我很快去见他，告诉他我要结婚了，保尔真心地祝贺我。

"'我亲爱的大男孩，'他说，'我真为你感到高兴。'

"我告诉他我想让他做我们的证婚人，他欣然答应了。婚礼定于 5 月 15 日，他正好六月初才离开回去就职。

"'我真幸运，你呢？'我问保尔。

"'呃，我呀，'他回答我时脸上露出悲喜交加的笑容，'我，变化太大了！阿里，我为一个女人而疯狂！我要么是非常幸运，要么非常不幸。人们会怎么定义用有罪的方法得来的幸福呢？我背叛了一位朋友，伤了他的心。我在君士坦丁堡……拐走了……'"

萨弗拉特先生打断了我的讲述："孩子，不要在你的讲述里提及别人的过错，而且不要提到别人的名字。"

我保证遵照他的话接着讲：

"保尔还未说完，一位女子走进了房间。很显然，就是她。她像在自己家里一样，只穿了一身蓝色的浴袍。她给我造成的冲击只能用一个词来形容：超自然。我知道这个词很模糊，而且也不能完全表达出我的意思，但是听了我的故事，这个词可能就变得好理解了。她金色的双眸似乎时而抛出火花，谜一样的嘴唇，真真实实的肌肤，有时是棕色的，有时又散发光芒，瘦削却匀称的身体曲线，轻如空气的脚步，以及好像生了翅膀的裸露的双臂，还有她热情又吸引人的性格。我觉得她是一种无法名状的陌生尤物，和人类的天性不同，是一种可能逊于也可能优于上帝用他的精华所造就的女性的存在。从见到她的那刻起，一种除了她，对一切都倍感厌恶的感觉就占据了我整个头脑。

“看见她进来，保尔轻轻皱着眉，不过很快就改变了想法，努力地露出微笑。

“‘雷拉，介绍我最好的朋友给你认识。’

“雷拉回答说：‘我认得您，阿里先生。’我们之前根本没有见过面，所以她的话让我觉得莫名其妙，而她的声音更是奇怪。如果水晶能讲话，大概就是她那种声音。

“保尔接着说：‘我的朋友，阿里，他将在六个星期后结婚。’

“这时我看见雷拉看着我，她金色的双眸毫无疑问地在说：‘不要！’

“我心烦意乱地离开了保尔家，我的朋友也一点没表现出挽留我的意思。整整一天，我在街道上漫无目的地闲逛，整颗心空荡荡的。傍晚时分，我发现自己站在一家花店门口。想起了我的未婚妻，我走进花店买了一枝白丁香。我刚把花拿在手上，就看见一只小手把它抢走了，然后是笑呵呵地跑出去了的雷拉。她穿了一件灰色的短裙，一件同色的外套，还戴了一顶小圆帽。我不得不说，这种典型巴黎范的服装跑起来和她的美貌非常不相配，看起来像是一种乔装打扮。看到她这个样子，我感到内心对她有着难以抑制的爱。我想追上她，但是她在车如流水、行人如织的街道上很快就消失了。

“从那之后，我宛如行尸走肉一般，几次去保尔家，都没再见过雷拉。保尔总是很友好地招待我，但却从不谈起她。我们之间没什么可聊的，但是分开后我又觉得很难过。后来，有一天，男仆对我说主人外出了，他还补充了一句：'也许您想见见夫人。'我回答说：'是的。'哦，我的神父，我将用多少血泪来挽救因为这个简单的词而犯下的罪过呀！我走了进去，雷拉正在客厅里，她半靠在一张长沙发上，身穿一件金黄色的裙子，裙边一直到脚踝。我看见了她，但是，又好像什么也没有看到。我的喉咙突然间干了，说不出一个字。我沉醉在她身上散发出的没药和植物香料的香气中，感到既疲倦又充满欲望，好像一瞬间所有神秘的东方香气都扑入我的鼻孔。不，她肯定不是一个自然的女人，因为她身上没有散发出任何人类的痕迹。她没有任何或好或坏的表情，只有一种耽于欲望，却又身在圣洁天堂的感觉。毫无疑问，她也注意到了我的窘迫，她用比林间的溪水还清澈的嗓音问我：

"'你还好吧？'

"我扑到她的脚边，满脸泪珠地喊道：'我疯狂地爱着您呀！'

"她敞开双臂，用她坦率又撩人的双眼注视着我。

"'你以前怎么不和我说？'

"真是难以形容的时刻呀！我把雷拉抱在怀里，好像我们俩一起来到了天堂，把整个天空都占满了。我感到自己和上帝一样，我的胸中装着尘世的万千美好和自然的和谐，星辰和花朵，歌唱的森林，小河和深海，我用一个吻装满了无垠的世界……"

话音刚落，已经耐心听我讲了很久的萨弗拉克先生，从壁炉前的位子上站了起来。他把教士袍放在膝上，盖着双腿，很严肃甚至几近鄙夷地对我说："你是个可鄙的亵渎神明的人，你根本不憎恶你的罪过，你讲出来是出于骄傲，你是在夸耀，我可不想再听你讲了！"

听到他这么说，我顿时泪如泉涌，祈求他的原谅。感觉到我是真心悔过后，神父打算继续听我讲下去，前提是我必须谦卑坦白。

我继续讲这个故事，尽量从简：

“我的神父，离开雷拉之后，我心里悔恨不已。可是，当雷拉第二天来找我的时候，我的生活悲欣交集。我背叛了保尔，我也嫉妒他，可我承受着更大的折磨。

“我认为没有比嫉妒更丑恶的罪行了，也没有比大脑装满嫉妒更猥琐的灵魂了。为了安慰我，雷拉甚至说谎。而且，她的举止也匪夷所思。”我时刻记得是在和谁讲话，所以小心翼翼地不去让这位神圣的神父听着厌恶。我只能说雷拉似乎对她给出的爱无动于衷，但是却拿肉欲享乐的毒药把我迷得昏昏沉沉。我不能没有她，一想到失去她我就无比痛苦。

“很明显，雷拉根本没有我们的伦理道德概念，而你又不可能把她想得邪恶或残酷。相反，她温柔细腻，悲天悯人。她并不是不聪明，而是她的聪慧和我们人类的不是同一类型。她很少谈起，也从不回答关于她过去的任何问题。我们认识的她一无所知，而其实她又懂得很多我们毫不知晓的事情。

“雷拉在东方长大，精通印度和波斯的所有神话传说。她总是用单调的声音侃侃而谈那些瑰丽的故事。听她描绘那个世界里的灿烂黎明，你会觉得好像她曾生活在造物之初，我曾有一次这么对她说过。

“她微笑着回答我：‘说真的，我很老。’”

萨弗拉克先生一直站在壁炉前面聚精会神地听着，还几次俯身看着我，对我说：“接着说！”

“神父，我常常问雷拉关于她信仰的问题。她说她不信仰宗教，也没有那个必要。她的母亲和姊妹都是上帝的女儿，但是她们不因任何教条和宗教有所牵绊。她的脖子上挂着一个装着红土的饰物，她说她虔诚地收集红土是出于对母亲的爱。”

我刚说完，萨弗拉克先生的脸色就变得惨白，肌肉抽搐，他向前走了几步，抓住我的手臂大喊：“她说的是真话！现在我知道了，我知道这个造物者是谁了。阿里，你的直觉没有骗你。她不是女人！继续，接着讲，请接着讲！”

“我的神父，就快讲完了。唉，为了雷拉的爱，我违背了庄严的誓言，背叛了最好的朋友，忤逆了上帝。保尔听到雷拉移情后，悲痛欲绝，几乎发疯。他威胁说要杀死她，但是雷拉却淡然地回答：‘杀了我吧，我的朋友，我想死，可是我不能。’”

“雷拉和我在一起度过了六个月。有一天早晨她对我说她要回波斯，再也不会见我。我大哭、哀叹、大声咆哮：‘你根本就没爱过我！’可她却温柔地说：‘不，我的朋友，有多少女人没有比我更好地爱你，没有给你我所给你的一切？你应该感谢我！再见吧！”

“之后的两天我在愤怒和冷漠里反复煎熬，我想到我的灵魂需要拯救，就赶紧过来见您。我的神父，我就在这里，把我涤净，让我离开堕落的泥沼吧，让我的心变坚强，因为我仍然爱她！”

我停下了。萨弗拉克神父仍然沉浸在思考中，用手拍打着额头。然后首先打破了沉默：“我的孩子，这件事证明了我的重大发现。你说的这件事将给当代的怀疑主义者泼一盆冷水。听我讲，我们和第一批人类一样生活在奇迹之中。听着！正如我之前告诉你的一样，《圣经》里并没有提及亚当的第一任妻子，但是在犹太法典里却有记载。她叫莉莉丝，不是用亚当的肋骨造就的，而是用和捏造亚当一样的红土扭成的。莉莉丝不是亚当的一部分，她主动离开了亚当。在莉莉丝离开亚当的时候，他还处在蒙昧无知之中。莉莉丝去的地方很多年后成了波斯人的聚集地，而当时那里生活着亚当之前的先民，他们比亚当的子孙要聪明得多，漂亮得多。她没有像我们的祖先一样惹怒上帝，也没有被原罪玷污。正因为此，她也免受施在夏娃和她的后代身上的诅咒：她没有痛苦，永不死去；她的灵魂不需要拯救；她既没有美德，也不负担罪过。她所做的一切事，不是为了善和恶。她神秘地结婚而生下的女儿和她一样，长生不死，灵魂和行为都无拘无束。因此上帝眼中的她们不增不减，永远一样。孩子，这些确凿的现象证明了那让你堕落的存在，那位雷拉，正是莉莉丝的一位女儿。你静下来好好祈祷吧，明天我会听你的忏悔。”

他沉默了片刻，然后从衣袋里去抽出一张纸，接着说道：“昨晚和你道过晚安之后，被大雪耽搁了的邮差来了，给我带来了一封信，信的内容真让人伤心啊！高级副主教先生写信给我说，我的书让主教大人很伤心，加尔默罗修会的快乐也在他心中蒙上了阴影。他还补充说，这部书稿里充满了已经被教会认定的愚蠢的说法和建议，主教阁下不会同意一部这么不健康的书出版的。这就是他们写给我的信，不过我将把你告诉我的故事报告给主教阁下，这将证明莉莉丝确实存在，我不是在胡言乱语。”

我请萨弗拉克先生再听我讲一会儿：

“神父，雷拉离开的时候，留给我一张柏树叶，上面写的字我不认识。看起来好像是一种护身符。”

萨弗拉克先生拿起我给他的薄叶子，认真地研究。

他说：“这是用盛世时期的波斯文写的，可以简单地翻译为：

“莉莉丝的女儿，雷拉的祈祷：

“上帝，请许给我死亡，让我尝到生的滋味。请赐给我悔恨，让我能真正找到快乐。上帝，让我和夏娃的女儿一样吧！”

艾德梅，适宜的施舍

——献给 H. 哈尔杜安

奥尔德是《星球报》的创始人，《国民杂志》和《新世纪画报》的政治与文学编辑，我们在他的编辑室里见了一面，他坐在深陷的扶手椅上对我说：

“亲爱的马尔丁，为《新世纪画报》特刊写篇故事吧。三百行就够，元旦出版。要体现上流社会的高雅情操和高贵气质。”

我告诉奥尔德我没想过写这样的故事，起码和他理解的不一样，不过，我还是准备给他写一篇。

他说：“我希望篇名是：《一则写给富人的故事》。”

“我更倾向于《一则写给穷人的故事》。”

“我们是一个意思。一则鼓励富人同情穷人的故事。”

“可是这恰恰正是我反对的，我不想让富人怜悯穷人。”

“太奇怪了！”

“不，一点都不奇怪，而且很科学。在我看来，富人对穷人的同情其实是对穷人的侮辱，也与人类的手足情谊背道而驰。如果要我对富人说点什么的话，我会说：‘再也不要同情穷人，他们完全不需要。为什么会产生同情和不公？你们难辞其咎。消灭不公，不是情感问题而是经济问题。如果你们的施舍是为了让他们的贫穷不得翻身，让自己继续富有，那么这是邪恶的施舍，即便你们流下了泪，也无法让它们变得公平。“必须偿还。”正如仁慈的马亚尔修士讲道后，律师对法官所说的一样。你们施舍是为了避免偿还，你们拿出来一丁点是为了保住更多，而且你们乐此不疲。'出于相同的原因，暴君萨默斯将戒指丢进大海，可是涅墨西斯根本不待见这份礼物。渔夫从一条鱼的肚子里发现了这枚戒指，将它还给了暴君，接着波利克拉特的所有财富全部被剥夺。"

"您一定在说笑。"

"我没有开玩笑。我想告诉富人，他们在做一笔最划算的买卖，所费寥寥就成全了他们的乐善好施，他们的施舍只能让债主轻蔑一笑，这可不是经商之道。我的这个想法可能对他们有益。"

"您想在《新世纪画报》里阐述这些想法来提高报纸的销量？可千万别！千万别呀，我的朋友！"

"您为什么坚持认为富人对待穷人的态度一定要和他们对有钱有势的人不同呢？对其他富人，他们欠债还钱，如果没债，他们什么都不需要付，这是正直。如果富人正直，对待穷人也该如此。不要说富人不欠穷人的，我相信没有一个富人会这么想。他们不清楚的只是所欠多少。没有一个富人想把这个问题弄清楚，他们认为让它模棱两可才好。人人都深知自己欠债，但是欠多少、欠什么却是糊涂账，于是就时不时拿出点小钱，这就成了所谓的慈善，有利可图的慈善。"

"可是，我的老朋友，你说的实在不合常理。我可能是比你更社会主义，但我比你更务实。减少痛苦、追求长寿、清除造成社会不公的因素，这是我们的目的。此事虽小，但毕竟有了起步。事虽未善，却已然进行。如果我约您写的那个故事能够深入一百多位富有的订阅者的内心，引导他们乐善好施，那么这也将是脱离痛苦和罪恶的重要事件。渐渐地，越来越多穷人的生活状态就能看得过去。"

“大部分穷人的生活状况能看得过去就是好事？贫穷和富有休戚与共，难分难舍。不是改善穷人的状况，而是消灭贫穷。我不鼓励富人施舍，因为他们的施舍是毒药，他们的施舍对施予者有利，对接受者有害。简而言之，富有本身已经残酷无情，它不应该再戴上慈善的欺骗面具。既然你想要我给富人写个故事，我会对他们说：‘你们的穷人是你们喂养的狗，就为了让他们咬人。接受救济的人给有产阶级组织了一个向无产阶级狂吠的队伍。富人只施舍给向他们乞求的人。劳动者什么都不求，什么都得不到。’”

“但那些老弱病残呢？”

“他们有活着的权利。我不希望人们怜悯他们，而是公平对待。”

“这些都是空话。现实点吧！您得帮我写一个新年的故事，也可以介绍社会主义。社会主义思想非常流行，甚至是一种荣誉。当然，我指的不是盖斯德的社会主义，也不是约莱的社会主义，而是指上层人士聪明、机智地反对集体主义的温和的社会主义。让您的故事里出现些新面孔吧。设计一个女孩，一个年轻漂亮的少女，这不难做到吧？”

“是的，不太难。”

“您难道不能引出一个扫烟囱的小工人吗？我有了一幅图，一幅五颜六色的彩色版画，一位少女在玛德莱纳教堂的台阶上向一个扫烟囱的小工施舍，就在这儿体现思想……天寒地冻，雪花纷飞，曼妙的少女在青年手上留下一枚硬币。你能想象这个情景吗？”

“可以。想得到。你可以沿着这个主题一直讲下去。”

“我往下讲，这个扫烟囱的小工，为了表达他的感谢，双臂揽住了少女的脖颈，这个少女正是利诺特伯爵的千金。他亲吻了少女，在她美丽的脸庞上留下了一个被烟熏黑的小圆圈，像极了O型，圆圆的，黑黑的。他爱她。艾德梅（少女的名字是艾德梅）对他真挚和朴实的感情没有无动于衷。我觉得这个想法足够悲天悯人了。"

"确实。你肯定能从这个故事里挖掘出更多东西。"

"承蒙您的勉励，"我继续说，"艾德梅回到她位于马勒谢尔贝林的华丽的房子里，她生平第一次不愿意去洗脸，她想让这些唇印永远印在脖子上。同时，扫烟囱的小工一路跟着来到她家门前，痴痴地站在少女的窗外，神魂颠倒……这样如何？"

"不错！"

"那我继续讲，第二天清晨，躺在她洁白的小床上，艾德梅看见那个扫烟囱的小工顺着烟囱滑进屋里。他扑向艾德梅漂亮的小床，吻遍她的全身，留下一串串O型的烟圈。我忘了介绍，这个扫烟囱的小工长得英俊无比。此情此景正好被利诺特伯爵夫人撞见，可惜小工人实在太忘情了，他既没看见伯爵夫人，也没听见她尖叫。"

"亲爱的马尔丁……"

"扫烟囱的小工人太投入了，他没看见伯爵夫人进入房间，也没听见她尖叫。伯爵有着地道的贵族气质，他一把抓住正屁股对着他的小工人的短裤，把他扔到了窗外——"

"我亲爱的马尔丁……"

"快结束了。九个月后，贫贱的小工人和那位贵族小姐喜结连理。时机也正合宜，这就是一场适宜的施舍和结果。"

"我亲爱的马尔丁，你拿我开玩笑，自得其乐，是不是有点过了？"

“完全不是，我马上讲完。在娶了利诺特小姐后，年轻的烟囱清扫工成了伯爵，后来赌马把家败光了。后来，他在蒙帕纳斯的盖德街上做炉具买卖。他的妻子管理店铺，卖十八法郎一个，可八个月还清炉具钱。”

“兄弟，这故事一点都不好笑。”

“亲爱的奥尔德，要知道，我刚才给你讲的这个故事，是拉马丁的《堕落凡间的天使》和阿尔弗雷德·德·维尼的《埃罗阿》。而且，我的这个故事比你那些惹人垂泪的伤感故事要好得多。那些故事让人们在毫不友爱仁慈的时候相信他们的仁慈和善，做坏事时也笃信自己总做好事，让他们相信行善容易，其实，那是世上最难的事情。我的故事是有寓意的。而且，它更积极，结局是喜剧。因为，艾德梅在盖德街的铺子里找到了快乐；而如果她嫁给外交官或公务员的话，从各种娱乐活动和宴会庆典上，她永远都不会找到这样的快乐……我亲爱的编辑，您在《新世纪画报》上刊发《艾德梅，适宜的施舍》这事定了吧？”

“您是认真的吗？”

“是的，完全认真。如果您不要这个故事，我就把它投给其他报刊。”

“哪里？”

“一些资产阶级期刊。”

“我相信您办不到。”

“拭目以待吧。”①

---

① 德·罗德先生主编的《费加罗报》最终发表了《艾德梅，或恰到好处的施舍》。他把这篇小说当做新年礼物送给了这份报纸的读者。——作者注

巴尔萨泽

——献给欧仁·麦尔希奥尔·德·奥古埃子爵

第一章

那时巴尔萨泽统治着整个埃塞俄比亚，希腊人称他为萨拉逊人。巴尔萨泽虽是黑人，却面容俊美；头脑单纯，却心胸坦荡。在他统治的第三年，也就是他二十二岁那年，他离开祖国前往撒巴，去拜谒巴尔吉丝女王。占星家桑博比蒂和宦官曼克拉随行，他们还带了七十五匹骆驼，骆驼身上驮着樟脑、没药、金粉和象牙。途中，桑博比蒂为他讲授星宿的作用和珍贵石头的价值，曼克拉为他唱礼拜仪式上冗长的圣歌，可他对这些并不很感兴趣，总是漫不经心；反而是沙漠边上直挺着身子竖着耳朵的豺狼给了他不少乐趣。

历经十二天的跋涉，巴尔萨泽终于闻到了玫瑰的芳香，很快，环绕撒巴城的公园也出现在他眼前。路上他们看到一群年轻的女孩在盛开的石榴树下跳舞。

“跳舞是一种祈祷。”占星师桑博比蒂说道。

“这些女孩能卖个好价钱。”宦官曼克拉说。

初进撒巴城，遍布城中的五金店、手工作坊和堆积如山的各类商品着实让他们大为惊诧。街道上停满了战车，到处都是搬运工、驴子和驴车夫。他们耗了很长时间才穿过街道，见到巴尔吉丝女王宫殿庄严的大理石围墙，紫色的遮篷和黄金砌就的金灿灿的圆顶。

女王在清香宜人的庭院中迎接他们。院中的喷泉喷射出芳香扑鼻的水柱，水珠散落，犹如珠玉落地般发出清凌凌的响声。

女王身着一件镶满珍珠的长裙，伫立院中，浅笑相迎。

巴尔萨泽顿感局促不安。他觉得她比梦尤甜，比想象的更美艳。

“陛下，”桑博比蒂小声对他说道，“请考虑和女王缔结一份商业协议。”

“陛下，您千万要小心，据说女王会使用法术，让男子对她一见倾心。”曼克拉补充道。

话毕，占星家和宦官俯身行礼，起身退下。

只剩下巴尔萨泽和巴尔吉丝女王了。他想开口讲话，却讲不出一个字，心里揣度着：“我的闷声闷气一定让女王很生气。”

但是女王依旧面带微笑，毫不愠怒。她的声音比最甜美的音乐还动听，巴尔萨泽有生以来第一次听到此般天籁。

“欢迎您，巴尔萨泽国王。请坐在我身边。”她宛若柔荑的手指，像一束白光指向地上的紫色坐垫。巴尔萨泽坐下，长长舒气，双手各抓紧一个坐垫，语气急切地说：“女王，我真希望这两个垫子是两个巨怪，是您的敌人，那样我会拧断他们的脖子。”

他讲话时，攥着坐垫的手劲过大，把制作精细的垫子撕裂了，飞出一团雪白的绒毛。有一片细羽毛在空中盘桓了片刻，最后落在了女王的胸前。

“巴尔萨泽国王，”巴尔吉丝脸色绯红地问，“您为什么要杀掉那两个巨怪呢？”

“因为我爱您。”巴尔萨泽回答。

“告诉我，贵国的井水甜吗?”巴尔吉丝问。

“是的，甜。”巴尔萨泽有些惊讶。

“我还很想知道，埃塞俄比亚人民是怎么制作蜜饯的。”巴尔吉丝接着问。

国王不知该如何作答。

“告诉我吧，请讲讲。”女王催促道。

他搜索枯肠，尽力去描述埃塞俄比亚的厨师怎样将榅桲泡在蜂蜜里。但是女王并没有听，她突然打断道：“巴尔萨泽王，听说您爱邻国的康达丝女王，她比我漂亮吧？请别骗我。”

“比您漂亮？女王，”巴尔萨泽跪倒在女王脚边，大声喊道，“那怎么可能呢?”

“那她的眼睛、嘴唇，肤色还有喉咙，都是什么样子的呢?”女王又问。

巴尔萨泽向女王伸出双臂，大声说：“要是您将落在胸前的那片小羽毛赐予我，我将献上半个王国和我足智多谋的占星师桑博比蒂以及宦官曼克拉。”

但是女王起身离开，甜美的笑声在空气里徘徊。

当占星师桑博比蒂和宦官曼克拉进来时，他们的国王正陷入深思，而他平素从不如此。

桑博比蒂问：“陛下，您和女王缔结贸易协议了吗?”

当天撒巴女王与巴尔萨泽共同进餐，酌饮棕榈酒。

“真的吗?”进餐时巴尔吉丝又问道，“康达丝女王确实没我漂亮?”

“康达丝女王是黑人。”巴尔萨泽回答。

巴尔吉丝意味深长地望着巴尔萨泽。

“黑人并不一定长相不美。”她说。

“巴尔吉丝!”巴尔萨泽大声喊。

他没有再讲,而是抓紧她的双臂,把女王的额头抵在唇边。他看见女王在流泪,于是像护士爱抚婴儿一般,低声唤她“我的心肝”、“我的小星星”。

他问:“您为何哭泣?我怎么做才能让您不再流泪?您有什么愿望的话,请一定告诉我,我会为您实现的。”

女王不再哭了,却陷入沉思之中。他问了很多遍她有什么愿望,最后女王终于开口了。

“我想要害怕。”

发现巴尔萨泽并没理解自己的意思,巴尔吉丝解释说,很长时间以来她一直渴望能面对未知的危险,但是她做不到,因为撒巴城的男子和神祇始终在监视和守护她。

“可是,”她叹了口气,“我渴望感知夜晚时恐怖抚摸肌肤那种诱人的刺激。我要让我的毛发直竖。哇,害怕是件多么享受的事儿呀!”

她双臂环抱黑人国王的脖子,像孩子一样乞求:“夜晚就要来了,我们化装出城,好不好?”

巴尔萨泽同意了。女王马上跑到窗子旁,透过窗棂望向下面的广场。

“有个乞丐靠着广场的围墙躺着。把您的外套给他,让他把骆驼毛头巾和粗布腰带换下来给您。您抓紧去吧,我马上就装扮好。”

说完,她跑出宴会厅,高兴地边跑边拍手。

巴尔萨泽脱下他绣着金丝线的亚麻外套,将乞丐的衣服紧紧束在身上,看起来真像个奴隶。女王穿着一件田里妇女干活时常穿的蓝色无缝外套。

“走吧！”她说道。

她拉着巴尔萨泽的手穿过狭窄的廊道，一直走到一道面向田野的小门前。

第二章

夜色深浓，黑暗中的巴尔吉丝显得非常瘦小。

她带着巴尔萨泽来到了一家小酒馆，流浪汉、脚夫和妓女是那里的常客。两人挑了张桌子坐下，昏黄的灯光里弥漫着糜烂的味道。桌子底下有人攥着拳头呼呼酣睡。这帮暴徒为了一个女人或者一杯烈酒就会拳脚相加，刀锋相向。酒馆老板躺在一堆麻袋上，谨慎地盯着这群醉鬼。巴尔吉丝看见棚顶的椽子下挂着一些咸鱼，于是对她的同伴说：“我很想吃条咸鱼，再加点捣碎的洋葱。”巴尔萨泽点了餐。她正吃着鱼，突然想起来身上没有带一分钱。不过她毫不紧张，心想他们俩一定可以不用付钱，就从酒馆溜之大吉。但是酒馆老板挡住了他们的去路，骂他们是恶奴和贱驴。巴尔萨泽一记重拳将酒馆老板打翻在地。于是一些酒客掏出他们的刀子，在眼前晃来晃去。可是这位黑人男子抓起了一杆捣埃及洋葱的杵子，击倒了两个进犯者，吓退了众人。巴尔吉丝向后退，蜷缩地靠着巴尔萨泽，巴尔萨泽感受到巴尔吉丝身体的暖意，她知道这是他所向披靡的源泉。酒馆老板的同伙们不敢再靠近，从店堂里面拿出油管、锡杯、正烧着的油灯，还有一个刚刚在煮全羊的大铜锅，一起朝巴尔萨泽掷来。大锅砸到了巴尔萨泽的头，发出震碎头盖骨的可怕响声。一阵头晕目眩之后，他终于鼓足全身力气，把铜锅撇了回去，那力道足足是原来的十倍。酒馆里充斥了飞掷撞击的金属声，难以描摹的咆哮和临死的呻吟。

巴尔萨泽担心伤到巴尔吉丝，便抱着她穿过幽暗寂寂的走道，逃了出来。夜晚用它的沉静包裹着大地，两位逃亡者听到黑暗里那群酒徒和妇女的吵闹声渐渐远去。后来他们听到巴尔萨泽额头流下的血滴到女王胸脯上的声音。

“我爱你。”女王喃喃说道。

月亮游过一片乌云，散发出光芒。月光下，国王看见巴尔吉丝半闭着的双眼里流淌出银白色的光芒。他们走到河床边，巴尔萨泽突然失足滑倒在青苔上。他们拥抱着，仿佛将永远这样下沉，沉进一个美妙的虚无之乡，现实的世界荡然无存。他们就这样一直沉浸在迷人的虚无中，忘了时间和空间，两相契合，心有灵犀。直到破晓时分，瞪羚来到石头间的缝隙饮水，他们才回到现实。

当时，一队强盗从河边经过，发现了这对躺在苔藓上的恋人。

“他们很穷，”强盗说，“但是很年轻，长得也不错，能卖上大价钱。”

强盗把他们包围了，捆在一起拴在驴尾巴后面，就这样拖着他们上路了。

黑人国王怒火中烧，威胁着要把强盗们弄死。但是在清晨的凉爽空气中瑟瑟发抖的巴尔吉丝却微笑着，好像在对某种看不见的东西微笑。

他们就一直这样走着，心里既害怕又孤单，直到正午的暖阳送来温暖。太阳已经升上了高空，强盗们解开了俘虏的绳子，让他们坐在阴凉处的石头上休息，还扔给他们一些发霉的面包。巴尔萨泽不屑去捡，巴尔吉丝却吃得津津有味。

巴尔吉丝突然大笑。强盗头子问她为什么笑。

她说：“一想到我要将你们全部绞死，我就想笑。”

“真的!”强盗头子喊道,“亲爱的,从你这样一个洗碗妇嘴里竟能冒出这样的话！要是想把我们绞死,肯定得要那位英勇的黑人情夫帮忙喽!”

这样的侮辱点燃了巴尔萨泽的怒火,他向强盗猛冲过去,一把扼住他的脖子,差点把他掐死。

但那个强盗捅了巴尔萨泽一刀,刀子几乎全部没进肚子,只有刀把留在外面。可怜的国王滚落到地,朝巴尔吉丝瞥来垂死的目光后,眼神顿时涣散。

第三章

恰当此时,传来了人群、马跑和武器碰撞的嘈杂声。巴尔吉丝认出来那是忠诚的阿波奈尔正率领护卫队来解救她。昨天晚上他就听说女王神秘地失踪了。

阿波奈尔连续三次俯身在巴尔吉丝脚边,命手下把准备接驾的轿子抬到女王身边。与此同时,卫兵绑住了强盗们的双手。女王转过身,温和地对强盗头子说:“我的朋友,不要怪我信守诺言,我之前说过你会被绞死的。”

占星师桑博比蒂和宦官曼克拉站在阿波奈尔身旁,看见他们的国王肚子上插着把刀,一动不动、毫无意识地躺在地上,不禁被吓得大声喊叫。精通医术的桑博比蒂发现国王仍有呼吸,于是给国王做了临时包扎,曼克拉擦掉了国王嘴角的白沫。他们将他绑在马背上,小心翼翼地往女王的宫殿中走。

之后的半个月,巴尔萨泽痛苦不堪,总讲谵语。他絮絮叨叨地说着冒气的大铜锅和河谷的苔藓,还常常大声呼喊巴尔吉丝的名字。第十六天,他终于睁开了双眼,看见了床边的桑博比蒂和曼克拉，但却没有看见女王。

“她在哪儿？她在做什么？”

“陛下，”曼克拉回答道，“女王正单独和科马热纳国王在一起。”

“他们肯定在商议通商的事宜。”桑博比蒂补充说。“请您不要激动，陛下，否则会加重您的高烧的。”

巴尔萨泽大喊：“我要见她！”

他向女王的房间跑去，贤者和宦官拦都拦不住。快到达女王寝宫时，他看见科马热纳国王从里面走出来，长衣上缀满金子，像是闪闪发光的太阳。巴尔吉丝，面带微笑，双目紧闭，正躺在紫色睡椅上。“我的巴尔吉丝，我的巴尔吉丝！”巴尔萨泽呼喊道。她未曾转过头来，好像是在延长一场美梦。

巴尔萨泽走上前，拿起她的手，却被她猛地抽回。

“你想要怎样？”她说。

“你问我？！“黑人国王双眼含泪地回答。

她冷静又坚定地看着他。

巴尔萨泽恍然意识到女王忘记了全部经过，他提醒她想起在河谷边的那个夜晚。

可女王却说：“国王，我确实不知道您所说为何。您不适合喝棕榈酒，您一定做梦了。”

“什么！”失落的国王来回搅着双手喊道，“您的吻，切入我腹中的刀，这些都是梦？”

女王起身，长裙上的宝石发出冰雹的清脆响声，闪耀着光芒。

她说道：“国王，现在是我的议会开会时间，我实在无暇去干扰您痛苦的大脑里的各种梦幻。好好休息吧，再见！”

巴尔萨泽感觉自己要坚持不住了，但为了不在这个狠心的妇人面前暴露自己的脆弱，他竭尽全力撑着。他跑回自己的房间，顿时昏了过去，伤口又裂开了。

第四章

连续三周，巴尔萨泽像个死人一样昏迷不醒。直到第二十二天的时候，他才恢复意识。当时桑博比蒂和曼克拉一同照顾他，醒来后他一把握住桑博比蒂的手，哭喊着："哦，我的朋友们，你们俩一个要变成老头，另一个也差不到哪去，你们多幸福呀！不！世上根本就没有幸福，没有一件好事，爱情是个魔鬼，巴尔吉丝是个恶毒的女人。"

桑博比蒂回答说："智慧能带来幸福。"巴尔萨泽说："我愿一试。不过，我们还是马上启程回埃塞俄比亚吧。"既然已失去所爱，他决心将自己献给智慧，成为一个占星师。纵使这个想法没给他带来什么特殊的欢愉，但也至少让他心平气和。每当夜晚来临，在桑博比蒂和曼克拉的陪伴下，他坐在自己宫殿的露台上凝望着一动不动的棕榈树和月光下像树干一样漂流在尼罗河上的鳄鱼。

"欣赏自然美景的人永不会倦。"桑博比蒂说。

"确实如此，"巴尔萨泽说，"不过，自然界里有比棕榈树和鳄鱼更美好的事物。"他说这话的时候想起了巴尔吉丝。但是，年长的桑博比蒂说："这就是我以前解释过的尼罗河上升现象，人类生而为了懂得。"

"人类生而为了爱，"巴尔萨泽叹息作答，"总有事物是无从解释的。"

桑博比蒂问："所指为何呢？"

“女人的背叛。”国王回答道。

巴尔萨泽既已决定成为一个占星师，于是为自己建造了一座观星塔，从塔顶能俯瞰很多王国，望断无垠星空。观星塔是用砖石砌就的，比其他塔都高。历时两年多，耗尽了他父王所有的财富才建成此塔。每个夜晚他都跑到塔顶，在桑博比蒂的指导下观察天象。

“天空中的星座揭示了我们的命运。”桑博比蒂说道。

他回答说：“必须承认的是，这些迹象朦胧隐晦。但是我一研究它们，就忘了巴尔吉丝，这是个不错的奖赏。”

占星师不但教给他深奥的道理，还告诉他像钉子一样固定在天空上的五颗星宿：贝尔、梅洛达克和那波是雄性星宿，西恩和米利塔是雌性星宿。

他接着解释：“银子与月亮神西恩相对应，铁对应梅洛达克，锡对应贝尔。”

尊贵的巴尔萨泽回答说：“这些就是我想获得的知识。在我研究天象期间，我既不想巴尔吉丝，也不想世上的其他事物。科学是有好处的，它能让人不胡思乱想。桑博比蒂，把能够清除人类情感的知识教授给我吧，我会让您成为臣民中最受尊敬的人。”

这也是桑博比蒂教授国王智慧的原因。

他根据阿斯特朗普希克斯、戈布利亚斯和巴塔扎斯的原理教授国王占星术。巴尔萨泽愈观察太阳的黄道十二宫，便愈少想起巴尔吉丝。

曼克拉对巴尔萨泽说：“陛下，巴尔吉丝女王在金灿灿的长裙下面竟然长着山羊一样的叉蹄。”

国王问：“这鬼话是谁跟你说的？”

“陛下，在撒巴城和埃塞俄比亚，大家都这么传，”宦官回答说，“人人都说巴尔吉丝女王的腿毛茸茸的，脚是两只黑脚。”

巴尔萨泽耸耸肩。他知道巴尔吉丝的腿和脚与其他女人的一样，而且非常美，而这些谣言破坏了他对那位深爱着的女人的回忆。他为巴尔吉丝感到悲伤——自己的美丽在那些未曾目睹其人的嘴里竟然被如此玷污。一想到他曾经拥有一个实际上标致异常，却被大家定义为怪物的女人，他就觉得非常反感，再也不愿想起巴尔吉丝了。巴尔萨泽头脑单纯，而爱实在是一种太复杂的感情。

从此以后，国王在巫术和占星术上都取得了长足的提高。他全心全意钻研星体间的联系，占星推算能和桑博比蒂一样准确。

“桑博比蒂，”他问道，“你愿意担保我占星算命的准确度吗？”

贤人桑博比蒂回答说：“陛下，学问永对，而学者常错。”

巴尔萨泽生来具有良好的自然感知力，他说道：

“唯有真实的事物是神圣的，而神圣藏在我们看不见的地方，于是我们寻求真实却徒然无果。不过我发现天空中有一颗崭新的星星，一颗美丽的星星，活生生的。它闪着光，好像神仙在轻微地眨眼。我好像听到了它在呼唤我。幸福、幸福、幸福，在那颗星星下出生的生命一定会幸福。快看，桑博比蒂，那颗美丽灿烂的星星正看着我们呢！”

但是桑博比蒂没有看见那颗星星，因为他根本不想去看。这位充满智慧的老者，并不喜欢新事物。

巴尔萨泽在寂静的夜里独自重复着：

“幸福、幸福，出生在那颗星星下的生命一定会幸福！”

第五章

埃塞俄比亚和周边的王国都盛传巴尔萨泽不再爱巴尔吉丝了。

消息传到撒巴国后，巴尔吉丝女王怒火中烧，好像是巴尔萨泽国王背叛了她。她跑到居住在撒巴城里早已乐不思归的科马热纳王的住所。

女王哭喊道："我的朋友，不知道您听没听说，巴尔萨泽不再爱我了！"

"那有什么关系呢，"科马热纳王答道，"我们彼此相爱就好。"

"难道你不觉得那个黑人羞辱了我吗？"

"没有，我不这么觉得。"科马热纳王回答。

后来她把他羞辱了一顿，赶出了撒巴城，还召来大臣准备车马，启程去埃塞俄比亚。

"我们今夜就出发，如果日落前没准备好，我就砍下你的头！"

但是女王独自一人时却暗自啜泣。

"我爱他！他不再爱我了，可我爱他。"她发自内心地叹息。

当天夜里，巴尔萨泽正在他的塔上观察那颗神奇的星体。他将视线移向地面时，正好看见远处沙漠上有一列黑色队伍在蜿蜒前行，好像是一队蚂蚁。渐渐地，那群"蚂蚁"一点点变大，巴尔萨泽国王终于能认出原来那些是马匹、骆驼和大象。

巴尔吉丝的队伍到达了埃塞俄比亚城，巴尔萨泽认出了撒巴女王护卫闪亮的弯刀和黑色的马匹，甚至还辨认出了女王本人。巴尔萨泽的内心翻江倒海，因为他知道自己可能会再一次爱上她。那颗星闪现于中天，闪耀着神奇的光芒。巴尔吉丝睡在紫金色相间的轿子里，像那颗星星一样微小明亮。

巴尔萨泽意识到有股可怕的力量将自己引到巴尔吉丝那里。他痛苦而决绝地扭过头，抬眼继续观察天体。就在此时，那颗星星说话了，它说：

“在至高之处，荣耀归于神；在尘土之地，平安归于善良之人。”

“仁慈的巴尔萨泽王，带上您的没药，跟随我来。我将引领您去见一个孩子，他即将降生在拴着驴子和公牛的马厩里。”

“这个孩子将是众王之王，他将给所有需求安慰的人以抚慰。”

“喔，巴尔萨泽，他在召唤您前去。您的灵魂如您的肤色一样黑，但您的心灵却如赤子般真诚。”

“你经历的一切让他选择了你，他将赐予你财富、幸福和爱。”

“他会对你说：‘享受贫寒，因为乐于此才是真正的富有。’他还会对你说：‘真正的快乐正在于对快乐的舍弃之中。爱我，并通过我去爱万物，因为我即是爱。’”

听着这些话，国王黑黝黝的脸好像沐浴在光芒中，闪现出圣洁的平静。

巴尔萨泽欢欣地听着这番话，他觉得自己好像脱胎成了一个新人。桑博比蒂和曼克拉俯身在他身边，面朝石头拜着。

巴尔吉丝女王注视着巴尔萨泽，她明白那颗装满了神圣之爱的心灵再也不会爱上自己了。她面色惨白，命令队伍马上打道回府。

那颗星星刚刚讲完，巴尔萨泽和他的陪同就从塔上往下走。

备好了没药之后，他们的队伍向着星星指引的方向启程了。他们穿过不知名的城郭，跋涉了很久，那颗星星一直在他们的前方指引方向。

有一天,他们发现自己到达了三条路的交叉口,两位国王走向前来,身后跟着无数随从。其中一位年轻俊美。他问候巴尔萨泽道:

"我叫加斯帕尔,是位国王,我将以黄金作为礼物,送给那个即将出生在犹大伯利恒的婴儿。"

另一位国王也走向前。他年事已高,花白的胡须落在胸前。

"我名叫梅尔基奥,"他说,"我是位国王,我为那位即将教导众人真理的圣婴带来了乳香。"

"你们要去的地方也是我的目的地。"巴尔萨泽说,"我战胜了淫欲,正是这个原因,那颗星星指点了我。"

梅尔基奥说:"我呀,我战胜了骄傲,这是我被召唤的原因。"

"我嘛,"加斯帕尔说,"我战胜了暴戾,所以和你们同去。"

三王一起上路了。那颗他们在东方的苍穹上观察到的星星为他们带路,在他们到达孩子出生的地方后,它静止不动了。看到那颗星星静止在天空中,三王欢欣雀跃。

走进马厩后,他们拜倒在婴儿和他的母亲玛利亚面前,然后打开各自的宝物盒,将黄金、乳香和没药献给了他,正如福音书上所写。

教士的木樨草

在波卡基的一个乡村里，我曾认识一位教士，他摒弃一切放纵，在弃绝各类欲望的道路上足之蹈之。这位神职人员从不享乐，只知道牺牲自己的快乐。他在花园里种了水果树、蔬菜和药材，但是他害怕美，即使是花朵的美，所以花园里连一株玫瑰或茉莉都没有。他只允许自己享受几株木樨草无辜的美丽。在天父的蓝天下，他坐在院中的卷心菜地里读每日祈祷书时，茎弯、朴素无华的木樨草是断然不会让他分心的。

圣徒对木樨草没什么戒备心，常常在经过的时候掐一枝，大嗅良久。木樨草疯长，一枝被折断，原来的位置上会重新长出四个枝杈来。长此以往，在圣徒无心的帮助下，他的木樨草茁壮成长，繁茂成了一个小花园。花开路上，圣徒每每经过，木樨草总牵衣待话，别情无极。后来，教士每读一小时祈祷书或做一小时祷告，竟要停下二十几次，去瞥瞥木樨草。

自春至秋，教士的宅邸一直弥漫着木樨草的芳香。看看我们的内心，竟会堕落成什么样子，又是何其脆弱呀！竟然有理由认为对自然的爱好便能将我们引向罪恶。上帝的圣徒能够引导他的双眼，却毫不防备他的鼻孔，让鼻子有机可乘，被罪过钻了空子。现在，这位圣徒贪婪热切地吸入木樨草的馥郁芳香，也就是说，这种负罪的本能让我们渴望去享受自然赐予的欢愉，把我们引向各种各样的诱惑。

从那以后，天堂的味道和圣母玛利亚似乎不再那么让他欢欣鼓舞了。他的圣性锐减，也许已经沉沦到感官享受之中，渐渐地退化成上帝深深不以为然的平庸灵魂，而他也没能适时地得到救助。

很久以前，在一个荒僻的地方，有位天使将一位隐修士的金杯拿走了，正是这个金杯将这位圣徒束缚在尘世的虚名浮利中。相似的善行也发生在这位波卡基的教士身上，一只白母鸡怀着同样的善意，在地上东抓西刨，结果所有的木樨草都死了。

至于母鸡是何时进入园中的，我们不得而知。于我则更愿意相信，那只白母鸡是那位拿走隐修士杯子的天使变的，它这样做是为了铲除挡在这位优秀的神职人员成就完美之路的唯一绊脚石。

乐塔·阿西莉亚

——献给阿里·勒南

第一章

乐塔·阿西莉亚居住在罗马皇帝泰比利厄斯统治时期的马萨尔斯城。几年前她就嫁给了罗马贵族赫尔维乌斯为妻，婚后一直强烈渴望能成为母亲，却始终未能如愿。一天，她要到神殿中向诸神祈福，恰巧神殿的入口挤着一群人，他们身体半裸，被麻风病和溃疡折磨得形容枯槁。乐塔·阿西莉亚充满恐惧，在通往神殿的第一个台阶上停下了脚步。她并不是麻木冷漠，只是心里害怕，她从没看见过像此时堵在神殿门口的这群人一样狼狈的乞丐。他们面色铁青，毫无生气，瘪瘪的钱袋空荡荡地丢在脚边。乐塔·阿西莉亚瞬间脸色惨白，用手捂着心口，既无法前行，也不能逃离。人群里有个面容姣好的女子正离开这群可怜人缓缓向自己走来，乐塔·阿西莉亚发现自己的双腿好像情不自禁地动了。

"年轻的夫人，请不要害怕。"陌生人的声音温柔而严肃，"您看到的这些人并不可怕，他们不是承受着罪恶和不幸，而是肩负着真理和博爱。我们从犹太来，那是圣子殒身又复活的地方。当圣子飞升到圣父的右手边时，那些笃信他的人遭受了厄运。人们抛石头砸史蒂芬。神父将我们赶到了船上，船没有帆也没有舵，他想让我们就这样在海里漂荡，直到最终葬身大海。可是，上帝在尘世时深爱着我们，他怜悯我们，将我们送到了城中的港口。唉，马萨尔斯城人都盲目崇拜神祇，又贪得无厌，麻木不仁。他们目睹耶稣的忠诚信徒在城里挨饿受冻而死却无动于衷。如果我们不到神殿避难，他们早已把我们拖到阴暗又自认为神圣无比的监狱里了。不过，如果我们能带来好消息，他们就会接纳我们了。”

说完，陌生女子伸出手指着她的同伴一一介绍：

“夫人，那位老人，那位正安详地望着你的老人叫塞登，天生目盲，夫子治好了他的双眼。现在无论是可见的还是不可见的，他都能看得一清二楚。那一位胡须白如山上雪的老者是马克西闵。这位很年轻，看起来很憔悴的男子是我弟弟，他在耶路撒冷坐拥大笔财富。他身边站着的是我的姐姐——玛莎，还有忠诚的仆人曼提拉，高兴的时候，曼提拉会到贝瑟尼山麓采集橄榄。”

“那您呢？”乐塔·阿西莉亚问，“声音如此柔美，面容如此美丽的您叫什么名字？”

犹太人回答说：“我是抹大拉的玛利亚。从您身上的金色刺绣和举止中自然而然流露出的高贵，我猜您一定是城中某位重要人物的夫人。正因为此，我接近您，希望您能代表耶稣基督的信徒改变您丈夫的心意，对那位殷实的先生说：‘上帝呀，他们无衫无履，让我们给他们送去衣物吧；他们饥渴交加，让我们给他们送去面包和美酒吧。而上帝将在他的王国里把我们以他的名义送去的一切留给我们。’”

乐塔·阿西莉亚回答说：“玛利亚，我会照您说的去做。我丈夫叫赫尔维乌斯，他是城里的贵族也是最富有的一位。他深爱着我，迄今为止，从来没拒绝过我的任何要求。玛利亚，现在你的这些伙伴已经不让我感到害怕了，我甚至可以从他们近身走过，即便他们四肢溃烂，我要到神殿里向诸神祈求能让我夙愿得偿。唉，直到现在他们都还在拒绝我的愿望。”

玛利亚伸出手臂，拦住了乐塔。“夫人，请不要向无意义的偶像祈祷，不能指望石像来实现你的愿望。世上只有一位真神，我的头发曾从他的双脚掠过。”

玛利亚说话的时候，双眸漆黑，泪光闪闪，像暴风雨中幽深的天空。乐塔·阿西莉亚自言自语：“我是虔诚的信徒，认认真真地完成宗教规定的仪式。但是，这个女子却拥有一种对神圣的奇妙之爱。”

抹大拉的玛利亚情绪高亢，欣喜忘形：“他是天堂和尘世的主宰，他坐在无花果树下靠近门口的长凳上，讲着美好的寓言故事。他年轻俊美，欣然接受世人的热爱。那天他来到我姐姐的房子吃晚餐，我就坐在他的脚边，他唇间的话语好像是汩汩流淌的水流。我姐姐埋怨我懒惰，对他说：‘夫子，请您告诉她，她应该帮助我去准备晚餐。’他微笑着原谅了我，还允许我继续坐在他的脚边，告诉我我的选择是对的。

“有人很想看看他，他只是一个大山里的年轻牧羊人，但双眼却闪着和智者摩西极其相似的光芒。他亲切温善，静如夜晚；他嫉恶如仇，怒胜雷电。他爱地位低下的人和幼小生命。孩子们沿着道路跑向他，抓着他的袍子。他是亚伯拉罕和雅各布的神，母亲们抱着孩子走出自家屋舍的门槛，他的双手创造了太阳和星辰，也爱抚着新生儿的脸颊。他心如赤子，让死者复活。在我这群伙伴里有我的弟弟，夫人，您看，拉扎勒斯的脸上还留着死亡的惨白，也写着目睹过地狱后的恐惧。”

可是乐塔·阿西莉亚刚刚并没有留意玛利亚的讲述。

她说:“玛利亚,我是个虔诚的女人,遵从神祇的旨意。对女性而言,不信任是一种罪恶。而身为罗马贵族的妻子,去接受新的宗教,并不合适。然而,我却不得不承认在东方存在着更有魅力的神祇。玛利亚,您的神,可能就是其中之一。您告诉我,他热爱孩子,亲吻躺在妈妈臂弯里的孩子。由此我可以猜出他一定很受妇女爱戴,我很遗憾他不是贵族和官方等级可以崇拜的神,否则我一定会兴奋地给他送去蜂蜜蛋糕的。但是,玛利亚,您是犹太人,您尊敬他,他也爱您,请您代我向他为我祈求,因为我的祈求已经被我的神祇一再拒绝。”

乐塔·阿西莉亚犹犹豫豫地讲了上面的话后,停顿下来,脸色绯红。

抹大拉的玛利亚急切地问:“是什么愿望?夫人,什么愿望让您如此心神不宁?”

乐塔·阿西莉亚一点点地积攒勇气,终于她回答说:“玛利亚,您也是女人,虽然我还不太认识您,但我将向您坦诚一个女人的秘密。自结婚到现在已经六年了,我一直没有孩子,实在是太伤心了。我需要一个孩子,我心中对这个我一直等待却总是没来的小生命的爱快要把我压得窒息了。抹大拉的玛利亚,如果在您的帮助下,您的神能够实现我的神祇不曾成全的愿望,我将让我的朋友爱他。他们和我们一样,年轻而富有,是城里的第一家族。”

抹大拉的玛利亚郑重地回答:“罗马人的女儿,当您实现了一直期盼的愿望时,请铭记您的承诺——您将是耶稣忠诚的仆人。”乐塔说:“我会记得的。另外,玛利亚,收下我的钱包,把钱分给众人。再见,我要回家,一到家就给你和你的朋友送来几篮子面包和肉。告诉您的姐姐、弟弟,还有朋友,他们可以离开暂时避难的地方，安心地到城边的旅馆住宿，不会有人去打扰你们的。赫尔维乌斯在城里很有影响力，他会保护你们免受欺凌的。抹大拉的玛利亚，愿神祇保佑你们！如果愿望成真，请您去看我，只要向路人打听乐塔·阿西莉亚家，他们就会顺利地给您带路的。”

第二章

六个月后，乐塔·阿西莉亚躺在自家庭院的紫色沙发里，嘴里哼着毫无意义的小调，这首小调她的妈妈曾在她面前哼唱过。喷泉里的水欢快地跳跃，泉边的浅水域里矗立着一座大理石的特赖登像。和煦的微风吹动古老的梧桐树叶沙沙作响。这位年轻的夫人像一只刚刚离开果园的蜜蜂，疲惫、虚弱、高兴、身体沉重，她抱着双臂，不再唱歌，看着自己，欣慰地叹了口气。

她身边围坐着黑色、白色和黄色三种肤色的奴隶。她们有的手拿针线，有的摆弄着梭子和纺锤，争先恐后地为即将出生的婴儿准备衣物。乐塔伸出手，接过一位老年黑人妇女欢笑着递给自己的帽子。她把帽子放在近手边，朝老年妇女微笑，算作回答。那是一顶紫金相间的小帽，镶嵌着银边和珍珠，灿烂得如同可怜的非洲奴隶的梦想。

这时，一个陌生人闯进了内庭。她穿着一件用一块整布做成的无缝外套，衣服和路上的尘土一个颜色。她的长发上落满了灰尘，但是挂着泪花的脸庞依旧明媚，散发着骄傲和美丽。

奴隶们误以为她是乞丐，正要将她赶出去。乐塔·阿西莉亚一眼就认出眼前人是谁，起身朝玛利亚跑了过去。

抹大拉的玛利亚说：“我知道您的愿望实现了。乐塔·阿西莉亚，我来是想引导您信奉耶稣基督的。”

于是，马萨尔斯人打发了她的奴隶，给犹太人搬来一把乳白色的扶手椅，上面放着一件金色刺绣垫子。但是玛利亚·马格伦达很不屑地把椅子推了回去，她双腿盘着，席地坐在梧桐树荫里。徐徐微风吹动树叶，响起轻柔的沙沙声。

"外邦人的女儿，"她说，"您没有鄙视上帝的门徒。所以我要将我了解的上帝告诉您，您一定也会热爱他的。我第一次见到这位人类最美的圣子时，我是个罪人。"

后来，她告诉阿西莉亚在麻风病患者西蒙的家里，她跪在耶稣脚下，把装在洁白的花瓶里的松香药膏涂抹在夫子可敬的双脚上。她重复着温和的夫子对他鲁莽的门徒的徐徐细语。

"他说：'你们为何责难这个女人？她为我所做的都是好事。你们中总要有穷人，而我并不能总在你们中间。她已在葬礼前为我的身体涂了松香。凡有传授福音的地方，就会有人提到她的故事，她会得到赞扬。'"

然后耶稣驱除了缠附在她身上的七个魔鬼。

她说："从此之后，我心里装满了对信仰的狂喜和对夫子的热爱。我沐浴着夫子的光辉，好像生活在一座新伊甸园中。"

抹大拉的玛利亚告诉阿西莉亚：她和夫子一起凝望着田野里的百合花，他们单纯地生活在信仰的无尽欢乐之中。她描述了耶稣遭到背叛，为挽救他的百姓而被处死的情景。她也回忆起难以用言语形容的情绪、耶稣的葬礼和他的复活。

她大喊："是我，我是第一个看见他的人。我发现在放置夫子遗体的地方坐着两个白衣天使，一个在首，一个在脚。他们问我：'女人，你为何哭泣？'我说：'我哭是因为他们带走了我的上帝，可我却不知道他们把他放在哪了？'

"啊，太好了！耶稣向我走来，起初我以为那是园丁。但是他叫我'玛利亚',我听出来那是他的声音。我大声喊'夫子',敞开双臂,但是他轻声说:'不要碰我,因为我还没有飞升到圣父那里。'"

听着玛利亚的叙述,乐塔·阿西莉亚内心的欢喜和满足一点点减少。回忆往昔,重新审视自己的生活,相形之下,似乎她的生活枯燥单调至极。作为一个年轻、虔诚的贵族,她最美好的时光是和女友们一起吃蛋糕消磨掉的。看马戏,赫尔乌斯的爱和做女红也是她生命中的重要情节。但是这些与抹大拉的玛利亚因为耶稣而燃烧的情感和灵魂相比,又有什么意义呢?阿西莉亚的心里萌生出苦涩的嫉妒和含糊的后悔。她嫉妒这个犹太女人,这个有罪之身释放的美好,她神圣的经历,甚至她的痛苦。

"滚开,犹太人!"阿西莉亚一边大喊,一边双手掩面遮住泪水。"快滚开!现在我很开心,我确定我很幸福。我知道什么都比不上我此时的快乐,没有哪种爱能比得过我和赫尔乌斯之间的爱,也没有别的神圣之爱胜于我母亲、我祖母来庆祝神秘女神的仪式。哦,我明白了,你这个邪恶的女人,你是要我不满意现在的生活,可惜你失败了。你为什么来告诉我你对真实的上帝的热爱?为什么要在我面前吹嘘你曾经目睹主的复活?你是要破坏我怀有身孕的喜悦,你太邪恶了,我拒绝认识你的上帝!你太爱他了,爱他的人竟然头发散乱地跪倒在他脚下,这可不是贵族的妻子该做的事。如果我这样敬神,赫尔维乌斯一定会被气疯的。我可不想和一个信徒个个衣冠不整、头发蓬乱的宗教扯上一点关系。实际上,我也不会允许我怀着的小生命知道你的上帝。如果这个小家伙是个女孩,她将崇敬用泥烧成的手指大小的小女神,它们才是适合母亲和孩子的神祇。你鼓吹自己的宗教之爱,让我也和你一样,实在是大胆妄为。你的上帝怎么可能也是我的上帝呢？我不是罪人，我也没被七种罪恶纠缠，更没在大马路上晃荡过。我是个受人尊敬的女人！滚出去！”

抹大拉的玛利亚觉得她好像并不胜任传教，于是放弃了这个使命，隐居在野外的洞穴里，后人称之为“圣穴”。历史学家们一致认为乐塔·阿西莉亚直到很多年后才皈依耶稣，我忠实地记录下了这个故事。

皮荣诺先生

——献给吉尔贝尔·奥古斯丁-梯也利

众人皆知，我毕生致力于埃及考古事业。如果我说自己后悔从事这番被召唤的事业，这对我的祖国、我的学科以及我自己都是莫大的不敬。我从来不枉费工夫，这可不是我自吹自擂，我的那篇《关于卢浮宫中一把埃及镜柄的论文》仍然广为引用，而这只是我涉足考古领域的初期研究成果。

1851 年在挖掘塞拉皮斯庙时，我对在庙中发现的一个铅球做了细致入微的研究。不得不说我非常满意这项研究，因为它为我打开了通往法兰西研究院的大门。

这项研究让我得到了很多新同事的赞美，饱受鼓舞的我有一阵子还想全面掌握托勒密·奥乐特（公元前 80—公元前 52）统治时期仍然使用的亚历山大度量衡。不过，我很快就意识到那些思维深睿的学生根本无法研究如此宽泛的课题，而且一旦展开研究，很难不使科学遭受各种非议的风险。我发现在同时钻研几种课题的时候，我就能超越考古学的基本定律。如果我今天承认自己的错误，坦承一个野心勃勃的课题在我心里唤起的热情，那么我这样做的目的就是提醒年轻人，让他们以我为例，战胜幻想。幻想是我们的劲敌。一个不能粉碎幻想的学生，将永远不会学有所成。每每想到我对冒险的狂热将我深陷于此，我就浑身颤抖，差一点我就去研究历史了，那可真不像话呀！我竟差点陷进艺术之中！因为历史只是一门艺术，或者一门伪科学。当今大家都知道历史学家比考古学家出现得早，就像占星师先于天文学家，炼丹术士先于化学家，猴子先于人类出现一样。谢天谢地！我只是吓了一跳而已。

我要说的第三部作品是我缜密研究后的成果。那是一篇专题论文，标题是《从一幅未示人的画作谈中王国时期的埃及妇女服饰》。在该文的处理上我尽量不让自己误入歧途，不添加标新立异的想法。我警惕那些批评、对比和观点，就是这些东西把我的同行极具价值的发现弄得一团糟，但是这样一部严谨缜密的作品怎么会有那么怪异的命运呢？到底是怎么回事呢，这作品竟成了快把我搞得精神失常的病根？我们不要胡乱预测，也别混淆了日期。我的论文将在五所学校的公共课堂上宣读，这样的机会落到我们这一学科上非常罕见。前几年，这样的学术会议上会有很多打扮入时的人士参加。

那天出席我演讲的嘉宾都非常尊贵，女士云集，她们漂亮的脸庞和明艳的打扮将美术馆照耀得熠熠生辉。大家满怀敬意地听我演讲，没有人无知而聒噪地打断或扰乱，要知道，文学作品的演讲可是经常出现这类情况。不仅如此，听众们表情严肃，神态庄重，他们的神态与我所讲的作品风格和谐一致。

为了明确地阐述论文的观点，我在段落间做了停顿，故而有时间透过镜片观察整个大厅。可以说，没有一个人的嘴唇上挂着一丁点的微笑，即使最明媚年轻的脸庞也神情严肃，仿佛施了魔法一般，全场听众的才智都被论文催熟了。在我朗读时，偶有几处有年轻人在窃窃私语，可能是正在探讨论文中所提及的个别观点。

甚至，坐着北区观众台左角上的一位二十出头的妙龄美女在全神贯注地听讲，认真做笔记。她容貌娇美，表情灵动，听我演讲时的专心致志为她独一无二的脸庞又增添了几分魅力。她不是一个人来的，身边陪着一个肚大腰圆的大汉。那汉子留着黑色长发，蓄着亚述国王一般的卷曲长胡子，时不时低声和她说话。起初我的注意力是辐射到全场所有听众，渐渐地全部都集中在那位年轻小姐一人身上了。我承认，她引起了我的兴趣，我的同行说我这样的榆木疙瘩对女人肯定是不开窍。不过我确信要是遇到我此时的情形也一定不会无动于衷。我继续讲，她则在小本子上写写画画。她听论文的时候，你能看出她情感的矛盾性波动，从满足和喜悦转变为惊奇和焦虑，我对她越来越好奇。谢天谢地，我只在那一天，在那个圆屋顶下面看见过她！

我差不多读完了，顶多剩下二十五到三十页，我的目光突然与那位留着亚述胡子的男子狭道相逢。我怎么和你解释那时发生了什么呢，连我自己都想不清弄不明。我只能说对他的这一瞥，又一次把我推进了一种难以言喻的心烦意乱中。他的绿眼睛盯着我，我无法把目光移开，呆愣在那儿，哑口无言。我停止朗读，听众们开始鼓掌。我用尽全力依然无法把我的目光从那两只灯泡般的眼睛上移开，好像被神奇的力量铆在了一起。这还不算完，一个与我一贯奉行的原则背道而驰，一个更加奇怪的现象出现了——我开始了自由发言！上帝知道这是不是出于我本心。

在一种陌生、怪异又无法抵挡的力量的影响下，我饱含热情地讲述着通过年龄审视女性着装的哲学评论。我洋洋洒洒地谈论、概括、总结。上帝宽恕我吧！我侃侃而谈的是女性的永恒之美和她们的欲望。那欲望飘渺得犹如藏在女性装饰美貌的芳香面纱之后气若游丝的香气。

留着亚述胡子的汉子牢牢地盯着我，我则继续侃侃而谈。最后，他垂下了眼帘，我也停下了讲话。这段自由发挥与我的天性大相径庭，与我的科学思维背道而驰，竟然还得到了雷鸣般的掌声，实在让我觉得丢脸。那位坐在北区观众台的年轻小姐也面带微笑地鼓掌。

在我之后上演讲台的是一位法兰西学院的院士，看起来排在我后面宣读论文让他有点不快。也许他多虑了，毕竟在他念论文时，听众并没有特别不耐烦。我发现他的论文是用韵文写的。

会议结束后，我和几位同行一起走出大厅，他们再次真诚地祝贺我，我则努力相信这份真诚。

我们在台阶平台上的克鲁佐狮子边停留一会儿，和同僚们互相寒暄时，我看见那个大胡子汉子和那位年轻小姐坐进了一辆双座马车。正巧我旁边站着一位口才横溢的哲学家，听说他既熟稔世俗的人情世故，也精通宇宙的高妙理论。那位年轻小姐从车窗里探出她秀气的脑袋，伸出小手，喊着我朋友的名字，用略带英国腔调的声音说道：

“亲爱的朋友，您把我忘了，这可太糟糕了！”

马车走远后，我向那位著名的同行打听这位迷人的女子和身边的陪同到底是何许人。

“什么！”他回答道，“你竟然不认识摩根小姐和他的医生达欧！达欧医生用磁铁、催眠术和暗示疗法治好了所有疾患。安妮·摩根是芝加哥最富有的商人之女，两年前和母亲一起来到巴黎，在皇后大街上修建了一座奇妙的宅邸。她受过良好的教育，非常聪明。”

“您果真没让我失望。”我回答道，“我有理由相信这位美国女子有一种极认真的品质。”

我那位赫赫有名的同行和我握手时，面带微笑。

我走回圣雅克大街的家里。那是一套陋室，我坐在工作台前，能望见卢森堡公园里树木的顶梢。我在这里已经住了六年了。

我坐在写字台前勤勤恳恳地工作了三天，眼前是一尊长着猫头的帕克特女神雕像。这尊小纪念雕塑上面刻着被葛雷博理解错了的文字。我当时正致力详实地去解释和评论这些文字。研究院里的事故给我留下的印象并没有大家担心的那么可怕，它并没让我经久不忘或常常介怀。说实话，我甚至都有些淡忘了，要有新情况发生才能勾起我的这段回忆。

因而，这三天里，我有充裕的时间将阐述和评论打磨到令我满意。只在停下来看报纸时，我才会中断自己的考古工作。报纸上写的全都是对我的溢美之词。

与学识八竿子打不着的报纸也长篇累牍地讲那个结束我论文时"颇具魅力的一段"，"这是一种启示，"还有，"而且皮荣诺先生已经为我们准备了一个十分切合心意的惊喜。"我不明白自己为什么会看这些琐碎的东西，因为我向来毫不关心报纸上有关我的评论。

三天的研究快要接近尾声时，门铃响了，吓了我一跳。我从铃声里听出拽动门铃绳的动作里夹杂着的迫切、奇妙和怪异，心里局促不安，于是我惴惴不安地走过去开门。在楼梯平台上看见谁了呢？是那位最近正迷上阅读我论文的年轻的美国小姐，是摩根小姐本人。

"皮荣诺先生?"

"正是。"

"即使您没穿那件绣着绿色棕榈叶子的漂亮外衣，我还是立马就认出您来了。但是，您可别为了我再去穿上，我更喜欢您穿着睡衣时的样子。”

我带她走进书房。她好奇地打量着纸莎草文稿、书籍和从墙壁覆盖到天花板的各种零零碎碎的东西，然后安静地观赏了一会儿放在我写字桌上的帕克特雕塑。

最后开口说道：“她很迷人。”

“小姐，您指的是这尊小塑像吗？实际上，它表现出了很奇特的铭文特点。但是，我可以请问为何我能荣幸地让您光临寒舍呢？”

“噢！”她回答道，“我一点都不关心它杰出的铭文特点，这精妙的猫脸实在是举世无双。您肯定认为她是一尊女神，是吧，皮荣诺先生？”

我反驳了她毫无价值的怀疑。

“相信的话就是物神崇拜。”

她瞪着绿色的大眼睛吃惊地看着我。

“啊，这么说您不是物神崇拜者咯？我不相信一个考古学家会不崇拜物神。如果您不认为帕克特是一位女神，您又怎么会去研究她呢？不过，都无所谓。我是为了一件至关重要的大事来您这儿的，皮荣诺先生。”

“至关重要？”

“对，一套服装。您看着我。”

“很乐意。”

“您没看出我的侧面有古实①人的特征吗？”

我不知该如何作答，这样的一种来访对我而言实在是太陌

① 古实，圣经旧约将埃塞俄比亚按希伯来语（Cush）翻译成“古实”，代表“埃及南面的整个尼罗河流域，包括苏丹和埃塞俄比亚。古实王朝曾统治埃及。

生了。

“嗨,没什么可奇怪的。”她接着讲,“我记得我曾经是埃及人。那么,皮荣诺先生您也曾是埃及人吗？难道您不记得了吗？真奇怪！您至少确信我们经历过一系列连续的化身吧？”

“我不知道。”

“皮荣诺先生,您让我非常意外。”

“小姐,您能告诉我,我因何有幸能……”

“确实,我还没告诉你我来这儿是请您帮我设计一套埃及服装呢,我要穿着它参加N伯爵夫人的化装舞会。我想要一套准确、真实而且感觉惊艳的服装。为此我花了不少工夫,皮荣诺先生。我搜肠刮肚,因为我清楚地记得六千年前我曾住在底比斯。我让人从伦敦、布拉克和纽约把设计图样寄了过来。”

“当然,图样更可信。”

“不,什么也比不上一个人的直觉。我也曾经到卢浮宫的埃及博物馆里研究过,里面尽是迷人的东西。那里的女子,身段窈窕,侧影纤细,胜似花朵。但是刚柔并济,二者兼具。还有一个像萨尔西的贝斯神！上帝呀,那里的一切都是那么美好!”

“请原谅,小姐,我还是不明白……”

“我还没有讲完呢。那天我去听您关于中王国时期一位埃及妇女服饰的论文了,还做了笔记。您的论文很枯燥,不过我还是努力研究了一下。在这些笔记的帮助下,我设计了一套服装,但是现在还不算准确,所以我来到您这儿,请您帮我修改,明天一定要到我那里去呀！您会吧？看在我对埃及的热爱上,您一定要赏光啊！您会来的,对吧？明天！我得抓紧走了,妈妈还在马车里等我呢。”

她刚说完最后几句话就消失了,我跟在她后面出去。我走到门廊时，她已经走到楼梯下面了。我站在上面听见她清脆的声音：

“明天见！布洛涅森林大街上萨义德别墅。”

“我才不去这个疯女人家里呢。”我自言自语。

第二天，下午四点钟我按了她府邸的门铃。仆人把我引到一间宽敞明亮的大厅里，那里堆满了图画、大理石或铜质塑像，一乘涂过马丁漆的轿子里放满了瓷器、秘鲁木乃伊、士兵和身披甲胄的战马模型，共计十二座。比他们高出一大截的是一个肩上生着白翅膀的波兰士兵和一个法国骑士。法国骑士身披甲胄，头盔上是一个带着圆锥高帽、遮着面纱的女人头像。

大厅的配制箱里长着一棵浓密的棕榈树，树叶在摇曳着。大厅中央还放置了一座巨型的金佛，佛像脚边坐着一位衣着褴褛的老妇人，她正在读《圣经》。

当紫色垂帘被抬起，摩根小姐穿着缀有天鹅绒毛的睡衣出现时，我仍被这些神奇的东西弄得目眩神迷。她向我走来，身后跑着两条高大、长着长胡子的大猎狗。

“皮荣诺先生，我就知道您肯定会来。”

我结结巴巴地奉承她。

“怎么能拒绝一位如此迷人的女性呢？”

“噢，人们对我有求必应可不是因为我的美貌，我有一个秘密武器能让人们听从我。”

然后，她指着那位正在读书的老妇人对我说：

“别管她，她是我妈妈，我就不介绍给您了。即使您跟她说话，她也不会搭理您的。她信奉一个神秘的宗教，那个教派禁止一切非说不可的谈话。这是一个新出现的教派，信众都穿粗布衣服、在木盆里吃饭，我妈妈十分享受这些小仪式。但是您肯定猜到了我让您到这儿来不是谈论我妈妈的，我一会儿就穿上埃及服装。您就先瞧瞧这些小玩意儿吧。”

她让我坐在一个柜子前面，柜子里有一具木乃伊、几件中王国时期的小雕塑、许多圣甲虫宝石，还有几篇漂亮的葬礼仪书残篇。

就自己一个人时，我饶有兴趣地观察砂纸草仪书，因为书上写着的一个名字我在一枚印章上也曾见过，那是国王塞蒂的印章。我马上记录下这部文献体现出的各类有趣的特点。

我沉浸在这其中的时间比我估计的还要久得多。一种特殊的直觉提醒我身后有人，我回过头，看见了一位尤物。她头上戴着一件金鹰的饰物，一件白色的紧身衣将她纯洁美妙的身体曲线勾勒得尤为曼妙。紧身衣外面套着一件水粉色的束腰长裙，腰部系着一条宝石腰带，裙子在腰下披散开来，呈现均匀的褶皱。她裸着手臂和双脚，手指上带着戒指。

摩根小姐站在我面前，头向右肩倾，姿势庄严，为她的靓丽增加了几许难以言说的神圣。

“怎么！这是您吗，摩根小姐?”我喊道。

“除非是娜菲鲁拉本人。您记得吗，勒孔特·德·李勒笔下的娜菲鲁拉，太阳一般美丽……

‘躺在处女床上的她毫无光彩，裹着细布，脸色惨白’

“您当然不知道，您对诗歌一窍不通，这诗实在是美妙！来吧，我们工作吧！”

我控制住激动的心情，给这位迷人女子靓丽的服装提了一些建议。我敢对诸多细节提出质疑，这和我考古学的精确性相去甚远。我建议把戒指上的宝石换成中王国时期广泛流行的物品。最后，我坚决反对用景泰蓝搭扣，这件珠宝成了一个非常不符合时代的累赘。我们同意用一枚徽章代替它,徽章上有个小金洞,里面镶着精美的宝石。她温顺地听我讲话,好像对我很满意,还留我吃晚饭,我借故自己日常饮食简单告辞了。

走到前厅时,听见她从后面喊:

“喂,我的服装够漂亮吗? N 伯爵夫人的舞会上我能把别人气疯了吧?”

听到这话后我惊呆了。可是,当我回过身,再次看见她时,我又一次陷进了她的咒语里。

她叫我回来。

“皮荣诺先生,”她说,“您可真可爱! 给我写个小故事吧,那样我会很爱您,很爱您,一直爱您。”

“我不会写。”我回答道。

她耸耸肩惊呼:“如果科学不能帮助您写个故事的话,那科学有什么用呢?! 皮荣诺先生,您一定得给我写个故事。”

想到再次重申我的拒绝也是无济于事,我没吭声地走了。

我和那个大胡子达欧医生在门口擦肩而过。在法兰西学院的圆屋顶下,他的目光曾让我倍感手足无措,他给我留下了粗俗鄙陋的印象,我实在是不愿意再看见他。

N 伯爵夫人的舞会是在我那次拜访的半个月后举办的。看到报纸上说漂亮的摩根小姐穿着娜菲鲁拉的服装引起轰动时,我一点都不觉得惊讶。

1886 年接下来的时光里,我再没听别人提起过她。但是新年的第一天,我正在书房里写东西时,一个男仆给我送来了一封信和一个篮子,他告诉我“摩根小姐派我来的”,然后就走了。

篮子放在了我的写字台上,我听见里面发出“喵喵”的叫声。我打开篮子,从里面蹦出了一只小灰猫。

它不是安哥拉猫,它比我们的猫瘦长,是东方品种。根据我的判断,它长得酷似在底比斯地下墓地里发现的同类猫,墓地里有很多这种用粗绳子捆着的木乃伊。它抖抖身子,扫视四周,弓弓背,哈欠连天,然后走到摆在我桌子上的高昂着纯洁秀美脸孔的帕特拉女神身边,靠着她扑哧扑哧地蹭着浑身的毛。尽管它毛色灰暗,毛发短小,但仍不损优雅,露出一副聪明温顺的神态。我想不明白为什么猫会奇妙地出现在这儿,摩根小姐在信中也没有明说。她信里的内容如下:

亲爱的先生:

我非常喜爱这只小猫,它是达欧先生从埃及带回来的,我把它送给您。请为了我,好好对待它吧!波德莱尔,这位斯台法纳·马拉美之后产生的最伟大的法语诗人曾经说过:

严肃的学者,还有热烈的情侣,
在其成熟的季节都同样喜好,
强壮又温柔的猫,家室的骄傲,
像他们一样地怕冷,简出深居。①

我本没必要提醒您应该为我写个故事,并在主显节那天送给我,我们将共进晚餐。

安妮·摩根

附注:您的小猫叫波路。

读完信,我看着波路,它的两只后腿直立着,正舔着它神圣的姐姐帕特克黑色的脸。它看着我,而且我必须承认,我们俩之间

① 选自波德莱尔《恶之花》之《猫》,郭宏安译,华夏出版社。

那个不觉得怎生奇怪的竟然是它。我自忖:“这到底是什么意思?”不过我很快就不再去想了。

“我真是太厉害了,竟然到一个近乎疯癫的年轻女子的疯狂举动中探究意义。”我自忖,“还是工作吧,让女管家马格洛伊尔太太去照顾这个小家伙吧!”

我继续自己的编年体工作,这项工作给我带来了更多乐趣,因为它给了我机会去超越我杰出的同行马斯佩洛先生。波路不肯离开我的桌子,它蹲在上面,竖起耳朵,看着我写东西。说来莫名其妙,那天我都没写出什么好东西。我思维混乱,脑袋里装满了各式各样的童话奇谈。上床睡觉时,我感到非常不满意。第二天早晨,我又看见波路坐在我的工作台上舔着爪子,这一天我的工作效率依然出奇地低。我们将珍贵时间花在了彼此对视上。第二天、第三天,整个一周就这么过去了。我本该因此感到痛苦,但我必须承认我渐渐适应了这种状态,而且还有几分享受。一个正直的男人堕落起来是如此之快呀!主显节是星期日,那天早晨我精神抖擞地起床,奔向工作台。波路和以前一样,已经在那儿等着我了。我打开一册漂亮的白纸本,将钢笔蘸进墨水瓶里,然后在这位新朋友的注视下,用大大的字母写下:《一位独眼搬运工的悲惨遭遇》。

之后,我没有再看波路一眼,一整天都以惊人的速度写这个神奇又引人入胜的故事,它太有趣、太好玩了,连我都被吸引了。我笔下的搬运工把包裹弄混了,还犯下了十分滑稽的错误。一位恋爱中的人在关键时刻得到了他的帮助,而他自己却毫不知情。他把衣柜搬到了另一家,柜子里藏着人,把那家的老太太吓坏了。但是怎么来讲述一个这么有趣的故事呢?写作过程中,我情不自禁地大笑了二十多次。至于波路,它没有笑,不过它肃穆的表情反而让人觉得更愉快,更好笑。我写完这个快乐的故事的最后一行字时,已是晚上七点钟了。六点钟后屋子仿佛被波路双眼发出的光照亮。我在黑暗中写故事和在明亮台灯的照耀下一样安然自若。故事写完了,我开始穿外衣。我套上了件黑色西装,系上白领带,和波路告辞,匆匆下了楼梯来到街上。

“叔叔,您像一个梦游者似的,这是要跑去哪里?”

是我的侄子在和我打招呼。他是个诚实、聪明的年轻人,“硝石制造所”医院里的一位外科医生。人们都说他未来的医学生涯前途无限。其实,如果他能更加防范他那些奇思妙想,他还能更聪明。

“怎么了?我正要去摩根小姐家,把我刚写完的故事给她送过去。”

“什么?叔叔,您也写故事,而且还认识摩根小姐?她非常漂亮。您认识那位和她形影不离的达欧医生吧?”

“冒牌医生!江湖郎中!”

“可能是吧,但毋庸置疑他是个非常杰出的实验家。无论是伯恩海姆、李埃热瓦还是夏尔科本人都没能获得他随意制造的奇异效果。他不借助接触或者直接的媒介,只用一个动物作媒介产生催眠暗示,将人诱导入催眠状态,他常常用短毛猫来做试验。

“他的实验方法是:暗示给猫一个行为,然后将猫装进篮子里送到他想施加影响的目标对象那里。猫将它收到的信息传递出去,在其影响下的目标对象就会按照操纵者的愿望行事了。”

“这是真的吗?”

“是真的,叔叔。”

“那么摩根小姐能从这些奇妙的实验里得到什么好处呢?”

“摩根小姐雇佣达欧医生为她工作,用催眠术和暗示让人们干蠢事，好像她的美貌还难以令她满足。”

我没有花时间继续听他讲，一股难以抗拒的力量催促我赶紧朝摩根小姐家走去。

里　凯

——献给J. A.古朗格翁

房子租期到了,贝尔热雷先生即将带着他的姐姐和女儿搬离他们在塞纳大街上几近坍塌的老房子。他们的新家是在沃古拉尔大街租的一所现代化公寓。这是佐伊的决定,也是宿命的安排。

几乎一整个上午,里凯都在破败的房间里落寞地徘徊。他最珍贵的习惯被打破了,衣着破烂、满嘴脏话、性格粗野的陌生人闯进了他家,让他没法睡觉。他们甚至还进军厨房,践踏他的饭碗和水碗。他刚把屁股搁在椅子上,他们就把椅子搬走了;他们还把他可怜的脚踩着的地毯也硬生生抢走了。就连在自己家,也再没有个能落脚的地方了。

据说,起先为了自己的利益,里凯也做出了反抗。当水碗被拿走时,他曾朝着敌人狂吠。但是根本没人搭理他,没人鼓励他,毫无疑问没人认可他的努力。佐伊小姐厉声说:"里凯,安静点!"波琳小姐也搭腔:"里凯,你真笨!"

从此,里凯放弃了无谓的警告。他开始为大家的共同福祉孤军奋战,静静哀悼这个家的残败。他从一个房间窜到另一个房间,徒劳无功地想觅得一点安静。搬家工人进入了他的常居地,他谨慎地藏在了桌子或橱柜下。可是他的机警得到的结果比没用还糟糕,那件家具马上就被工人们从他身上搬走了,然后又被撂下，巨大的声音吓了他一大跳。里凯被吓坏了，浑身毛发直竖。他赶快逃到另一个地方，结果比之前的那个还不安全。

但是这些不便，甚至危险远远无法和他内心的痛苦相提并论，他的感情深深地受伤了。

里凯并不把家中的家具视为没生命的东西，在他看来，它们是仁慈的生灵，是带来福气的灵魂，它们的离开将带来可怕的厄运。盘子、糖罐子、砂锅、平底锅，都是厨房里的神祇；扶手椅、地毯、靠垫和壁炉边的家什，这些物什都要消失无踪了。他坚信这样的灾难是无论如何也无法弥补的，他小小的心灵里装满了浓浓的悲伤，但是里凯的心灵和人类的心灵一样，忧伤来得快，去得也快。

口渴的搬家工人走了很长时间了，年迈的安琪莉可拿起扫帚，在地板上扫起堆积已久的灰尘。里凯闻到了老鼠的气味，还看到一只蜘蛛仓皇逃跑。他的小脑袋很容易这样三心二意的。不过很快，他又陷入深深的伤心里了。

搬家那天，眼见着事情越来越糟，里凯陷入了绝望。看见亚麻衣服堆在黑箱子里，里凯痛心万分。波琳慌乱地把她的连衣裙塞进手提箱里，里凯从她身边走开，好像她在做什么错事。他缩在墙角，心想："这是最糟的了，全完了！"也许他认为只要不看，事情就没发生；或许他仅仅是想不看那令人难过的情景，它特意不往波琳那边看。波琳来回走的时候，正巧看到了里凯的表情。他痛心疾首，波琳却感到得非常可笑，她笑出声来。她笑着对里凯喊道："过来，里凯，到我这儿来！"但里凯在角落里一动不动，头也不回。当时的里凯不但没心情拥抱他的小主人，而且他神秘的直觉，他奇怪的预感使他非常害怕那只敞口的箱子。看到里凯没反应，波琳走过去，把他抱了起来。"你这是怎么啦？"她语气充满讽刺。不过里凯不明白讽刺。他躺在波琳的手臂里，神情伤感而呆滞，好像什么也看不见，什么也听不到。“里凯，看看我！”波琳叫唤里凯三声，他毫无反应。然后，波琳假装愤怒地说，“笨家伙，你也进去吧！”她把里凯扔进了箱子，并盖上盖子。姑姑正在叫波琳，她马上走出了房间，把里凯丢在了大箱子里。

箱子里的里凯忧心忡忡，他怎么能知道他的主人把他扔进箱子里不过是开个玩笑呢。他自知自己的处境已十分堪忧，可不能再因自己的冒失变得更糟糕。所以，他几分钟内一直屏住呼吸，一动不动。然后，他决定在这漆黑的监狱里探探路。他伸出爪子，摸到一些裙子和亚麻衣服，刚才他就是被残酷地扔到它们上的。他努力地寻找出口，想赶快逃出这个可怕的地方。他苦苦找了两三分钟，突然听到正要出门的贝尔热雷先生在喊他：

“里凯，里凯，我们到河堤散散步，那是荣耀的地方，虽然人们在那儿建了一座样子难看、奇丑无比的火车站。建筑真是越来越走下坡路了，他们拆了巴克街拐角那幢漂亮的住宅，然后肯定会建一座有碍观瞻的建筑。我只希望我们的建筑师别把那种粗俗的风格弄到奥赛格河堤路和华盛顿大街的拐角上，毕竟香榭丽舍大街上早已经有一个可怕的“典范”了。里凯！里凯！我们去河堤路走走，那是荣耀之地。不过加布里埃利和路易时代已使那里的建筑艺术越来越衰落了。狗在哪呢？……里凯？里凯？”

贝尔热雷先生的声音给了里凯莫大的安慰。他使劲用爪子抓柳条箱子的内壁，弄出声音。波琳手里抱着一堆衣服进来了，贝尔热雷先生问：“狗去哪了？”

“爸爸，他在箱子里。”

“什么，在箱子里?！他怎么跑那儿去了？”贝尔热雷先生很纳闷。

“因为他笨。”波琳回答。

贝尔热雷先生释放了他的朋友，里凯离开箱子后跟在他后面进了大厅，摇着他的尾巴。他突然冒出个想法，跑到波琳身上，蹭着她的裙子。直到他觉得自己的亲昵能够证明对波琳的忠诚后，他才兴高采烈地跑到楼梯口的主人身边。他觉得如果没有向一个有权把自己扔进漆黑的深箱子里的人表示他的爱意，那自己就有点不聪明，缺乏信仰。

贝尔热雷先生和他的狗一上街，就看到他们的家具散乱地堆在人行道上。工人们到街角的饭馆里吃饭去了。佐伊小姐衣柜上的镜子反射出来往的女孩、工人、商贩、美术学院学生的身影，还有运货马车、汽车、药店里的短颈大口瓶以及埃斯库拉比乌斯的蛇。电线杆上挂着老贝尔热雷先生的肖像，他面带微笑、神态安详、脸色苍白、神情专注，头发稍微梳了几下。贝尔热雷先生满怀敬意地望着他的父亲，把相框从电线杆上取了下来。他还把佐伊的小桌子放在了安全的地方，好像它暴露在大街上不太得体似的。

里凯用爪子挠着他主人的大腿，抬起他美丽又忧伤的眼睛望着他，好像在说：“我的主人，您曾经那么富有、煊赫，现在变穷了吗？没有地位了吗？您让那些衣着褴褛的人大摇大摆地进入你的起居室、卧室、客厅，把家具从房间里拖出来，把您那把深座位的扶手椅搬下楼梯。那也是我的椅子呀，以前多少个夜晚和清晨，我紧挨着您坐在那上面呀。我听见它在那群脏兮兮的人手上发出呻吟，它是一个物神，一个仁慈美好的灵魂。如果您不再拥有这些装满您家的器物，甚至连那些您晨起后用的小物件和我平常总咬着玩的拖鞋都没有了的话，我的主人，您会变得怎样穷困潦倒，我又会沦落成什么样呢？”

里凯的沉思

第一章

人类、动物和石块一靠近我的时候就显得很大，在我头顶上的时候更是巨大无比。但我却不变。无论何时何地，我都一样强大。

第二章

每当我的主人把他要吃的食物放到桌子底下喂我时，我就知道他要么是想诱惑我，要么是想等到我向他的诱惑投降时惩罚我，我可不信人类愿意为了我而自降身段。

第三章

鼻子闻到的狗散发的气味是香甜的。

第四章

每当我紧挨着主人坐在椅子上时，他都能让我感觉暖和，因为他是个神。壁炉前有一块很热的石头，它是一个神祇。

第五章

我高兴的时候才讲话。我主人说出的话都很有道理,但是他没有我表达得清楚;我发出的每个声音都有意义,可主人的唇齿间常常溜出几句无稽之谈。预见到主人的想法是件难事,但是十分必要。

第六章

能吃是福,吃饱是运。因为总有敌人蠢蠢欲动,要迅速而狡猾地将你的食物抢走。

第七章

万事皆有进退,唯我永恒。

第八章

我是万物中心。人类、动物和事物,无论好坏,都以我为中心排列。

第九章

在睡梦里,人类、动物、树木等各种形象可以是有利的,也可能有害的。而醒来后,一切都会消失不见。

第十章

自省。我爱我的主人——贝尔热雷先生，他既有权力又非常厉害。

第十一章

让你挨打的事不是件好事，让你得到安慰和食物作为奖赏的事情才是真的好事。

第十二章

黄昏时分，当罪恶的力量在房子里肆虐的时候。我大声叫喊，希望能把主人叫醒，把这些人撵走。

第十三章

祈祷。噢，我的主人，贝尔热雷先生，勇气之神，我崇拜您。您凶神恶煞时，值得赞颂！您和蔼仁慈时，值得赞颂！我要俯在您脚边，舔舐您的双手。当您坐在桌前，大快朵颐时，您俊美而伟大；当您用细木条点火，变黑夜为白昼时，您俊美而伟大！让我呆在您的家里，别让别的狗进来。还有厨师安琪莉可，优秀伟大的神明，我敬畏崇敬您是因为您能赐我食物。

第十四章

对主人缺乏敬畏，对主家屋子里的物神心存不敬的狗注定会凄楚可怜，四处流窜。

第十五章

有一天，一个装满水的破罐子被拿着经过客厅，水从罐子里流出来，洒在了地上。那个脏兮兮的罐子肯定被抽了鞭子，以示惩戒。

第十六章

人类具备的神力能打开所有的门，而我只能打开几扇门而已。门是伟大的物神，不怎么听狗的话。

第十七章

狗的一生是艰苦卓绝的一生。如果他不想受苦，就必须保持小心翼翼，不管是吃食的时候，还是睡觉的时候。

第十八章

狗永远都不可能知道自己的行为对于人类是否合格。我们不理解人类，却必须崇敬他们，人类的智慧太神秘了。

第十九章

创意。哦，害怕，庄严的慈母般的害怕呀，神圣而有益的害怕呀，请占领我吧！用危险填满我，这样我就能避开伤害了，从敌人面前逃跑。否则，我会为自己的冒失负责的。

第二十章

马拉着一种交通工具穿街过巷，它们太可怕了。街上还有大声喘气、自己前进的交通工具，它们也很唬人。衣衫褴褛的人真讨厌，头上顶着篮子和圆桶的人也很可恶。我不喜欢小孩子大声喊叫，在街上你追我赶，东跑西颠的。世界充满了太多讨人厌、令人烦的事物。

普　托

——献给乔治·布朗德斯

第一章

“那座我们儿时的花园，”贝尔热雷先生说道，“走二十多步就能穿越的花园，是我们的整个世界呀，充满了欢笑和惊喜。”

“吕西安，你记得普托吗？”佐伊轻问道，她面带微笑，双唇紧抿，忙着做女红。

“我怎么会不记得普托？在我儿时见到的所有人中，他的模样我一直记忆犹新。他的相貌和性格深深地烙在我脑海里，他脑袋尖尖的……”

“低矮的额头。”佐伊小姐补充道。

姐弟二人语气单调，神情严肃，你一言我一语地回忆和“背诵”那些有关体貌特征的条目：

“低矮的额头。”

“斜视眼。”

“诡谲的眼神。”

“眼角上有鱼尾纹。”

“颧骨凸起，又红又亮。”

“耳朵不卷曲。”

“面无表情。”

“他的双手总是在动，表达想法。”

“瘦削，有点佝偻，看起来很虚弱……”

“其实挺强壮。”

“轻而易举地就能用拇指和食指把一枚五法郎的硬币弄弯。”

“拇指非常粗实。”

“说话慢吞吞的。”

“言语总是非常温和。”

贝尔热雷先生突然激动地喊道：“佐伊，我们忘了他‘黄色头发、毛发稀疏’，我们再重新捋一遍！”

波琳惊诧地聆听这些奇怪的复述，询问他父亲和姑妈为何他们能把这么零散的东西牢记在心，还能像背诵连祷文一样顺畅流利。

贝尔热雷先生严肃地回答说：

“波琳，你刚才听到的是贝尔热雷家族的一篇文章，在我看来几乎是一篇祷告文。应该把它传授给你，免得它被你姑妈和我带到另一个世界。女儿，你的祖父，埃洛瓦·贝尔热雷先生是一个最不容易被糊弄的人，他非常看重这段文字，主要是因为它的缘起非常重要。他把这段文字称为‘普托的解剖’。他常说比起加斯梅普雷南的解剖他更喜欢‘普托的解剖’。他说过：‘如果说克塞诺马纳的描述是因为使用了生僻、华丽的辞藻显得渊博深邃，那么普托的描述以其明晰的思路和简洁的文体更胜一筹。’他是如此评价的，那个时候图尔地区的勒杜布尔博士尚未对拉伯雷《巨人传》里第四部分的第三十、三十一、三十二章做诠释。”

“我没听明白。”波琳说道。

“那是因为你不认识普托，我的女儿。你应该知道，普托是我和你佐伊姑姑童年生活里最熟悉的一个人。在你祖父家里，大家无时无刻不在谈论普托。人人都确信自己见过他。”

波琳问：“普托是什么人?”

贝尔热雷先生没有回答，而是大笑，佐伊小姐也紧抿双唇，笑了。波琳看看父亲，又看看姑妈。看见姑妈和父亲笑得那么默契，情趣相投，她顿感怪异。这的确是件怪事，要知道这对姐弟的性情可是迥然有异。

“爸爸，告诉我，普托到底是什么人？你不是想让我知道吗，快告诉我吧!”

“我的女儿，普托是一个园丁。他是一位老实的农人之子，在圣奥梅尔以培植树苗为生。但是他总不能让顾客满意，因此生意不好。后来他放弃经商，开始做短工，但不是每位雇主都满意他的服务。”

说到这儿，贝尔热雷小姐笑得更开心：

“吕西安，你记得吗，咱们的父亲找不到办公桌上的墨水、羽毛笔、封蜡和剪刀时，他就说：‘我怀疑普托来过这儿。’”

“啊，”贝尔热雷先生说道，“普托的名声不太好。”

“就这些吗?”波琳问。

“不，我的女儿，怎么可能就这些呢？我们认识他，熟悉他，但是值得注意的是……”

“根本就没有这个人。”佐伊说。

贝尔热雷看着他姐姐，眼神里流露着责备。

“说什么呢，佐伊？你干嘛这么扫兴？你敢说没有普托这么个人吗？佐伊，你敢肯定吗？在你声称普托根本不存在，从来没出现过的时候，你是不是该考虑下存在的状况和方式？姐姐，普托是存在的，不过是一种特殊的存在。”

“我越来越不明白了。”波琳气馁了。

“我的女儿，你马上就能弄明白了。普托生下来就是个大人。那时我还很小，你姑妈还是个小女孩，我们住在圣奥梅尔郊区的一个小房子里。我们的父母过着平静的隐居生活，直到有一天被一位叫科尔努埃的太太发现。那位太太住在离城市五里路远她自己的蒙布勒兹庄园里，她是我们母亲的姑奶奶。利用长辈的权利，她坚持让我父母每周日都到蒙布勒兹去共进晚餐，而我父母非常厌烦这样做。但是科尔努埃太太说礼拜日与家人一起吃饭是一种礼貌，只有出身低微的人才不遵从这一古老习俗。我们的父亲在蒙布勒兹无聊透顶，他的绝望让人不忍目睹，但科尔努埃毫无察觉，她什么都看不见。我们的母亲要勇敢一些，虽然她和父亲一样深受折磨，可能比他还煎熬，但她总是面带微笑。”

“女人生来即为受苦。”佐伊说。

“佐伊，尘世间的生命都注定要受苦受难。我们的父母无论怎么拒绝邀请都是徒劳。每个周日下午科尔努埃太太都来家里接他们。去蒙布勒兹成了他们的一项义务，无法逃避的义务。这是一种已定的秩序，只有反抗才能打碎桎梏。父亲终于反抗了，发誓再也不接受科尔努埃太太的任何邀请，于是，他把搜罗的各式各样得体的拒绝理由的任务交给了母亲，而她最不擅长这一点，她不知道怎么瞎编。”

“吕西安，我该说她不愿意瞎编，她可以和别人一样说些小谎。”

“确实是，有好的借口时她会用，这样就不必编造不好的借口了。姐姐，你记得吗，有一天在饭桌上，母亲说：‘幸亏佐伊得了百日咳，我们最近可以不去蒙布勒兹了。’”

“这倒是真的！”佐伊附和。

“等你病好后，科尔努埃夫人有一天跑来对母亲说：‘亲爱的，我期待周日你和你丈夫能到蒙布勒兹吃晚饭。'我们的母亲,受丈夫之托,要找到一个可行的理由推掉科尔努埃太太的邀请,紧急关头,她编造了一个借口。'我很抱歉,但我们实在去不了,周日园丁要过来。'

"听见母亲这么说,科尔努埃夫人从客厅的落地窗望出去,看到屋外荒芜的小花园,花园里的卫矛和百合看起来根本都没见过修剪刀,可能永远也不会知道。'园丁要来,做什么呢?——在花园里干活?'

"母亲不经意地把目光投向那块她叫做花园的野草和植物疯长的小块方形土地,沮丧地发现自己的借口实在是没有说服力。

"'这个人'科尔努埃太太说道,'完全可以星期一、星期二来你的……花园干活,这样更好些,周日应该休息。''他一整周都工作。'

"我发现最荒谬、离奇的理由往往最不容易招致反对:它们总是让对方大惑不解。科尔努埃太太非常固执,没想到这件事上竟然毫不坚持就放弃了。她从沙发上起身,问道:'宝贝儿,你的园丁叫什么名字?'

"'普托',母亲毫不迟疑地答道。

"普托的名字就这么定了。从那时起,他就确有其人了。科尔努埃太太离开的时候,嘴里还嘟囔着:'普托!普托!我一定认识他,可我怎么想不起来了呢,他在哪住?'

"'他干短工。有人要用他的时候就到这户人家或那户人家去找他。'

"'我就猜到会是这样,懒汉,流浪汉,一无是处,宝贝儿,千万别相信他。'

"从那刻起,普托就有了性格。"

第二章

古宾先生和让·马尔多先生来访，贝尔热雷先生跟他们说了谈论的内容。

“我们正在说我们的母亲在圣奥梅尔取了一个人名，这个人名很快就被人们信以为真。此后，他就真实存在了。”

“亲爱的大师，您能重复一下这个故事吗？”古宾先生一边擦拭他的夹鼻眼镜一边问道。

贝尔热雷先生回答说：“非常乐意。根本就没有什么园丁，完全没这么个人。我们的母亲说：‘我要等园丁来。’于是就有园丁这个人了，他活了。”

古宾先生说：“尊敬的大师，既然没这么个人，他怎么又活了呢？”

“他有某种存在方式。”贝尔热雷先生回答。

“您是指想象的存在？”古宾响声回答，语气轻蔑。

“难道想象中的存在就毫无意义？”大师喊了起来，“那些神话人物不是能对人类产生影响吗？想想神话，您就明白了，神话中的人物都是现实中想象出来的，他们是虚幻的，却对头脑产生十分深刻、持久的影响。时时刻刻都有这样的人，他们的真实性还不及普托，却长久激起人们的爱憎，恐惧和希望，劝解罪犯，获得祭品，还制定法律和风俗。古宾先生，想想不朽的神话吧！普托是一个虚构人物，我承认，他是那种地位卑微，寂寂无闻的小人物。粗犷的森林之神[①]，他以前坐在我们北方农民的饭桌上，后来

---

① 森林之神，长着羊蹄和羊角的半人半兽物。

人们觉得他值得出现在约尔达昂的画作[①]和拉封丹的寓言里。西科拉克斯毛茸茸的儿子进入了莎士比亚的杰作。普托没那等运气，他将永远遭到诗人和艺术家的忽视。他既不伟大也非异类，他诞生于识文断字，理性十足，却想象力匮乏，无力播撒迷人神话的人类之中。先生们，我想我说的够多了，足以让你们了解普托的真实个性了。”

古宾先生说：“我懂了。”贝尔热雷先生继续说道：

“普托确实存在。我确定，他的确存在过。先生们，请想一想，你们就会确信存在不只指实体的存在，而是意味着和实体之间的关联，仅表达一种关系。”

让·马尔多先生说：“毋庸置疑，但是没有实体的存在和根本不存在毫无二致。我忘了是谁说过这么一句话：‘我是存在的那个人。’请见谅，我记性不太好。一个人不能记住所有事，但是说这话的人非常帅。他想用这句有失慎重的话告诉人们他没有属性，而且否定所有的关系，他宣称自己根本不存在，轻率地抹杀了自己。我敢打赌，此言一出，再也没人谈论过他。”

“你错了，”贝尔热雷先生反驳道，“他用了大量形容词来抵消这句傲慢自大的宣告造成的坏影响，人们也经常谈论他，而且是在对他不予置评的情况下。”

古宾先生说：“我不明白。”

“您没必要明白。”让·马尔多先生答道。他请贝尔热雷先生再谈谈普托。

“您真是太好了，让我继续讲普托的故事。”大师继续说道，“普托生于十九世纪下半叶的圣奥梅尔。如果他早几个世纪诞生

① 指约尔达昂的画作《林神和旅行者》。

在阿登森林或罗塞利的昂德森林，那他的命运就顺遂多了，可能是一个才智超群的邪恶神灵。”

“古宾先生，请喝茶。”波琳说道。

“那普托是一个邪恶神灵吗？”让·马尔多先生问。

“他邪恶，”贝尔热雷先生说，“从某方面看，确实如此，但是也不完全邪恶。他和那些邪恶的魔鬼差不厘，但是你和他们接触得多了，也是能发现不少他们的优点的。我相信人们对普托可能有些不公。科尔努埃太太对所有事都很少感到满意，她对普托心怀芥蒂，乍听我母亲说起他的名字就怀疑他是个流氓、酒鬼，甚至小偷。她还想到如果雇佣普托到她的花园里干活，而不用那些名声好价格高的园丁，是不是会更好。要到修剪紫杉的季节了，她寻思贫寒的爱洛娃·贝尔热雷太太付给普托的钱不多，那富足的她可以给得更少，富人付的钱比穷人付的少在当时是惯例。她看见了自己被修剪成篱笆状、球形和金字塔形的紫杉，而她在这上花的钱并不多。她说：‘我会看着他的。不会让普托偷懒，偷东西。不用冒险，就好处多多。流氓有时候比本分老实的工人更能干。’她决定试一试，便对我们的母亲说：‘宝贝儿，让普托去我那儿，我给他在蒙布勒兹安排活干。’母亲倒是很乐意，但这完全办不到。科尔努埃太太在蒙布勒兹苦等普托，却等来一场空。她打定主意，从不轻易放弃自己的想法。她再见到母亲时，抱怨没有普托的音信。‘宝贝儿，你没告诉普托我在等着他干活吗？’‘我告诉他了。但他那个人非常奇怪。’‘噢，我太了解这种人了。我对普托了如指掌。还没见过这么懒散的人，居然不去蒙布勒兹干活。我家可是很有名气的。我的宝贝，普托一定会乖溜溜地来听我的吩咐，很快就会来的。你把他的住址告诉我，我去找他。’我们的母亲说她不知道普托住哪，别人也不知道他住哪，他根本没家。‘夫人，我没再见过他，我想他藏起来了。'她还能说什么更好的吗？

“科尔努埃太太听母亲这么说，心里起疑，她怀疑母亲怕失去普托或怕普托日后涨工钱故意骗她，让别人找不到她。她觉得母亲特别自私。世界公认的很多判断都是被历史审判的，和这件事情一样，很是主观。”

“这是真的。”波琳说道。

“什么是真的？”佐伊半睡半醒地问道。

“历史常常做出错误判断。爸爸，我记得您曾说过：‘罗兰夫人天真地祈祷拥有公正的子孙后代，但是她却没觉察到，如果她的同代人都是生性恶毒的猴子，他们的后代也依然是恶毒的猴子。’”

佐伊严肃地问：“波琳，你刚才说的和普托有什么关系吗？”

“姑妈，它们二者关系非常大。”

“我不明白。”

贝尔热雷先生不反对离题，他回答女儿：

“倘若世上所有的不公都能得以纠正，人们为了这些纠正，永远不能想象出另一个世界。一个人如何能让后代公允地评价逝者呢？怎样到他们栖身的黑暗去问询？世人可以公正对待逝者时，世人也已将他们忘记得干干净净。至少，科尔努埃太太渐渐地不得不承认我们的母亲并没骗她，但她还是没有放弃寻找普托。她向亲戚、朋友、邻居、仆人还有供货商打听普托，问他们认不认识这么个人，只有两三个人说根本没听说过。大多说人都确信自己见过他，厨娘说：‘我听过这个名字，但记不清他长什么样子。’清路工挠挠耳朵说：‘我一定认识他，可我说不出他是谁。’布莱兹先生给出了最确切的消息，他是一名注册费征收员，彗星发现年的10月19日至28日，他曾雇佣普托在大院里劈柴。

“一天早晨，科尔努埃太太气喘吁吁地跑进父亲的工作室。‘我看见普托了！啊！我看见他了！’——‘您确定？’——‘千真万确。他从唐尚先生家的墙边经过，然后拐到了阿贝斯大街，他走得急，很快就看不见影了。’——‘确实是他？’——‘肯定是。一个五十岁左右的男子，又瘦又驼，像个流浪汉，身上罩着件脏兮兮的衫子。’——‘真是他，’我们的父亲说，‘挺符合普托的外貌。’——‘你信了吧？我还喊了他的名字，我大喊“普托”，他转过身了。’——父亲说道：‘管治安的警察就是这么来确认他们搜捕的犯罪分子的。’——‘我刚才说了，真是他。我还是找到你们的普托了。唉，那个人脸色不好，你和你妻子雇他来家里干活，实在是不谨慎。我会看相，虽然只看到了背影，但我敢起誓，他要么是小偷要么是杀人犯。他耳朵边是平的，这种特点可从不骗人。’——‘啊！您注意到他耳朵边是平的了？’——‘什么都逃不过我的眼睛，我亲爱的贝尔热雷先生，如果你不想让你的妻子儿女遭到谋杀，就不要再让普托踏进家门了。给你个建议：把家里的锁全部换掉。’

“几天后，科尔努埃太太菜园子里丢了三个甜瓜。人们没抓到小偷，她怀疑是普托偷的。乡村警察被叫到蒙布勒兹来，他们的报告中表达了和科尔努埃太太一样的怀疑。当时，当地花园遭到偷盗团伙的劫掠，但这次的盗窃是一人所为，而且说法极其巧妙——没破坏任何东西，湿土上也没留下脚印。小偷别无他人，一定是普托，这是警察队长的看法，他对普托了如指掌，就差把他捉住了。

“《圣奥梅尔日报》专门发文报道了科尔努埃太太三只甜瓜遭窃一事，还根据在城里搜集到的描述刊登了普托的画像。报纸上写着：‘低额头、斜视眼、眼神游移不定，有鱼尾纹，颧骨凸起，耳朵没卷边。他身材瘦小,驼背,看上去很弱实际非常强壮。能用拇指和食指把一枚五法郎的硬币弄弯。’报纸还写着:‘我们有十足的理由确信一系列手法巧妙的盗窃行为都是他所为。’

“整个城镇的人都谈论普托,有一天,大家说普托被逮捕关进监狱了。但是很快就发现那个被当做普托抓起来的人叫里格贝尔,是一个卖年历的书商。因为对他提不出任何指控,在拘留了十四个月后,把他释放了。还是没有找到普托。科尔努埃太太成了又一起盗窃案的受害者,这次比上次还惨重,她的碗橱里丢了两把小银汤匙。

“她看出来了是普托的作案方法,叫人在她卧室的门外加了条铁链,从此再也睡不着了……”

第三章

晚上十点钟左右,波琳回到自己的房间。贝尔特雷小姐对她弟弟说道:“别忘了讲普托勾引科尔努埃太太的厨娘那件事。”

“我正想这事呢,姐姐。”贝尔热雷先生回答,“落下这件事,整个故事最精彩的部分就没了,不过我们得循序渐进,一点点来。警察局认真地搜查普托,但一无所获。当大家知道找不到他之后,每个人都觉得自己有义务找到他,最聪明的那个成功了。在圣奥梅尔城和乡下有很多这样的聪明人,于是,一时间街上、田里、树林里都有普托。他又有了新性格,还具备了民间故事里英雄的分身术,一个能瞬间远距离穿越,突然在最意想不到的地方现身的人,最让人胆战心惊。普托成了圣奥梅尔的恐怖人物。科尔努埃太太始终坚持是普托偷了她的三个甜瓜和两把汤匙。她整日诚惶诚恐,用门闩、围栏、锁头把蒙布勒兹围得密不透风却还是安心不了，厨娘的事更是让她雪上加霜。她家的厨娘遭人引诱，又被背叛，秘密怎么也藏不住了，但是她始终不说是谁干的。”

“厨娘叫古德尔。”佐伊说道。

“她叫古德尔，人们都觉得她下巴上那撮长长的、分开的胡子能让她免受情爱之苦。一撮突然冒出来的胡子曾保护了布拉格备受尊崇的那位国王的圣洁公主。但是，一撮常年存在的胡子，就不足以保护古德尔的贞洁了。科尔努埃夫人督促古德尔说出那个男人，但她泪眼汪汪，一言不发。请求和恐吓都毫无作用，后来科尔努埃太太做了长期而详尽的调查。她巧妙地向邻居、供货商、园丁、清扫工甚至乡村警察打听，却没发现一点蛛丝马迹。她又试了一次要让古德尔彻底交代。‘为了你自己的利益，古德尔，跟我说那个人是谁。’古德尔还是不说话。刹那间科尔努埃夫人灵光一闪，‘是普托！’厨娘哭了，没吱声。‘是普托，我怎么早没想到呢。是普托！真可怜！可怜的女人！可怜的女人呀！’

“科尔努埃太太深信是普托把厨娘肚子搞大的，每个圣奥梅尔居民，从法官到点路灯工人的小狗都认得古德尔和她的篮子。乍听说是普托干的，人们都非常惊诧、赞叹，甚至喜悦。

“普托在城镇和周围地区臭名昭著，但他还是和我们家保持着千丝万缕的联系。他从我们家门前经过，我们还相信他有时翻越我家的围墙。我们从没面对面见过他，但是时时刻刻都能辨别出他的背影、声音和步伐。我们不只一次地认为看见了他的背影出现在暮色中的街角。我和姐姐发现他的性情渐渐有些变化。他依然秉性恶劣，做坏事，不过变得天真坦率了。他越来越不真实，我敢说，增添了很多诗意。普托进入了天真世界，变成了鞭子老头一样的凶神恶煞，成了夜晚来临让孩子闭眼睛的沙子人。

“他没有淘气到夜里把马厩里小马驹的尾巴搅乱，他没有那种田园气息，也没那么有趣，但他同样淘气而天真，他用墨水在我姐姐的布娃娃上画胡子。我们在睡觉前躺在床上听他的声音：他和猫一起在屋顶惨叫；他和狗一起乱叫；他在烟囱里呻吟，发出回声；他还模仿大街上迟迟未回家的醉鬼的歌声。

“普托之所以始终存在于我们的生活中，与我们混得很熟，是因为我们对他的记忆与对周遭事物的记忆已融于一体。佐伊的布娃娃，我被他几次三番弄乱、弄皱的教科书，花园的围墙，我们在那儿曾看见他的暗影里两只眼睛发出红光，那只不是在冬天里冻裂就是被他摔碎的蓝瓷罐子，树木、街道、长椅——万事万物都让人想起普托，孩子们的普托，具有地方特色和神秘色彩的普托。在风度和诗情上，他连最蠢笨的畜牧神潘①和西西里迟钝的浮努斯②都不如，但却依然让人崇拜。

“在我们的父亲看来，他又有了截然不同的性情：兼具象征性和哲理性。父亲对人类满怀同情，他相信人类是不理智的。人们犯下的错误——不是特别残忍的错误——常让他咧嘴一笑。他对普托和他对人类信仰的总纲和缩影一样深有兴趣。他爱讽刺人，爱开玩笑，他谈起普托时好像确有其人一般。有时他说话的语气非常肯定，环境描述得细致入微，仿佛身临其境，常让母亲非常诧异，不胜惊奇，会听见她坦率地说：‘你说得跟真的似的，不过，朋友，你知道普托……’我们的父亲会郑重地回答：‘整个圣奥梅尔都相信有这么个人。如果我无视他，我还算是个好公民吗？在否定一件大家都相信的共识前，可得思前想后才行。’

“只有完全诚实的人才会有这样的顾虑。我们的父亲实际上

① 希腊神话中牧人和猎人的守护神。
② 罗马神话中的森林和田野之神。

信仰伽桑狄[①]学说，他使自己的感情和公众的感情一致，和所有圣奥梅尔人一样相信普托的存在，但却不直接和甜瓜被窃，厨娘被诱拐上直接联系。总之，为了成为好市民，他公开承认普托的存在，但是在解释城里发生的事情时，他又绝口不谈普托。此事和其他事情上如此的表现，让我们的父亲成为一个值得尊重，聪明智慧的人。

“而我们的母亲对普托的诞生怀着几分无端的内疚。因为，毕竟普托是她发明创造出来的，就像卡利班是诗人的发明一样。当然，这两件错误不可同日而语，比起莎士比亚，我母亲更无辜。然而当看到自己漫不经心的一句谎话愈演愈烈，不断扩大，流传到整个城市，甚至可能传播到整个世界时，她感到恐惧而困惑。她竟然有一天脸色惨白，相信立即就会看到她的谎话在自己面前成为现实。那天，她那位刚从外地来到城镇，来到我们家的女仆过来告诉她，有位男士想见她。‘他想和夫人说话。’——‘是个什么样的人？’——‘他穿着罩衫，像个乡下工人。’——‘他说叫什么名字了吗？’——‘说了，夫人。’——‘他叫什么？’——‘普托。’——‘他跟你说他叫……’——‘普托，是的，夫人，他说的。’——‘他来了？’——‘是的，夫人，正在厨房等着呢。’——‘你确实看见他了？’——‘确实，夫人。’——‘他到底想干什么？’——‘他什么也没说，只说想和夫人谈谈。’——‘去问问他想干什么。’

“女仆回到客厅的时候普托已经消失了，新来的女仆和普托之间的见面始终没弄清楚。但是我想从那天起，我母亲开始相信普托可能真的存在，自己可能并没有说谎。”

---

① 皮埃尔·伽桑狄（1592—1655）：法国唯物主义哲学家、物理学家和天文学家。主张感性经验是认识的源泉的感觉论。

埃米尔[①]

贝尔热雷小姐沉默不语，面带微笑，这于她可很少见。

“你笑什么呢，佐伊?”贝尔热雷先生问道。

“我想起了埃米尔·万森。”

“什么！佐伊，你想起了刚刚去世的那位优秀的伙计。我们爱他，怀念他，你怎么能笑得出来呢?”

“我是因为又看见了他过去的那副模样才笑的。年深日久的记忆最刻骨铭心。但是，吕西安，你要知道，并非所有的泪水都饱含痛苦，也并不是所有的欢笑都代表快乐。这还得要我这位老姑娘给你好好解释解释。”

“佐伊，我当然知道笑是神经错乱的结果。德·库斯蒂纳夫人[②]在监狱里和她被革命法庭判处极刑的丈夫诀别时，看见一个穿着长睡衣，带着睡帽，手拿蜡烛，脸上还画着妆的囚犯，打她身边经过，情不自禁发出一阵狂笑。”

“这根本不是一回事。”佐伊说道。

“是的，”贝尔热雷先生答道，“可我还记得，在得知那个在歌

---

① 埃米尔的故事原型是法朗士教父之子埃西安娜·夏拉维。他曾参加普法战争，任发饷官。后于 1899 年在法庭上勇敢直言，遭到民众和军队的误解，心情忧郁，身体日渐衰竭，于当年逝世。

② 德·库斯蒂纳夫人：法国大革命时将军德·库斯蒂纳的夫人。德·库斯蒂纳将军在法国大革命期间曾率领共和国军队赢得众多战役的胜利，但后期态度消极、反叛，最终被判处死刑。

舞杂耍咖啡馆里唱欢快的歌曲的德美的死讯时，我自己是什么状况。那是在省政府的一次晚间招待会上，沃恩-克拉夫兰跟我们说：‘德美[①]死了。’

“我是怀着非常得体的悲伤接受这个消息的。而且，一想到再也听不到那个胖胖的姑娘唱‘我坐在榛子上，把它们全压碎’，我心里所有的悲伤一滴一滴渗进我的灵魂里，让我默哀无语。秘书长拉卡雷尔先生低沉的嗓音，穿过他极具民族特色的小胡子，大声喊着：‘德美死了！这对法兰西的欢乐是笔多大的损失呀！’——‘今晚的报纸已经报道这事了！’皮鲁法官说道。——‘是的。’卡尔埃·德·夏尔莫将军满怀温情地补充道，‘而且还非常肯定地说这女人死时，领了天主教会的临终圣事。’

“听着将军简单的一句话，我眼前突然出现了匪夷所思、不合适的幻象。我想象在‘震怒之日’里，大卫和女预言家的证言中所说的世界末日。我看见时间化为灰烬，死者听从天使的召唤，从坟墓里爬了出来，成群结队朝最高审判者的宝座走去。那个肥硕的德美，赤身裸体地坐在天主右边。一想到这儿，我笑出了声，惹得众多文武官员惊奇地盯着我看。最糟糕的是，这个想法挥之不去，我一边笑还一边说：‘你们将会看到，单单是她的出现就会让最终审判失去严肃性。’佐伊，还从来没有哪句话这么不为人理解，如此不被人认可。”

“你真是荒唐，吕西安。我嘛，我可没有那么多稀奇古怪的想法。我刚才笑，是因为回想起了我们可怜的朋友万森活着时的样子，就是这么简单。这很自然。我真诚地怀念他，他是我们最好的朋友。”

“佐伊，跟你一样，我也很喜欢他；一想到他，我也和你一样想

---

① 维克多丽娜·德美：一个在咖啡馆唱歌的民间艺人。

笑。说来奇怪,他那么小的身体却装了那么多军人的热情。他虽长着一张圆圆的娃娃脸,却拥有英雄的灵魂。他在外省的一个小城里安安静静地过日子,在丹特勒里做刷子。但是,除了工作,他的心里始终还想着别的事。”

“万森比约让叔叔长得还矮还瘦小。”贝尔热雷小姐说道。

贝尔热雷先生说:“可是他生性好战,很有公民精神和殖民情结。”

“他是一位非常优秀的人。”贝尔热雷小姐评价道。

“万森参加了 1870 年那场战争①。那年他二十岁,我才十二岁。在我眼里,他看起来很老气,比实际年龄大不少。在那‘可怕的岁月’里的一天,他突然造访我们在外省那个平静的家,他是来和我们辞别的。万森穿着一套自由射手的衣服,看着很恐怖。鲜红色的腰带上露出两把鞍架手枪的枪托。即使是在最悲惨的时代,也应该让人们笑笑,一位名不见经传的军械师突发奇想,把万森挂在了一把特别大的马刀上。佐伊,别责怪我这么说话,这是效仿西塞罗一封信里的说法。这位演说家在信上说:‘那么,是谁把我的女婿挂在这把剑上的?’

“在我们的朋友埃米尔·万森的一身戎装上,最让我觉得惊奇的就是那把特别长的马刀,它激起了我幼小心灵对胜利的向往。我敢说,佐伊,你当时最注意的是他的靴子。当时你正低头做女红,突然抬起头喊了声:‘哇!穿靴子的猫!’②”

“我确实说了‘穿靴子的猫!’,可怜的埃米尔呀!”

“你是说过‘哇!穿靴子的猫!’,不过不必悔恨,佐伊。德·朗泰斯夫人在她的回忆录里写到,有一天,一个小女孩见到年轻、

① 指普法战争。

② “穿靴子的猫”来自于法国作家贝洛的童话。

瘦削的波拿巴[1]穿着共和国将军的服装，就称他是‘穿靴子的猫！’波拿巴对这事一直耿耿于怀。我们的朋友气量大，并没有因这句话而生气。埃米尔·万森和他所在的连一起划拨给一位将军，那位将军不喜欢自由射手，对他们说：‘不是光穿得像过狂欢节就行，你们必须知道怎么打仗！’

“万森朋友对将军这番挖苦讽刺的训话泰然处之，整个战役期间他表现得卓尔不群。有一天，人们看见他怀着一位英雄的豪迈和近视患者的平静自若接近敌人的前哨，眼前三步以外的东西，他都看不见。什么都不能让他退却。在他生命的后三十年里，他一边做扫地毯的刷子，一边回忆他沙场征战的峥嵘岁月。他阅读军事报纸，组织昔日部队战友的聚会，出席为纪念 1870 年那场战役为国捐躯的士兵而建的纪念碑的落成典礼。在威尔森·托里克斯、贞德和卢瓦尔省战士的雕像在法国大地上相继出现后，他带领他的工人在雕像前游行，还发表爱国演说。说到这儿，佐伊，我们要接触到《人间喜剧》里的一幕，总有一天人们会领悟那含着悲伤的幽默。在那件案子审理期间，埃米尔·万森曾直言不讳：艾斯特哈齐是个骗子，是个叛徒。他之所以这么说是因为他知道真相就是如此，他太直率了，从来都不懂要掩盖事实真相。从那天起，他被视作国家和军队的敌人，被当作叛国贼和外国人。他患有心脏病，如此令人痛心的境况加剧了他的疾病。他死于悲痛，死于不被理解的惊愕。我最后一次见他时，他跟我谈起战术和战略，这是他最爱谈论的话题。尽管 1870 年，他是在动乱不堪的一片混乱中作战，但他还是相信战争是最动人的艺术。

---

① 此处的波拿巴指拿破仑·波拿巴（1769—1821）：出生在法国科西嘉岛，是一位卓越的军事天才，法兰西第一帝国皇帝。

我曾经和他说，从严格意义上看，根本并不存在所谓的战争艺术，打仗时用的都是和平时期的艺术：面包烘焙、马蹄铁制造、治安管理、化学工业等等，我担心我这么说一定把他惹怒了。”

“吕西安，你当时为什么要说这些话?”贝尔热雷小姐问道。

“因为我确定我说的千真万确。”她弟弟回答道，“人们所谓的战略都是库克旅行社使用的艺术，包括踏桥过河，从山口翻山越岭。而战术的那些规则非常幼稚。伟大的军事家根本不把战术放在眼里，他们都是听天由命，只是不承认而已。他们的艺术就是创造出对他们有利的偏见。当人们觉得他们无可匹敌时，他们打起仗来就容易多了。战争只在作战图上显示出它的井然有序、有条不紊所具备的决胜意志。”

“可怜的埃米尔·万森!”贝尔热雷小姐嗟叹道，“他真的是太喜欢军队了。和你一样，我也相信当他发现军队最后将他视为敌人时，他备受折磨。卡尔埃·德·夏尔莫将军夫人对他多刻薄无情啊。她比任何人都清楚他为支持军队的慈善事业捐助了多少。可当她知道万森说艾斯特哈齐是骗子之后，就马上和他一刀两断，井水不犯河水。她赤裸裸地斩断了他们之间的联系。有一天万森去拜访夏尔莫将军夫人，在大厅里等候，将军夫人走到大厅边，用他能听见的声音说：‘和他说我不在家。’不过，她并不是个歹毒女人。”

“不，当然不是，”贝尔热雷先生回答说，“她这么做展现出圣洁的单纯[①]，在别的时代，能看到更多更令人敬佩的榜样。而今我们就剩下些平庸的美德。可怜的埃米尔完全是死于忧伤。”

---

① 圣洁的单纯，出自被活活烧死的宗教改革者让·于斯。当他看见一位老妪往焚烧自己的柴火堆上添柴时，他激动地说：“圣洁的单纯”。

领　带

——献给费利克斯·德科里夫人[1]

贝尔热雷先生正在往他新公寓的墙上钉钉子。他发现自己很享受这个乐趣,于是开始寻找为什么往墙上钉钉子能给自己带来快乐。等他找到原因,乐趣却没了。因为乐趣正在于钉钉子并且不问其中的快乐。他一边思量着哲学思维的烦恼,一边把他父亲的肖像挂在客厅里他认为最可敬的地方。

"太往前倾了。"佐伊说道。

"你这么觉得?"

"我确定。看着像要倒下来似的。"

贝尔热雷先生把挂肖像的绳子缩短了点。

"没对齐。"贝尔热雷小姐说道。

"歪了吗?"

"是呀,很明显往左歪。"

"现在呢?"

"又往右歪了。"

贝尔热雷先生费劲地终于把相框的底边和水平线对齐了。随后,他退后三步,检查一下自己的劳动成果。

---

① 费利克斯·德科里(1860—1915):法国著名律师,曾为一大批引起轰动的案子辩护,出版过《乔治·桑与缪塞书信集》,死时任法兰西共和国总统府秘书长。

“我觉得挺好。”他说道。

“现在正合适。”佐伊说道，“如果画像没挂正的话，我心里就会非常不舒服。”

“并不是就你自己这样，佐伊。很多人都会和你一样觉得别扭。简单的几何图形如果不规则了，就会让人感到很不舒服，因为人们轻易就看出实际情况和原来情况之间的差别。有些人看见糊墙纸贴得不好，就会非常难受。人类处于严峻恶劣的境况中，即使区区歪了的画框都会使人不安。”

“吕西安，这可一点都不必大惊小怪。芝麻蒜皮的小事在生活中也占了很大分量。你自己不也总是对琐碎小事兴趣十足吗？”

“这幅画像，我不知看了多少年，”贝尔热雷先生说，“可是此时此刻让我觉得震撼的东西，此前我却一直都没发觉。我刚发现我们父亲的这幅肖像是一位年轻人的肖像呀！”

“吕西安，画家古塞林从罗马回来给我们父亲画像的时候，父亲还不到三十岁，还是个年轻人呢！”

“确实如此，姐姐。可是，小时候，我就认为这是一幅老人的肖像，这个印象一直伴随着我。刚才，这个印象却一瞬间消失了。古塞林的油画色彩变暗了，肌肉在陈旧的清漆下面生出琥珀色调，一些橄榄绿的阴影模糊了肌肉的轮廓。父亲的面孔好像在深邃的背景里渐渐消逝。可是，他那光溜溜的前额，火热的双眼，既深沉又纯净的清瘦的脸颊，还有浓密、光亮的黑发，我第一次发现，这些都是朝气蓬勃的人身上才有的。”

“当然咯！”佐伊说道。

“发型和服装都是他年轻时那个年代的。父亲的头发梳得马马虎虎。他那件暗绿色上衣的领子竖起，身上穿了一件紫色花布背心，宽大的黑色丝绸领带在脖子上绕了三圈。”

“十几年前，还能看见有些老人系这样的领带。”佐伊说道。

“有可能，”贝尔热雷先生说，“马洛雷先生就从来都不扎别的式样的领带。”

“吕西安，你说的是圣奥梅尔的文学院院长吗……他都去世三十多年了，可能比这还要长。”

“佐伊，我还不到十二岁的时候，他就六十多岁了。就在那年，我对他的领带犯了一件大罪，当时我是胆大得不可思议呀。”

“我相信你肯定还记着那件蠢呼呼的恶作剧。”佐伊说道。

“不，佐伊，你肯定没记住我说的那件事。假如你记得，就肯定不会这么说了。你知道马洛雷先生非常注重个人仪表，他总是非常高贵自重。他还非常遵守礼节，常常说些奇妙而过时的事。有一次，他邀请父母亲去他家吃饭，他第二次亲自为母亲端上一盘朝鲜蓟，对她说：‘太太，再来一小屁股吧。’他依照了优秀的礼仪传统和表达习惯，才这么说的。因为我们的祖先从来不说：要一点点朝鲜蓟。可是他的这种表达方式早就过时了，母亲好不容易才憋住没笑出来。佐伊，我忘了我们是怎么知道这个朝鲜蓟的故事的。”

佐伊一边给白窗帘缲边，一边说：“那是因为父亲有一天当着我们的面讲的，他没注意我们也在。”

“从那以后，佐伊，你一看见马洛雷先生就忍不住会笑。”

“你总笑。”

“不，佐伊，我笑的不是这事。让别人大笑的事无法把我逗乐，把我逗乐的事也没法让别人大笑。我不止一次地发现这个道理。那些大家都不觉得滑稽可笑的事常常让我觉得非常可笑。无论是大笑还是伤心，我都和大众背道而驰，常常显得我像极了傻瓜。”

贝尔热雷先生爬上梯子去挂一幅描绘维苏威火山夜间喷发的风景画，这幅水彩画是从他祖父那里继承下来的。

“可是，我的姐姐，我还没和你讲过我在马洛雷先生身上犯下的过错呢。”

“吕西安，趁你在梯子上，顺便把金属杆固定在窗户边。”

“乐意效劳。”贝尔热雷先生回答道，“那时候，我们住在奥梅尔市郊的一幢房子里。”

“挂窗帘的环圈在钉盒里。”

“我看见了……一个带花园的房子。”

“一座非常漂亮的花园，”佐伊说道，“里面种满了丁香树。草坪上立着一个陶土的小园丁，从草坪往深处走是一片阡陌交错的树林和一个岩状砌面的假山洞，墙头还有两只大蓝罐子。”

“的确，佐伊，有两只大蓝罐子。夏天的一个清晨，马洛雷先生来到我们的小屋里查阅他自己图书室里没有的资料。这些书在城里的图书馆里也找不到，因为一场大火把图书馆烧得几乎什么都不剩。父亲把他的书房借给院长用，马洛雷先生接受了这个建议，并说好在对照完那些文本后，留在我们家吃中午饭。”

“吕西安，看一下窗帘是不是有点太长了？”

“很乐意。那天上午，天气燠热。鸟儿在周围安静的环境里，也按捺不住。我坐在花园里的一棵树下，看见阴暗的工作间里马洛雷先生的背影，他满头的白发盖到衣服领子上。他一动不动，只有一双手在纸上来回摩挲，这都不足为奇。他正在写东西，可是我觉得比较奇怪的正是……

“嘿，窗帘够长吗？”

“还差四寸，我的好佐伊。”

“怎么,差四寸?让我瞅瞅,吕西安。”

“看吧……让我觉得比较怪异的是马洛雷先生把领带放在了窗户的扶手上。看着那条挂在窗户边的长领带,一种无法名状的感觉盘踞了我的心灵,我的手指不由自主地一直朝领带的方向摸索,拉它,毫无动静;我又拉,领带到了我手里,后来我把它藏在了一只蓝罐子里。”

“我的吕西安,这个笑话并不算很有趣。”

“还没说完呢……我把领带藏进了一只蓝色罐子里,还一丝不苟地用树叶和苔藓把它埋起来。马洛雷先生又在书房里工作了很长时间。我在绿荫下面看见马洛雷先生一动不动的身影和垂到脖颈的白发。后来,女仆喊开饭。走进饭厅,那出乎意料的一幕真让人惊讶。马洛雷先生坐在父母中间,神情严肃而安静。他一如既往地高贵,神态肃穆、威风凛凛,但是却没有系领带,正是这一点让我十分惊奇。我明明知道他不可能有领带,因为被我藏在蓝罐子里了嘛。但没带领带的他却让我非常吃惊:‘我不能想象,夫人,’他小声对母亲说。母亲止住了他的话:‘我丈夫会借给您一条领带的,亲爱的先生。’

“后来,我心想:‘我开玩笑把领带藏起来,他认真找起来还真找不到。’心里觉得非常奇怪。”

齐亚拉夫人

——献给雨果·奥热迪

吉亚古莫·特德斯希教授是那不勒斯市一位很有名望的医生。他的府邸与安古洛那达相距不远,芳香馥郁。各形各色的人都频繁光顾他那里,尤其是那些在桑达路西亚卖海产品的漂亮姑娘们。无论什么病症,吉亚古莫·特德斯希教授都开麻醉药,他不但能娴熟地拔出龋齿,还是节日后为那些勇士治伤缝合的行家里手,他还会用掺杂着学术拉丁语的海边方言安慰他的女病人。病人平躺在长椅上,那些长椅是在世界上任何海滨城市都看不到的最长、最摇摇晃晃、最咿呀作响、最肮脏的椅子。吉亚古莫·特德斯希教授身材瘦长,脸圆乎乎的,长着一双绿色的小眼睛,一个耷拉到弯曲的嘴角处的长鼻子。他肩膀浑圆,肚子尖得突出,双腿瘦长,让人想起旧时戏剧里的丑角。

吉亚古莫·特德斯希教授晚年迎娶了一位年轻女子——齐亚拉·马米,她是那不勒斯备受尊重的一位苦役犯的女儿。老苦役犯后来在伯尔古·第桑托成为了一位面包师,去世时得到了全城人的哀悼。第桑托的阳光给托尔的葡萄和索朗特的橙子涂上了金色的光芒,也照耀得齐亚拉夫人渐渐成熟,绽放绚烂的光芒。

吉亚古莫·特德斯希教授相信他妻子的品行和她的相貌一样美丽高洁,更何况他知道出身强盗之家的女性的荣誉感是何等强烈。可是他是医生,熟知女性天性中容易产生的烦忧和脆弱。

在他发现米兰的马尔蒂利广场上的那位固定缝制女士服装的裁缝阿斯加尼奥·拉尼利三天两头往他家里跑之后，医生心生忧虑了。阿斯加尼奥·拉尼利年轻俊美，总是面带笑容。然而，英勇爱国的面包师之女是地道的那不勒斯人，她不会忘了对米兰镇里的那位先生得负有什么义务。可是阿斯加尼奥·拉尼利喜欢在医生不在家的时候造访，齐亚拉夫人也愿意在没有别人在场的情况下接待他。

有一天，教授比家里人估计得回来得早，正好撞见阿斯加尼奥正跪在齐亚拉脚下。齐亚拉迈着女神般的步子轻轻地走了，阿斯加尼奥也站了起来。

吉亚古莫·特德斯希教授十分焦急地朝阿斯加尼奥走去。

“朋友，我看您生病了，您来我这儿是来对了。我是医生，誓为人们减轻病痛。您非常痛苦，不必否认。您脸颊灼热，是头痛，严重的头痛，肯定是。您来我这儿实在是太明智了。我相信您一定等我等得不耐烦了。糟糕的头痛呀！”老医生一边说话一边像沙宾族的公牛一样，勇猛地把阿斯加尼奥推进了诊室，强制他坐在那张著名的长椅上——那张长椅为生病的那不勒斯人服务了四十多年。

老教授死死地抓住阿斯加尼奥，说道：“我明白怎么回事了，您牙疼。对，牙疼！您的牙烂了。”他从手术箱里拿出很多把医用钳子，把阿斯加尼奥的嘴撬得大开，钳子一搬，拔掉了一颗牙。

阿斯加尼奥一边吐着嘴里的血，一边往外跑，吉亚古莫·特德斯希教授在后面大叫：“一颗好牙，好牙，确实是好牙！……”声音流露出酣畅淋漓的喜悦。

内　贼

——献给亨利·莫诺

大概是十年前——可能十多年，也可能不到十年，我曾到一所女子监狱参观。那是一栋亨利四世时期建成的古堡，高高的板岩顶板俯瞰着河边这座黑暗的南部小城。监狱长将到退休的年龄了。他是一位与众不同的官员，见解独到，心地善良。他对三百名女囚的道德品质根本不存幻想，但他也不认为她们的道德品质比从大街上随便挑到的三百名妇女要逊色多少。

他和蔼的眼神中带着疲惫，似乎在对我说："这里和其他地方没什么差别。"

我们穿过监狱大院时，看到一长列女囚正悄无声息地往车间里走。大多数囚犯都上了岁数，表情生硬而阴郁。同行的卡贝恩医生让我留神，几乎所有的囚犯都有某种身体缺陷，斜视在她们身上非常常见。这群堕落的人身上，打着深刻的犯罪烙印，起码是行为不端。

监狱长缓缓地摇了摇头。我看得出他并不认同犯罪学家的理论。很显然，他一直坚信在我们生活的社会群体里，犯人和没犯罪的人二者之间并没有什么太大的不同。

他把我们引进车间。有的人在烤面包，有的在熨烫衣服，有的在缝纫，每个人都在做工。工作的氛围和整洁的车间似乎为这个地方增添了愉快的气氛。监狱长善待囚犯，无论面对多么愚蠢,多么乖张的犯人,监狱长都十分耐心,非常仁慈。他认为人们应该原谅这些和我们共同生活在地球上的女人犯下的许多错误,甚至不应该太多盘问那些轻罪和重刑犯人。和别人不一样的是,他并不要求小偷和老鸨改造得多么完美,因为她们本身已经承受了惩罚。他并不怎么信赖惩罚的道德功效,对把监狱看成一个道德学校的理念失望至极。他并不认为痛苦能让人变好,因而他尽可能让这些不幸的女人少受痛苦的煎熬。他是否有宗教情结,我不得而知,不过对他而言赎罪没有任何道德意义。

他对我说:"对监狱里的规定我有自己的解释。在推行规定之前,我会先向犯人解释。比如,有一条规定是保持绝对肃静。如果让她们绝对肃静,那她们肯定会发疯或变傻。我想制定狱规的初衷肯定并非如此。我对她们说:狱规要你们保持肃静,这是什么意思呢?意思是不能让看守听见你们说话。如果你们说话被发现了,你们肯定要受处罚;如果没被发现,谁都不会惩罚你们。我不干涉你们的想法,如果你们的说话声不高于你们的想法,那我也不会干预你们说话。和她们这么解释后,她们都尽量说话不大声。她们不但没疯,还遵守了狱规。"

我问他上级是否赞同他对狱规的解释。他回答说,检查员经常批评他,他把他们带到外边的大门那儿,对他们说:"你们看这木头栅栏,如果这里关的是男犯人,不出一个星期,肯定都越狱跑了,一个都不剩。女犯人从来没想过越狱,但是还是得谨慎点,别把她们逼疯,蹲监狱给她们的身心都带来了伤害。如果你们非逼着不让她们说话,我就辞职。"

接下来我们参观了医务室和牢舍,它们设在刷着白石灰的宽阔的大厅里,那里往日的华美堂皇已丧失殆尽,徒剩一些用灰石和黑大理石建造的、下面支撑着立天使浮雕的壮观的壁炉。那里有一尊1600年前的正义女神的雕塑，是由某位意大利风格的佛拉芒艺术家雕刻的。女神光着颈项，屁股从分开的长衣中裸露出来，粗壮的胳膊上托着她失衡的天平，两个托盘像钹铙似的来回撞击。女神的剑指向一个躺在铁床上的小东西，铁床上铺着一块和对折的毛巾差不多厚的床垫，那个小东西好像是个小女孩。

“嘿，你好点儿了吗?”卡贝恩医生问道。

“噢，是的，先生，好多了。”小女孩笑了。

“好的，乖乖的，很快就会好了。”

她望着医生，大大的眼睛里全是欢乐和希望。

“这个孩子病得非常厉害。”卡贝恩医生说道。

我们继续往前走。

“她犯了什么法?”

“不是违法，她犯罪了。”

“啊?!”

“弑婴罪。”

走到长廊的尽头，我们来到了一间气氛欢快的小屋。屋里摆着橱柜，窗户面向乡间，没镶铁栏杆。一位年轻漂亮的女士正在桌子前写字，她旁边站着一位身材苗条的女子，正从挂在腰间的钥匙串里找钥匙。我以为她们是监狱长的女儿，但是他告诉我她们是犯人。

“您没发现她们穿着囚服吗?”

我真的没有意识到这点，因为她们穿着囚服的感觉和其他人完全不同。

“她们的衣服比其他人的做工好，戴的帽子也比较小，能露出头发。”

年老的监狱长回答说:“不让女人露出漂亮的头发实在是太

难了。她们俩要服从狱中的规定，强制劳动。”

“她们在做什么？”

“一个保管档案，一个管理图书。”

根本没必要去问，她们俩都是“为爱而犯罪”。比起轻罪犯，监狱长毫不掩饰他对重罪犯人的偏爱。

他说：“我知道，有些罪犯看起来和犯下的罪行毫不相关。犯罪是她们生命里的一道闪电，她们能够重新变得正直、勇敢和慷慨。但是对小偷我就不能这么说了。她们的轻罪，平庸而低俗，那是她们生存的基础。这群人无可救药。她们犯法的卑劣动机一而再再而三地从她们的行为中露出端倪。她们承受的惩罚相对较轻，加之身心愚钝，承受起来相当容易。

“当然这并不是说，”他接着补充道，“这些不幸的人不值得同情，不值得我们的关心。在这儿工作得越久，我越清楚地知道——这些所谓的罪犯实际上只是些不幸的人。”

他带我们走进他的办公室，让一名看守把 503 号犯人带过来。

“我要让你们开开眼界，”他说，“请相信我，我事先并没做任何刻意安排。毋庸置疑，你们一会儿看到的会让你们对违法和惩处有新的认识。你们接下来将要看到的、听到的，我这辈子已经经历了不下一百次。”

看守带着一名犯人进入办公室。她是一位年轻的乡下姑娘，看起来漂亮、甜美、单纯。“我有个好消息要告诉你。”监狱长说，“法兰西共和国总统听说你在监狱里表现良好，特赦免了你余下的刑期，周六你就自由了。”

她听着，嘴半张，双手在腹前交叉，一时半刻没明白监狱长的意思。

“下周六你就可以出狱了。你自由了!”

这回她明白了。她高举双手,非常悲痛,嘴唇打颤。

“我要出狱了?是真的吗?那我可怎么办呀?您能和那位好心的先生说说,让我还待在这个地方吗?”

监狱长温和而坚决地告诉她,她不能拒绝这份仁慈,还说在她出狱那天,她能得到一笔钱,有十到十二法郎。

犯人哭着走出了办公室。

我问他这位犯人犯了什么法。

监狱长打开了卷宗。“503 号,她是农家女仆,偷了女主人一件裙子。仆人偷窃……你知道,法律对于内贼是严惩不贷的。”

托马斯先生

我曾认识一位非常严格的法官,他叫托马斯·德·墨兰,是一位乡绅。在麦克·马洪的七年任期里,他成为了一名法官,希望有朝一日能以国王的名义主持正义。他对有些原则深信不疑,却从来没试图做个验证。只要你检验某一原则,你就能发现原则之下的东西,明白其实它根本就不是颠扑不破的真理。托马斯·德·墨兰对宗教原则和社会原则从来都不费心思量。

托马斯先生是我所居住的 X 城第一法庭的法官。他的相貌让人们心生尊重,甚至敬意。他身材细高、瘦骨嶙峋、脸色枯黄,朴素的衣着给人一种器宇不凡的气质。他喜欢别人叫他托马斯先生并不是因为他厌弃自己的社会地位,而是因为他觉得自己太贫寒了,承受不起他的贵族头衔。我非常了解他,故而知晓他并不是表里不一,虽然性格软弱、才智褊狭,但他仍然拥有一个高尚的灵魂。我发现他有高尚的道德情操,但是,在对他行使地方预审法官和审判员职能做了几次观察后,我察觉他的正直和责任感让他变得非常严酷,有时甚至完全剥夺了他的洞察力。他对宗教极其虔诚,有罪和救赎的想法不知不觉中凌驾于犯罪和惩罚。显而易见的是,他惩处罪犯时心里常抱着他们能重新做人的美好想法。他认为人间的公平是神圣的公平——一个微弱而美好的反应。童年的时候,他就接受过受苦是福的教育——受苦本身是一项优点、一种美德、一次救赎。除对此深信不疑外,他还相信每个有罪之人都要受一番苦楚。他热衷惩罚，惩罚是他善良内心的果实。他习惯了向天主表达谢忱，因为天主为了他的永福和惩戒亚当的原罪将牙疼和疝气降之于他。他罚无业游民和流浪汉钱，把他们关进监狱，并将此视作恩惠。托马斯先生的法治哲学以教理书为基础，其毫不容情来源于头脑的直接和简单。我们不能说他残酷。他不屑于世俗生活，也不会感情用事。他对人类受苦没有一个明确的自然认识，一切概念都纯粹是道德和教条的。他狂热地热衷于单人隔离监禁制度。有一次，他带我到他辖区里一座刚落成的漂亮监狱参观，眼睛里洋溢着心底十足的喜悦。那是一座苍白、洁净、寂静、可怕的事物，牢房围成一个圈，中央是门卫的观察室，看起来像是疯子们建的一座生产同类的工厂。发明单人牢房制的人确实是一群恶毒的疯子，他们想把违法犯罪分子改造成好人，于是强制他们服从某一制度，而这种制度只会把他们变成笨蛋或暴徒。托马斯先生却不这么认为，他对残暴的单人牢房感到非常满意，因为他坚信犯人永不孤单，上帝始终和他们在一起。他平静、自鸣得意的眼神似乎在说："我把五六名犯人带到这里，让他们和他们的造物者，也是最神圣的法官面对面，世上哪有比这更让人羡慕的命运呢?"

很多案件都由托马斯先生审理，其中包括一件教师的案子。非教会教育和教会教育当时正公开对峙。共和党人谴责教士的愚昧和残暴，该区的教会报纸则指控一位非教会学校的老师命令学生坐在烧热的火炉上。指控得到了乡绅贵族的支持，事情渐渐增加了很多令人发指的细节，人们的热议引起了司法当局的关注。如果正直的托马斯先生知道什么是感情的话，他绝不会意气用事。但是当感情带着宗教色彩时，他便把它们视作责任。他确信自己有责任处理人们对一个不信仰上帝的学校的不满，但却完全没意识到自己操之过急。我不得不说在这件案子的审理过程中,他一丝不苟,克服了重重困难。他采用正常的司法手段,也取得了不错的结果。学校里三十四位学生,一个挨一个接受询问,最初回答得很不好,后来越来越好,最后答得非常好——他们的回答如出一辙。这三十多份口供内容一致,毫厘不差。学生们第一天说他们什么也没看到,现在则异口同声地证明他们的小伙伴光着屁股坐在红红的火炉上。托马斯法官对这一结果非常满意,可是那位老师却证据确凿地指出学校里从来没有过火炉。后来,托马斯先生开始怀疑学生们撒谎,但他却没意识到是他本人不知不觉地把这些证词灌输给学生们,教他们背得滚瓜烂熟。

对教师的起诉被驳回了。法官严厉地斥责了那位教师,让他收敛他的粗暴本性,然后法庭将他释放了。教会学校的学生跑到那所学校外大吵大闹,冲那位老师大喊:"嘿! 哈! 烤屁股!"还往他身上扔石子。学校的校监知悉此事后,拟写了一份报告,报告中表明该教师在学生中已失去威信,建议立即将其调离。那位老师被调到了一个讲方言的乡村,当地人管他叫"烤屁屁"——这是他们知道的唯一一句法语。

通过和托马斯先生的交流,我明白了为什么预审法官得到的证词都是一个模式。他在办公室里接待了我,当时他的书记官正协助审问一位证人。我正想告退,但他让我留下,还表示我在场并不会对司法机关合理执法有不好的影响。

我在角落里坐下来,听他们的对答:

"杜瓦尔,你下午六点的时候见过被告吗?"

"也就是说,法官先生,当时我妻子在窗户旁,她对我说:'索卡尔多刚走过去。'"

"他从你们窗户下经过一定让你妻子印象深刻,要不然她也不会特意告诉你。那么，他的姿态引没引起你的怀疑？”

“法官先生，我会告诉你他走路什么样子的。我妻子对我说：‘索卡尔多刚走过去。’然后我就走过去看，对她说：‘是的，确实是索卡尔多。’

“非常准确！书记官，记下来：下午六点，杜瓦尔夫妇看到被告在他们房子周边晃荡，形迹可疑。”

托马斯先生又问了证人几个问题，证人是名日工。托马斯先生把证人的答复用司法术语口述给书记官。然后，证人听到书记官读他们证词，签个字，行个礼，就可以走了。

“为什么，”我非常不解地问，“为什么您没有如实地记下证人的证词，反而把它翻译成证人根本没说过的话呢？”

托马斯先生异常惊愕地盯着我，镇定自若地说：“我不明白您什么意思，我是原原本本地记录下证词！每一个法官都是这么做的，法律报告里从来没有证词被法官歪曲、篡改的案例。如果说我和我的同行们一样，对证人的证词做改动的话，那是因为像杜瓦尔这样的证人，你刚才听到了，他们话都说不明白。可是如果一五一十地记录下错误的、粗俗的、啰嗦的话，完全是对法律神圣尊严的侮辱。不过，亲爱的先生，我觉得您没有弄明白审讯到底是怎么回事。不能忽略了法官在记录和归纳证词时的目的，他不但要自己清清楚楚，还要让整个法庭都明白。仅他自己一个人明白是不够的，其他法官必须和他一样清楚。因此，他必须从证人语无伦次的陈述和被告模棱两可的回答里，把隐藏在其中的证据和指控凸显出来。如果证词的记录杂乱无章且毫无条理，那么最有利、最确凿的证据也会变得一文不值，很多罪犯会逍遥法外。”

“但是，把证人还存疑的想法变得确凿的做法，难道不危险吗？”我问道。

“如果遇到没有良知的法官可能会如你所说，但是目前为止，我见过的法官都具有深切的责任感。不过新教徒、自然神论者和犹太人里也都有法官。”

“托马斯先生，您至少得承认您的做法有一个弊端：当你把证人的证词读给证人听时，因为你加入了他根本不熟悉的术语，他根本不懂的言辞，证人不明白证词的意思。您的‘形迹可疑’到了那位日工那儿是什么意思?”

他立刻回答道：

“这我想到了，并早有准备以免出现这种危险。我给你举个例子。不久前，有一位有智商障碍，品性如何我不得而知的证人，在书记官宣读证词的时候，他看起来没有专心听。我让他认真听讲，然后让书记官又读了一遍证词，但我发现他还是没认真听。为了让他正确地明白自己的义务和责任，我使了一计。我让书记官把最后一句改成和原来读的完全相反，然后让证人签字。当天正要在纸上签字的时候，我一把拽住他的胳膊，‘可怜虫!’我大声喊，‘你要签字的这份证词和你前面说的完全相反，这样的话你就犯罪了!’”

“那他怎么说?”

“他可怜兮兮地说：‘法官先生，您比我聪明，您一定知道我应该怎么写。’”

“看见了，”托马斯先生说，“一名积极履职的法官会时刻警惕，不犯错误。亲爱的先生，请相信我，司法出错纯属神话。”

正直的法官

——献给马塞尔·迪奈尔夫人

“我的确见过正直的法官，”让·马尔多先生说道，“是在一幅画里。我曾经在比利时逗留，当时我正躲避一位好奇心极重，坚持认为我和无政府主义者有密谋的法官。我不认识我的那些同伙，‘同伙’们也不知道我，但这一点并没有难住那位法官，他始终在权衡各种‘证据’，但他对价值的定义始终没有长进。他的坚持令我瞠目结舌。我逃到比利时，留在安特卫普，在那儿的一家杂货店里当伙计。一个星期天，在马布斯的一家画廊展出的油画里我看见了两位正直的法官。他们那种法官早都绝迹了，我是指他们是巡回法官，骑着小矮马，慢悠悠前进。手执长矛的步兵和游击队员为他们保驾护航。那两位法官胡须浓密，留着长发，像古佛德兰圣经里的国王一样带着奇怪而华丽的头饰，那头饰既像睡帽又像王冠，身上穿着华美的锦缎长袍。年长的法官给众人渲染出一种庄严、镇定而平和的氛围。他们的坐骑和他们一样温和平静，但是这两位法官性格不同，观点也有分歧，这一点一眼就能看出来。一位法官手里拿着一页纸，正用手指指着上面的内容。另一位法官的左手放在马鞍的前桥上，和善而非威严十足地抬起右手。他的拇指和食指间好像夹着无形的粉末，他的审慎和敏锐从他小心翼翼的手势里展露无遗。他们二位都很正直，不过很显然，第一位依从法律，第二位信仰精神。我倚在他们中间的栏杆上，倾听他们谈话。”

第一位法官说：“我遵从书面文字。第一道法令是刻在石头上的，预示着它将和地球一样不朽。”

另一位法官说：“因为法律工作者的动作太慢，人类思维灵活加之命运的变幻无常，所有法律在成文的那天就过时了。”

然后这两位杰出的老人继续他们教导式的谈话：

第一位法官：“法律是稳定的。”

第二位法官：“法律从来都是不稳定的。”

第一位法官：“法律来自上帝，是不可改变的。”

第二位法官：“法律是社会生活顺其自然的产物，取决于生活的变化情况。”

第一位法官：“它是上帝的旨意，不可改变。”

第二位法官：“它是人类的意志，永远在变。”

第一位法官：“它先于人类，也优于人类。”

第二位法官：“它来自人类，和人类一样脆弱，且可以不断完善。”

第一位法官：“法官，请打开你的书，念念上面写的字。那是上帝对信仰他的人口授的：他就是这样和我们的父亲、亚伯拉罕，和一代接一代的后裔说的。”

第二位法官：“死人写的东西活人可以不认账，否则那些死者的意志会一直强加给生者。死者犹生，生者已死。”

第一位法官：“死人写下的东西，活着的人必须谨遵。在上帝面前，活着的人和死去的人都是同一时代的人。摩西、塞鲁士、凯撒、查士丁尼一世和德国皇帝依然统治着我们。因为在天主眼里，我们是他们的同时代人。”

第二位法官：“活人要信仰活着的法律。指导我们何事可做，何事被禁的琐马亚斯德和努马·逢皮留斯还赶不上圣杜居尔的修鞋匠。”

第一位法官：“第一批法律是深受无穷的《智慧书》启发而得见世人的，最接近于智慧书的法律才是最好的法律。”

第二位法官：“您没发现吗？每天都有新法律产生，不同地区、不同时代的宪法和法令并不相同。”

第一位法官：“新法出自旧法。它们是同一棵树上的新枝杈，受同样的汁液滋养。”

第二位法官：“法律的古树流淌着苦涩的汁液，要常毁方能常新。”

第一位法官：“法律的公正与否并不由法官来评价，因为法律一定是公正的，法官要做的只是秉公执法。”

第二位法官：“法官有权利探究我们所执行的法律公正与否，一旦我们发现法律不公，我们可以在不得不执法的情况下做些调整。”

第一位法官：“批判法律和尊重法律二者背道而驰。”

第二位法官：“如果我们不正视法律的严苛，又怎么能让它变缓和？”

第一位法官：“我们是法官，不是立法者，也不是哲学家。”

第二位法官：“我们是人。”

第一位法官：“人是没能力评判人类自己的。一名法官，在他坐在审判席上时，就放下了他的人性，具有了神性，再也感受不到快乐和痛苦。”

第二位法官：“没有同情的公正是最残酷的不公。”

第一位法官：“文字规定的公正是最完美的。”

第二位法官：“如果公正与精神无关，那么它就是荒诞不经的。”

第一位法官：“法律的宗旨是神圣的，其繁衍出的结果也是神圣的。但是如果法律不是上帝的全部，而是人类的全部，那么也必须按书面章法办事。因为字面的东西是固定的，上层精神则变幻莫测。”

第二位法官：“法律是人类的全部。在人类蒙昧的早期阶段产生的法律愚蠢而残酷。可是，即便法律是神圣的，我们也要尊崇其精神而不是教条地依照字面意思，因为字面的东西是死的，而本质却生机勃勃。”

话毕，两位正直的法官下马，带领他们的随从一起走向法庭，履行各自的义务。法庭里早已有众人在等候。法官的马被拴在一颗大榆树下的木桩上，它们攀谈起来。第一位法官的马先开腔：

“如果马类成为世界的主人（有朝一日世界必然会归马类掌控，因为马很显然是造物的最终目标和终结者），如果世界由马类做主，能自由地表达自己的意志，我们会和人类一样受法律的制约，会为我们的同类设立监狱、绞刑、车裂等刑罚，并以之为乐。我们将是有道德的生物，兴建的监狱、绞刑架和绞刑杆自可为证，届时会有掌管立法的马。卢森，你怎么想的？”

卢森是第二位法官的坐骑。它回答说：“在我看来马是万物之王，我衷心地希望马的王国能够早日到来。”

它补充道：“布朗谢，如果我们建立自己的城镇，正如你所说，我们必须得建立治安体系。我希望法律要有咱们马的特点，有利于马类，忠于马类的利益。”

“卢森，你所说的是什么意思？”布朗谢问道。

“我的想法非常自然。我要求法律能保障每匹马都有粮草，马厩里有自己的位置，发情期都可以被允许恋爱，因为万事都有自己的时间。简言之，我希望马类的法律要符合马的天性。”

布朗谢回答说：“我希望我们立法者的思想能比我们的更高妙，它们能从创造马类的天马那里获得启发。天马尽善尽美，强大无比。天马制定给它所造物这样的命运：套着嚼子，拖着缰绳，体验马刺，葬身鞭笞。老兄，你谈到恋爱，天马规定我们中的大多数都要被阉割。这是它的命令，法律必须维护这种值得尊崇的命令。”

卢森问：“可是你能十分确定，这些罪恶源自于创造我们的天马，而不是人类，它的低级生物？”

布朗谢回答说：“人类是天马的臣子和天使。天马的意志体现在发生的每件事情上。它的意志是善的，即便他是恶意的，也是因为恶本身即是善，因此法律要让我们受苦以从善。在马的王国里，我们方方面面受到限制和折磨，布告、法令、判决、敕令都用来让天马满意。”

布朗谢接着补充道：“卢森，你一定长着颗驴脑袋，你根本不懂马天生就是为了劳筋骨、饿体肤，如果马不承受痛苦，就成就不了他们的命运，天马也会离我们而去。”

阿德里安娜·布凯

——献给乔治·杜马医生[①]

我们刚在餐馆里吃完晚饭。拉布雷对我说:“我承认千里眼、远距离催眠暗示、确凿的预感,这些现象和生命有机体有某种关系,我们暂时还不能明确定义,而且大多数都不能用令严苛的科学考证满意的真凭实据来证明。这些现象多是人们亲眼所见,不过即便是耳闻目睹,也不能确保其真实性。我告诉您,其实这些事实都很模糊。但是,自从我亲眼见证一件事后,我就相信它们了。那是一次机缘巧合,我能够把详实的观察整合到一起。如果我告诉你我是怎么做的,怎样细心地排除掉所有出错的可能性,您就可以放心地相信我的话了。”

年轻的拉布雷医生一边说,一边用双手拍打他填塞了织花的凹陷的前胸,然后把他的秃脑瓜从桌子上伸了过来,前额着实咄咄逼人。

“是的,我亲爱的朋友。”他接着说,“我是走了狗屎运了,米埃和波德莫尔书里描述了一种现象,被称为‘活人幻影’的现象,就发生在一个科研工作者面前。我观察了所有细节,把它们记录了下来。”

---

① 乔治·杜马(1866—1946):医生,毕业于巴黎高等师范学院,后任巴黎医学院病理心理实验室主任。法朗士经常在卡亚维夫人家与之会面,曾就自己关于贞德与幻象的研究请教于他。

“愿闻其详。”

阿布雷医生接着说：“事情发生在九一年夏天，我的朋友，保尔·布凯，就是我常和你提起的那位，那时他和他妻子住在格勒纳尔街喷泉对面的一套小公寓里。你没见过布凯吧？”

“我见过他两三次，他身材高大，须发一直长到眼睛。他妻子黑头发，脸色苍白，长着一双长长的灰色眼睛。”

“正是。她很神经质，总是焦虑不安，但有时也镇静平和。不过，对于一个生活在巴黎，神经总是紧绷的女人来说……这也正是祸源。你见过阿德里安娜吗？”

“一天晚上，我在和平大街遇见过她，她当时正和她丈夫停在珠宝店的橱窗外，目不转睛地盯着一些珠宝。身为一个在地下室里埋头钻研化工的可怜伙计的妻子，她确实长相不错，穿着华丽。布凯是不是不太成功？”

“布凯在雅各布公司干了五年，那是一家专门出售摄影器材的公司，位于马冉塔林荫大道，他日复一日地盼着成为公司的合伙人。他虽然没挣得盆满钵满，但职位不错，境况也挺好。他为人单纯、工作努力、很有耐性，是那种慢慢成功的人。他妻子的花销并不多，身为一个地道的巴黎人，她非常会花心思，买亚麻衣服、裙子、花边和珠宝时都非常会砍价。她几乎不用花多少钱，就能凭借自己的聪明打扮得华贵漂亮，让她丈夫倍感吃惊。保尔也非常愿意看见妻子穿着高贵雅致的内衣。不过你肯定对这些琐碎不感兴趣。”

“亲爱的拉布雷，我非常有兴趣。”

“不管怎样，这些琐事是有点偏离正题了。你知道我和保尔·布凯是中学同学，我俩在路易大帝中学读二年级的时候就认识了，这么多年来一直没断联系。他二十六岁的时候，还没谋到职务。他和阿德里安娜相爱结婚，纯粹是为爱情而结合的。他们的婚姻并没有影响我们的友情，他妻子对我很好，我过去常常和这对伉俪一起吃晚餐。你知道，我给演员拉罗什当医生，他时不时地送给我演出票。阿德里安娜和布凯都非常喜欢看戏，每当我有晚上的包厢票，我都到布凯家和他们一起吃饭，然后带他们去法兰西戏剧院。布凯每天六点半从工厂往家走，我总能在他家找到他、他妻子和他们的朋友——热罗先生。”

“热罗，”我问道，“马瑟尔·热罗，那个在银行工作，常系漂亮领带的伙计？”

“就是他。他是布凯家的常客。他是个老单身汉，也是个可爱的餐伴，每天都在布凯家吃晚饭，常带来龙虾、馅饼和各式甜点。他和蔼可亲却不怎么爱说话。布凯缺他不可，我们也常带他一起去剧院。”

“他多大岁数？”

“热罗？我不清楚。三十多岁，四十不到吧。有一天，拉罗什先生送了我一张包厢票，我像以前一样去格勒纳尔大街的布凯家。我去得晚，到那儿的时候晚餐都准备好了。保尔抱怨他饿了，阿德里安娜坚持热罗不来就不开饭。‘孩子们，’我大声喊，‘我有一张二等包厢的戏票！现在正演《德尼丝》[①]呢！’布凯说：‘快点吧！快点吃饭，可别错过首场！’仆人把晚餐摆上桌。阿德里安娜看起来忧心忡忡，我们也看出来了她每吃一口饭都像马上要吐出来。布凯咕噜咕噜地喝粉丝汤，用舌头把挂在胡子上的渣

① 《德尼丝》是小仲马创作的戏剧，1885 年 1 月 19 日在法兰西戏剧院首演。德尼丝是个“犯过错”的城市姑娘，她与安德烈·德·巴尔达纳伯爵相爱，还坦白了自己的过去。伯爵在经过长时间的心理斗争后最终娶了德尼丝为妻。此剧获得了巨大成功。

渣舔进嘴里。‘女人真不可思议。’他兀自总结道。‘拉布雷,你说多奇妙,阿德里安娜今晚上心事重重是因为热罗没来吃晚饭。她胡思乱想,快告诉她这有多愚蠢。热罗没准被什么事耽搁了,他有自己的生活。他单身,没人有权力安排他每时每刻的活动。他所有的夜晚几乎都是跟我们一起度过的,他太好了,所以我们至少也该给他一点自由。我的原则就是永远不要操心朋友在做什么,可是女人不这么想。’布凯夫人声音颤抖着回答道:‘我很担心,总害怕热罗先生是不是遇到了什么事儿。’这时,布凯正着急把饭吃完。他朝女仆喊道:‘索菲,上牛排,沙拉! 索菲,奶酪,咖啡!’我注意到布凯夫人什么都没吃。‘快点!’她丈夫说道,‘去换衣服吧,可不能错过第一场。小仲马的戏剧和那些只要看上一两个曲子就行的轻歌剧可不一样。他的每个剧都是逻辑推理,不能落下一个环节。亲爱的,快去吧,我只要穿件礼服就行了。’布凯夫人站起来,仿佛很不情愿地闪进了卧室。

“她丈夫和我一边吸烟一边喝咖啡。‘可爱的热罗,’保尔说,‘他今晚不来也惹得我生气,他肯定很愿意看《德尼丝》。可是你能理解阿德里安娜为什么那么担忧吗? 我试着告诉她那位可爱的伙伴可能有些他不想让我们知道的事情,可能是谈情说爱去了。结果完全没用,她根本不明白。给我支烟。’就在我把烟盒递给他的时候,我们听到隔壁房间传来一声长长的非常恐怖的喊叫,随后是沉闷而猛烈的跌倒声。布凯大喊‘阿德里安娜!’,然后匆匆跑进了卧室,我紧跟着进去了。我们看见阿德里安娜躺倒在地板上,一动不动,脸色惨白,眼睑外翻。没有任何癫痫或类似症状,也没口冒白沫。她四肢伸开,却不僵硬;脉搏过快,很不平稳。我帮布凯把她抬到扶手椅上,她的血液似乎马上就开始循环了,平日里苍白的脸上有了血色。‘在那儿!’她指着那件镶了镜子的衣柜，‘我在那儿看见他了，我当时正照镜子系上衣，从镜子里看见他了！我以为他在我身后，就转过身，但什么也没看见，之后就跌倒了。’

“然而，当我检查她有没有因为跌倒而受伤时，发现她一切正常。布凯给她倒了杯蜂蜜花水。‘嘿，亲爱的，’他说道，‘好点了吗？你看见谁了？这是在胡说什么呢？’她的脸色又恢复苍白了。‘哦！我看见他了，他，马塞尔。’‘她看见热罗了！真诡异！’布凯说。‘是的，我看见他了，’她表情严肃，‘他看着我，一句话不说，就像这样。’她神情倦怠而憔悴。布凯惊讶地看着我。‘别担心，’我回答说，‘这种幻觉并不严重，可能是消化不好引起的。现在我们先别管它了，日后再慢慢研究吧。在艾德医院我有一个患胃病的病人，他看见家具下面都是猫。’

“几分钟后，布凯夫人恢复了正常。她丈夫掏出怀表，对我说：‘拉布雷，如果你觉得看戏不会让她不舒服，我们现在出发还来得及，我让索菲喊一辆马车。’阿德里安娜很快地戴上了帽子。‘保尔！保尔！医生！听着，我们先去趟热罗家吧！我太担心了，可我说不出怎么回事。’

“‘你疯了！’布凯大喊，‘你瞎想的那些都不对，昨天晚上我们看见热罗时，他还好好的！’

“她向我投来恳求的目光，真切而灼热的目光直刺我的内心，好像在说：‘拉布雷，我的朋友，我们赶快去趟热罗家吧！’

“我无法拒绝她如此的哀求。保尔喃喃抱怨，他非常想看第一场戏。我对他说：‘我们最好还是去热罗家看一下，不怎么绕弯。’马车正在等我们，我对车夫说：‘卢浮大街五号，越快越好！’

“热罗住在卢浮大街五号，离他工作的银行不远，那是一套三居室的小公寓，里面全是领带，领带是那位正直的小伙子拥有的唯一高档品。我们刚在门口停下，布凯就跳下马车，跑到门房那儿问道：‘热罗先生怎么样？’女门房回答说：‘热罗先生五点钟回来的，取走了他的信，后来就没再出门。如果您想见他的话，请走后面的楼梯，五楼，右手边的房间。’布凯回到马车车门边，喊道：‘热罗在家呢！看见了吧，亲爱的，你想多了。车夫，去法兰西戏剧院。’这时，阿德里安娜正要跳下车。‘保尔，我求求你，去热罗家看一下，看看他，你必须去！’

“‘爬四层楼！’他耸着肩膀说道，‘阿德里安娜，你会让我们错过演出的。真的，要是女人较起真来……’

“我和布凯夫人单独留在马车里，她的眼睛紧盯着门口，在黑暗里闪闪发光。保尔终于出来了，‘是真的，’他说，‘我按了三次门铃，没人答应。亲爱的，无论如何，他肯定是有原因的，不想被人打扰，可能正和女人在一起，这事一点都不奇怪。’阿德里安娜神情凝重，我也焦虑不安起来。我想了一下，热罗从来不在家里吃饭，这事确实不对劲。他下午五点回来在家一直到七点半。‘等下我，’我对布凯夫妇说道，‘我过去问问门房。’门房也对热罗没和往常一样出去吃晚饭感到惊讶。她负责为五楼的房客打扫房间，所以她有热罗公寓的钥匙。她从搁物架上拿下钥匙，和我一起上楼。她开了门，在前厅喊了三四声‘热罗先生’，但都没人回答。门房走进第一个房间，那是卧室，又喊了两声‘热罗先生！热罗先生！’还是没人回答。房间里很黑，我们还没有火柴。‘床头柜上一定有一盒瑞典火柴。’女门房说道，她瑟瑟发抖，越来越不敢往前走了。我开始在床头柜上摸索，突然感到手指好像粘上了什么黏黏的东西。‘是血。’我心想。

“最后，我们点着了一支蜡烛，看见热罗先生平躺在床上，头上有伤，手臂耷拉到地毯上，手枪掉在地上。桌上摊着一封染上血的信,是他写给布凯夫妇的。信是这么开头的:‘亲爱的朋友们,你们是我生命中的魅力和欢乐。’然后他告诉他们他决定一死了之,却没说清是出于什么原因,不过他暗示了经济困难让他决定结束此生。我看出来他大概是一个小时前自杀的,正好是布凯夫人在镜子里看见他的时候。

“亲爱的朋友,我刚才讲的事,不正是完美地诠释了何为千里眼吗?说得恰切点,不正是现在的科学家醉心研究但没成功的怪异的心灵同步现象的典型案例吗?”

“也许是另一回事,”我回答说,“你确定热罗先生和布凯夫人之间没什么事?”

“这个……我从没注意过。可是,那又能说明什么呢?……”

亡灵的弥撒

这个故事是拉努维勒-多蒙地区的圣欧拉里教堂的看守人给我讲的。那是一个美好的夏日傍晚，我们坐在怀特·豪斯家的藤架下，畅饮一瓶陈年老酒，为一位逝者的健康干杯。死者是今晨体面入葬的，人们在他的棺盖下面撒上了漂亮的银珠子。

“我父亲在世的时候，”（看守人在说话）“是一个掘墓工人。毫无疑问，他的工作给了他快乐善良的性情。人们都说在墓地工作的人都是乐乐呵呵的。对他们来说死亡稀松平常，根本就不放在心上。拿我来说吧，先生，我晚上到墓地去和我到怀特·豪斯家的藤架下没有什么差别。万一我遇见了亡灵，我也不会费神去寻思，因为我知道他也许和我一样，也有事要办。我了解死者的习惯，也知道他们的性格。事实上，神父们忽视了的事情我也清楚得很。要是把我知道的事告诉您，您肯定会大吃一惊的。但是寡言者智，我父亲从来不把他知道的那些事透露给我们，他总是高高兴兴地给我讲一件奇事，反反复复地讲。我的记忆中，凯瑟琳·封丹的这个故事他讲了不下一百遍。

“凯瑟琳·封丹是一位老姑娘，我父亲很小的时候看见过她。如果这个街区上现在还有三两个老人听过人们讲关于她的故事，我一点都不觉得奇怪。凯瑟琳·封丹很穷，但名声很好，大家都认识她。她住在修女大街街角的一座角楼里，您现在还能看见那座角楼，它是一幢已经半毁的大楼的一部分，从那座大楼上能俯瞰厄尔林公园的风景。那座角楼上还残存着一些看不清的刻字和图形。经圣欧拉里教堂已故的神父拉瓦索尔先生确认，那上面写的是拉丁文，意思是‘爱之强烈胜于死’。他还补充道，‘这里的爱，指的是对主的神圣之爱。’

“凯瑟琳·封丹一个人住在她的小公寓里，她是个做花边的。您知道我们这儿生产的花边曾经非常非常出名。没人知道她有没有亲戚朋友。据说她十八岁的时候曾爱上一个年轻的奥蒙·特雷利骑士，还与他私定了终身。但是善良的居民不相信这个说法，他们说这是杜撰出来的故事。因为凯瑟琳·封丹的气质更像一位高贵的夫人，而不是一个女工，而且，她苍白的面容下还依稀可见往日的神采。她表情悲伤，手指上还戴着一枚金戒指，上面的图案是紧握在一起的两只小手。以前人们有一种风俗，要在订婚仪式上交换带有这样图案的戒指。我想您肯定知道我说的风俗。

“凯瑟琳·封丹的生活很圣洁。她大部分时间都在教堂里，不论是什么天气，每天早晨，她都去参加圣·欧拉里六点钟的弥撒。

“一个冬夜，她呆在自己的小屋里，突然被一阵铃声惊醒了。毫无疑问这铃声是召唤第一次弥撒的。这位虔诚的女士马上穿戴整齐，下了楼梯，往街上走去。那天晚上天朦朦胧胧的，连房子的墙壁都看不见，幽暗的天空下一丝光亮都没有。一片漆黑里万籁俱寂，远处更是连一声狗叫都没有。周围也一片死寂，没有声音。不过凯瑟琳对脚下的每个石头都了如指掌，即使闭着眼睛她也能找到教堂。她毫不费力地走到修女大街和天堂大街的交叉口，在那儿有一幢木屋，巨大的横梁上刻着耶西树。她走到这儿时发现教堂门是开着的，透出里面明亮的烛光。她继续往前走，走过走廊，一直走到挤满整个教堂的人群之中。但是这些来听弥撒的人她一个也不认识，而且让她惊讶的是所有人都穿着天鹅绒和锦缎衣服，他们的帽子上插着羽毛，还带着过时了的佩剑。还有些绅士拄着镶着金把手的长手杖，有些女士戴着配有王冠状梳子的花边帽子。一些圣路易时代的骑士把手伸给这些女士，她们浓妆艳抹的脸藏在扇子后面，只能看见擦了粉的眉角和眼角的几个斑点。所有人都安安静静地向前走，不发出一点声响，完全听不到他们双脚踩在人行道上和衣服摩擦发出的窸窣声。教堂的低地挤满了一群工匠，他们穿着棕色短外套，凸纹条格短裤，蓝色的长筒袜，他们搂着漂亮可人、垂着眼帘的年轻姑娘。靠近圣水缸的地方聚集着一群乡下女子，她们身着红色的上衣，镶着花边的裙子，像家禽一样安静地坐在地上，一动不动。她们身后站着一群年轻的小伙，眼睛睁得大大的，手指顶着帽子一圈圈地转。这些忧伤的面孔好像都牢固地凝聚在一个悲喜交加的思想里。凯瑟琳·封丹坐在她惯常坐的位子上，她看见神父在朝祭坛走去，后面跟着两位教士。但是神父和教士她谁都不认识。弥撒开始了。这是个安静的弥撒，听不见任何嘴唇嚅动的声音和清脆的铃声。封丹感觉到她的邻座在看着她，也在影响她。她没有转头就瞥见了邻座。她一眼就看出来了，那正是年轻的奥蒙·特雷利骑士，那位四十五年前去世的爱恋着她的骑士。她从他左耳上的一块很小的胎记，还有他投射到脸颊的长长的黑色睫毛上认出了他。骑士穿着一件镶着金色花边的狩猎装，和那天他在圣里奥纳德森林里遇见她时的装束一样。那天他向她要水喝，并吻了她。他依旧那么年轻英俊。骑士笑起来，又露出了他漂亮的牙齿。凯瑟琳低声对他说：

“‘老爷，您曾经是我的朋友，陈年时光里一个女孩曾把她最珍爱的一切献给了您。愿上帝保佑您！也但愿他最终能启示我为我们共同犯下的罪过而悔过。纵然我头发斑白，行将就木，我从未因为爱过你而后悔。但是，我亲爱的故友，尊贵的老爷，请告诉我这些穿着旧时服装、安静地坐在这里听弥撒的人是些什么人。'

"奥蒙·特雷利骑士音若游丝，用比水晶还要清亮的声音回答道：

"'凯瑟琳，这些男男女女都是炼狱里的灵魂，他们和我们一样因爱而犯下罪过，而让上帝伤怀，但是上帝并没有抛弃他们。因为他们的罪过和我们的一样，都不是刻意的。

"'和他们在尘世相恋的人分开后，他们在炼狱里经受烈火的洗礼，他们因和恋人阴阳两隔而倍感痛苦，这样的痛苦是他们最大的折磨。他们忧伤满怀，天堂里的一位天使同情他们为爱而遭受的痛苦。得到天主的许可后，这位天使在每年的某个晚上会将亡灵的爱人请到教区的教堂里，可以手握手参加这场亡灵的弥撒。事情就是这样的。凯瑟琳，这是天主许给的无上恩赐。'

"凯瑟琳·封丹回答说：'亲爱的老爷，如果能回到当年在森林里遇见你，给你水喝时那么年轻漂亮，我真想欣然死去。'

"当他们悄声说话的时候，一位年迈的司铎手拿一个大铜盘走了过来，收集他们的捐款。大家依次投入的硬币都是很久以前早已不流通的硬币，有面值六利弗尔的埃居、弗罗林、杜卡托、度卡顿、雅各布斯、玫瑰诺布勒，它们都安安静静地落进盘里。到了骑士面前，骑士往里面投了一枚金路易，发出的声音和其他的钱币没什么差别。

"然后，那位衰朽的司铎走到了凯瑟琳·封丹面前，凯瑟琳在衣袋里找了个遍，但没找到一个法郎。她不想放弃捐款，于是把那枚骑士去世前一天送给她的戒指放进了盘子中。金戒指落入盘子里发出沉闷的响声,霎时间,骑士、四度、主持弥撒的神父、教士、女士们、其他的骑士,所有参加弥撒的骑士都杳然消失了,只剩下凯瑟琳·封丹一个人呆在黑暗之中。”

教堂看守人这样讲完故事后,喝了一大口酒,沉思片刻后,他又接着讲了:

“我刚才给你讲的故事跟我父亲在世时一遍遍给我讲的一样。而且,我相信确有其事,因为它与我观察到的逝者亡灵的特殊习惯在很多方面都非常一致。我还是个孩子时就和逝者的亡灵打过很多交道,我知道他们常常会到生时钟爱的事物那里。

“就像死去的吝啬鬼夜晚会在他们活着时埋藏财宝的地点周围游荡一样。吝啬鬼牢牢地守护着他们的金子,但是他们藏而不用,最后成全了自己的遗憾。我们挖开亡灵们来回逡巡的地方,往往能发现很多钱。同样,死去的丈夫也常在晚上回来纠缠他们已经再婚的前妻,我能很容易地说出几位死后比生前把老婆管得更紧的人姓甚名谁。

“这样的事情应该受到责备,因为死人不应该泛酸吃醋。我把这些看到的事情告诉你之后,你就会明白,娶一个寡妇必须得慎重。另外,我给您讲的那个奇事后来得到了证实:

“那个神奇夜晚后的第二天清晨,人们发现凯瑟琳·封丹死在了自己的房间。圣欧拉里教堂的执事在用来募捐的铜碗里发现了一枚刻着手拉手图案的金戒指。不过,我真不是个能讲故事逗乐的人。我们再来瓶酒怎么样?”

圣母的杂耍艺人

第一章

在路易国王统治时期的法国，有一个可怜的杂耍艺人叫巴尔纳贝，是地道的贡比涅人。巴尔纳贝辗转各个城镇表演需要力气和技巧的杂耍。每到赶集的日子，他就在公共广场地上铺张破破烂烂的毯子，然后把他从一位老艺人那儿学来的俏皮话一成不变地说一遍，把孩子们和闲逛的人吸引过来。然后他摆出奇怪的姿势，把锡盆放在鼻尖上顶着。乍开始，人群总是冷冷清清。

不过，当他头朝下双脚倒立，往空中扔出六个在阳光下熠熠发光的铜球，然后用脚把球接住；或者当他身体向后翻，用脖子碰到脚跟，把整个身子弯成一个滚圆的轮子，同时还能耍十二把飞刀，看客们就会发出啧啧的赞叹声，钱币像雨点一样砸在毯子上。

但是，和那些靠手艺吃饭的人一样，贡比涅的巴尔纳贝艰难谋生。

他靠额头上的汗珠挣饭吃，他承受的苦难要远远多于始祖亚当因犯错而给我们带来的苦难。

而且，虽然他很愿意多表演点，但是这工作总断断续续的。树木需要开花结果，他也一样，温暖的阳光和长长的白天是他展现聪明才智必不可少的条件。冬天的时候，他就像一棵树叶落尽，奄奄一息的树。冰冻的土地对杂耍艺人来说非常不利，就像玛丽·德·法朗士所说的知了，严寒让它受冻又挨饿。巴尔纳贝心地单纯，他耐心地承受着自己的苦难。

他从未费心想过财富的起源，也没有考虑过人类的不平等。他坚信如果这个世界生活艰辛，那么之后的另一个世界一定会好，正是这种期待支撑着他。他和那些把灵魂卖给魔鬼，没信仰，跟强盗似的杂耍艺人不一样，他从不亵渎神灵。巴尔纳贝活得正直，虽然自己孤家寡人一个，但他从不觊觎邻居的老婆，因为女人是强壮男人的天敌，有《圣经》中参孙的故事为证。

实际上，他没什么肉体享乐的欲望，戒掉喝酒比没有女人更让他难熬。天热的时候，他喜欢喝点酒，但不会酩酊大醉。他是一个好人，敬畏上帝，忠于圣母。

每次进教堂，他都不忘走到圣母像前，双膝跪地，虔诚祈祷：

“尊敬的夫人，请您眷顾我一生，直到上帝让我死亡的那刻。当我死后，请许给我天堂的快乐。”

第二章

某个雨天的傍晚时分，巴尔纳贝腋下夹着裹着铜球和刀子的破毯子，神情低落，弓着腰在路上走着，他想找个谷仓，虽然没晚饭吃，也总有个睡觉的地儿。他看见马路上有一个同行的修士，他客客气气地致意。他俩步调一致，于是就攀谈起来。

“同行的朋友，”修士说，“你怎么穿了一身儿绿呀？是要在神秘剧里扮演小丑吗？”

“不是的，神父。”巴尔纳贝回答说，“我叫巴尔纳贝，您看我穿成这样是因为我是个杂耍艺人。如果我杂耍能让我每天都有饭吃，那它一定是世界上最美好的职业。”

“巴尔纳贝朋友,”神父回答道,“注意你说的话。没什么职业比修士这行好。修士做的是赞颂天主、圣母和圣徒的事业,他们神圣的生活是对天主的永恒歌颂。”

巴尔纳贝回答道:“神父,我知道我的话显得特无知。我们的职业是无法相提并论的。虽然我能用鼻尖顶根木棍,棍子上放枚钱币,无论我怎么蹦跳,钱币都不会掉下来,虽然这身本领也不错,但还是没法跟您相比。神父,如果我非常希望能像您一样每日唱日课经,特别是关于圣洁的圣母的日课经,我非常非常崇敬圣母。如果真能这样,这从斯瓦松①到博韦②六百多个城镇乡村里家喻户晓的技艺,我也愿意抛却,去过修士生活。”

修士被这位杂耍艺人的淳朴和真挚感动了,而且他观察能力很强,马上就看出巴尔纳贝是《圣经》里提到的那类人中的一员——《圣经》中说:“愿尘世的安宁与他们同在。”正因此,修士回答道:“巴尔纳贝朋友,跟着我吧,我会让你进一家修道院,我是那所修道院的院长。那位曾将埃及的圣玛利亚③指引入沙漠的圣贤让我出现在您的行路上,带领你走上永福之路。”

巴尔纳贝就这样成为了一位修士。在他修习的那所修道院里,每位修士都争相表现他们对圣母的崇敬,人人都拿出看家本领,竭尽聪明才智侍奉圣母。

院长本人,则致力于“立言”④,基于神学准则,阐述圣母高尚的美德。

---

① 法国城市名

② 法国城市名

③ 基督教苦修女,曾是埃及亚历山大城的妓女,后来经指引在约旦的沙漠中苦修了四十年。

④ 立言,指著书立说。出自《左传・襄公二十四年》:“大上有立德,其次有立功,其次有立言,虽久不废,此之谓不朽。”

莫里斯修士用他那双巧手把这些论著誊写在上等牛皮纸上。

亚历山大修士在纸上画上精密的细密画。能够清晰地看到画中坐在所罗门宝座上的天后，她脚下蹲守着四只狮子，在她头上的光圈上有七只鸽子在盘旋，它们是圣灵的七份礼物：恐惧、怜悯、知识、力量、劝告、才智和德行。陪伴在她身边的还有六位童贞女：恭谦、谨慎、隐修、尊重、贞洁和服从。

她脚下是两个光着身子，光洁无瑕在祈祷的小人。他们在恳求圣母为他们灵魂的圣洁祈祷，当然他们的恳求不会是徒劳无功。

亚历山大修士在对页纸上画的是夏娃，为了同时展现出堕落和赎罪——夏娃是见弃于人的女人，玛利亚是受人崇敬的圣女。

而且，在这本书里我们还能看到《雅歌》中谈及的活水井、清泉、百合花、月亮、太阳，和上锁的园，还有圣堂之门和天主之城，这些都是和圣母有关的意象。①

马尔波德修士好像是圣母最钟爱的孩子中的一位。

他日复一日地雕刻石像，胡子、眉毛和头发都被石膏粉染成了白色，双眼也终日肿胀，流泪不止，虽然他已上了年纪，但还是老骥伏枥，欢欣快乐丝毫未减，显然是天后爱怜她这位年事已高的孩子。马尔波德修士所雕的天后坐在宝座上，眉前绕着一圈珍珠光轮。他特意让天后的裙裾遮住双脚，因为先知曾说："我的佳偶是上锁的园。"②

马尔波德修士有时还把她雕成一个漂亮的孩子，似乎是在

---

① 活水井象征知识和富足，泉水象征永生永远年轻，百合花象征上帝的择选："我的佳偶在女子中，好像百合花在荆棘丛内。"月亮象征美丽，太阳象征圣洁，上锁的园就是天堂。参见《旧约·雅歌》。

② 参见《圣经·旧约·雅歌》。

说:“主啊,你是我的主,从母亲孕育我时,你便是我的神。”①

修道院里还有很多诗人,他们用拉丁文写下许多赞美圣母玛利亚的散文和诗歌。这些诗人中有一位庇卡底人,他可以用通俗语和韵文来讲述圣母的奇迹故事。

第三章

目睹了大家争先恐后地歌颂赞扬并取得丰厚成果后,巴尔纳贝为自己的无知和愚蠢深感难过。

“唉,”他独自一人走在修道院几乎没什么阴凉的花园,叹着气自言自语,“我可真可怜,没法像他们一样恰当地颂扬圣母,我全心全意地爱着她呀!唉!唉!我就是个大老粗,什么技艺都不会。圣母啊,我既写不出有教化意义的布道辞,不会画精美的图画,也不会雕刻惟妙惟肖的雕塑,更不会写那种讲究音步、韵律的诗歌。我一无是处,唉!”

他期期艾艾地叹着气,心情抑郁。一天晚上,修士们在一起畅所欲言,他听到其中一个修士讲了一个故事:有一个修士,他只会背诵《圣经》,因为愚蠢、无知,大家都瞧不起他。可是在他死后,从他嘴里开出了五朵玫瑰花,代表了组成圣母玛利亚名字的五个字母,世人都看到了他的圣洁。

听到这个故事,巴尔纳贝再次叹服圣母的仁慈和善良。但是,那位受福的死者并不足以安慰他,他内心热情溢满,太渴望为天堂里圣母的荣耀效力了。

他绞尽脑汁也没有找到个好方法,情绪日渐消沉。一天早

---

① 参见《诗篇》第二十二篇。

上，他高高兴兴地起床，飞奔到小教堂，一个人在那儿呆了一个多小时。吃完晚饭后，他又一个人跑到教堂里去了。

从那天起，他每天清晨、傍晚都到教堂去，在那儿呆上良久。那时其他的修士都在忙着自由艺术和机械工艺，教堂里总是空无一人。他的悲伤从此消失了，他也不再长吁短叹了。

他的怪异举动引起了其他修士的好奇。修士们互相打听为什么巴尔纳贝修士总一个人跑到教堂里静修。

院长有责任对所有修士的行为了如指掌，他决定去看看巴尔纳贝修士自己一个人到底在教堂里干什么。第二天，巴尔纳贝像往常一样关上教堂的门，院长在两位年长修士的陪同下，透过门缝观察他一个人到底在教堂里做什么。

他们看见巴尔纳贝头朝下，脚朝上，倒立在圣母的祭台前，耍着他的六个铜球和十二把刀子。他在用他最为人称道的表演赞颂圣母。两位老修士不知道心思单纯的巴尔纳贝是在用自己的智慧和技艺表达崇敬之情，大喊他亵渎神明。

院长知道巴尔纳贝的灵魂有多么纯洁，但是他觉得巴尔纳贝一定是疯魔了。他们三人正准备赶快把他从教堂里拖出来，突然看见圣母走下祭台，向前走，用她的裙裾擦拭掉杂耍艺人前额沁出的汗珠。

然后院长俯身在地，脸贴石板，说道："心底真纯的人方是有福之人，他们能看见天主。"

"阿门！"两位老修士回应，双双亲吻地面。

莱斯利·伍德

——献给马尔德尔·让维尔伯爵夫人

马来舍尔贝林荫道的N××夫人家里正在演奏音乐，举行私人戏剧表演。

年轻的小伙子们挤在门口，你推我搡地盯着表演者裸露的肩膀，在香气袭人的空气里憋闷得喘不过气。我们这些上了年纪的来客却坐在另一间小客厅里，神清气爽。那里什么都看不到，雷雅娜小姐的声音传到我们这里时就像是蜻蜓飞过时产生的极细小的金属声。我们时不时地能听到从火炉一般燠热的大厅里传来的欢声笑语。对于不能分享快乐，我们向来是毫不介怀的。我们正在小客厅闲聊琐碎小事，突然，一位可爱的众议员B××先生说道：

“你们知道吗，莱斯利·伍德也来了！”

“伍德，莱斯利·伍德？不可能！我都十年没在巴黎见过他了。没人知道他现在什么样。”

“有传言说他在维多利亚湖建立了一个黑人共和国。”

“真是瞎扯！你们知道他富可敌国，是那种把不可能的事变成可能的实践者。他现在正住在锡兰一座华美的宫殿里，宫殿四周是美丽的花园，日日夜夜歌舞升平。”

“你们能信这种胡说八道吗？事实上，莱斯利·伍德拿着一本《圣经》，带着一支枪到祖鲁人那里传道去了。”

B××先生低声打断了谈话："他来了，你们看见了吗？"

说完，他的头轻轻地转了过去，我们顺着他的方向看见有个男子正倚门站着。那位男子身材高大，其他人的脑袋在他前面推推挤挤，唯独他能够很投入地看表演。

那健硕的身材、两鬓长着白胡须的红润脸膛、极富洞察力的双眼和沉静的目光，那个人肯定是莱斯利·伍德，一点都不会错。

回想起他十年来为《世界报》所写的无与伦比的文章，我对B××先生说道：

"他是咱们那个年代的首席记者。"

"您说的或许不错，"B××先生回答道，"起码我可以确定，过去二十年来，没有一个人像莱斯利·伍德一样是个欧洲通。"

一直在听我们说话的莫伊斯男爵摇了摇头。

"你们都不清楚伍德到底是个什么样的人。我知道，他首先是个地道的金融家。在我认识的人里，他是最有经济头脑的。公主，您在笑什么呢？"

泽沃丽娜公主躺在长沙发上，不能抽烟让她郁郁寡欢，她刚刚微笑了一下。

"你们都不了解伍德。"她说道，"伍德是一位永远的神秘主义者和永恒的恋人，别的都不对。"

"我不同意，"莫伊斯男爵反驳道，"不过我很想知道他到底是在哪儿度过他人生中最佳的十年的。"

"您觉得人生中最佳的十年是哪个年龄段？"

"五十岁到六十岁之间，地位稳定了，可以尽情地享受时光。"

"男爵，你可以问问伍德本人。他正往我们这边走呢。"

这轮的掌声宣告了表演结束。穿着黑礼服的人们挤出正厅，涌入小客厅，还有成双入对的人朝酒菜台走去，这时莱斯利·伍德朝我们这边走来。

他含蓄、真诚地同我们握手。

“久违！久违！”莫伊斯男爵大声说。

“哦！我可不是从遥远的地方来的，这个世界太小，相距没有那么遥远。”

“我亲爱的伍德，您知道公主是怎么说您的吗？她说您是位神秘主义者。这是真的吗？”

“这取决于您怎么定义神秘主义者一词。”

“这个词的意思显而易见。神秘主义者就是指那些关心另一个世界里的事的人。可是，您太了解这个世界的各种事务了，不可能会去关心另一个世界。”

听到这些话，伍德轻轻地皱了皱眉。

“莫伊斯，您大错特错了。另一个世界的事情更重要，远比我们生活的这个世界重要得多。”

“这个莱斯利·伍德，我们的好伍德！他真幽默！”男爵带着嘲笑喊道。

公主严肃地问道：“伍德先生，您并不幽默，是吧？我厌恶幽默的人。”

说完，她站起身。

“伍德先生，您能带我到酒菜台去吗？”

一小时后，当G××先生用他的歌声让男男女女如痴如醉之际，我又一次遇见了莱斯利·伍德和泽沃丽娜公主，他们孤零零地站在光溜溜的酒菜台前。

公主几乎用猛烈的激情谈论托尔斯泰[1]伯爵，伯爵是她的朋

① 这里指俄国作家列夫·托尔斯泰。

友。她讲述这位伟大的人，在被降到贫贱生活之后，如何穿上粗布麻衣，换上庄稼汉的灵魂，用他创造出文学杰作的双手为贫苦人做鞋。

让我十分惊诧的是，伍德表现出对完全反常规的生活方式的由衷赞同。他说话时声音微喘，这既是哮喘病发作的征兆，也让他的声音听起来尤为柔和。

“是的，托尔斯泰是对的。全部的哲学思想都集中在这句话里：‘遵从上帝的意志！’他深知人类的全部痛苦，从而得到与上帝的意志完全相同的看法。我唯独担忧他的荒诞不经和过度累赘会有损于这一高尚的见解。”

“哦！”公主略带忧郁地低声说道，“伯爵的见解中只有一点有些怪诞，就是将夫妇的权利和义务保持到他们垂垂老矣之时，把儿孙绕膝的暮年强加给后来的圣徒们。”

年迈的伍德带着克制的兴奋回答道：

“这是非常超凡、非常神圣的。肉体和自然的爱适合于上帝的所有造物，倘若爱中既无烦恼也无不安，那么它就能够保持神圣的单纯，神圣的兽性，有了这种兽性，才有得救和永福。禁欲主义只是骄傲和反抗的表现。我们必须牢记先人博阿斯的先例，别忘了《圣经》中把爱称为老人的面包。”

突然，他兴奋异常，精神焕发，欣喜若狂，用他的双眼、双臂和整个灵魂在召唤某种看不见的存在。他呢喃着：

“安妮！安妮！安妮，我的最爱，天主希望他的圣徒，男男女女的圣徒谦卑地相爱，像田间的牲畜一样相爱，不是吗？”

说完，他精疲力竭跌坐在扶手椅上。一阵可怕的吸气震撼他宽阔的胸腔，使他显得比任何时候都健硕有力，就像机器在发生故障后看起来更强大一样。泽沃丽娜公主没露出丝毫惊诧，她拿出手帕为他擦拭前额，给他拿了一杯水。

而我却怔住了说不出话。此情此景，我根本认不出那个在他堆满蓝皮书的书房里，多次头头是道地和我谈论东方事务、法兰克福条约和严峻的金融市场的那位莱斯利·伍德。公主看出了我的不安，她耸耸肩，说道：

“一下就看得出您是地道的法国人。但凡和您想法不同的人，您都把他们视作疯子。您大可放心，我们的朋友伍德是个有理智的人，头脑清楚。我们去听G××谈话吧。

把公主送到大客厅后，我打算离开。在前厅，正好遇见了在穿外套的伍德。他似乎对刚才的那通状况没什么印象。

“亲爱的朋友，”他说道，“我相信我们俩住得很近。我想你还住在马拉凯沿河路，我住在圣父街的一家酒店里。在这干燥的天儿，步行回去挺不错的。如果你愿意，我们一起走回去，边走边聊。”

我很乐意地接受了他的提议。在台阶上，他递给我一支雪茄，从兜里掏出电子打火机给我点着火。

“我觉得这东西非常方便。”他对我说道，然后条理清晰地给我讲解电子打火机的原理。

我又一次看到了过去的那个伍德。我们在街上走了一百多步，说些无关紧要的小事。突然，我的同伴把手搭在了我的肩上。

“亲爱的朋友，我今晚所说的一些话一定让您大为惊讶吧。或许，您想听听我的解释。”

“我非常感兴趣，亲爱的伍德。”

“我非常乐意这么做。我很敬佩您的精神。我们看待生活的观点可能不同，不过，您不是那种排斥新鲜思想的人，这种精神实在罕见，特别是在法国。”

“可是，我觉得，亲爱的伍德，有关思想自由……”

“哦，不！您和英国人不一样，他们都是神学家。不过不谈这个了，我想尽量简洁地和你说说我的思想历程。十五年前，您认识我时，我是伦敦《世界报》的记者。在伦敦，新闻工作者比在法国更赚钱，更有地位。我的职位不错，而且我敢说，我充分地利用了职务之便。我熟悉生意事务，成绩显著，才几年时间，就得到了两样惹人羡慕的东西：影响力和财富。您知道我是个讲究实际的人。

“我的生活始终有追求的目标。而且，我一心一意地追求生活的最高目标。我年轻时所做的艰深的神学研究让我知道，这个最高目标在世间之外。可是，如何能实现这个目标，我依然深深疑惑。结果，我为此深受折磨。含糊不清对我这样的人而言实在是不可承受的东西。

“在这种情况下，我将注意力投注到威廉·克鲁克斯先生的神学研究上。克鲁克斯先生是王家科学院最杰出的院士之一，他既是一位学者也是一名绅士，我通过私人关系和他结识。那时，他正通过一个非常罕见的、有通灵能力的年轻女子做试验，和从前的扫罗一样，他很幸运地通过一个幽灵的现身证明了自己的成功。

“一位度过尘世生活、现在过坟墓那边的生活的迷人女子，甘愿为这位著名的唯灵论者做试验，在适宜的范围内服从他的所有试验。我认为这样的研究处于尘世生活和超尘生活的连接点上。如果我一步步追随它们，就能够发现我渴望知晓的东西，也就是生活的真正目的。可是这种状态并没持续多久，我就心灰意冷了。尽管我这位朋友的研究进行得非常精密完善，却没有得到神学和道德方面明确的结论。

“而且，威廉·克鲁克斯先生还失去了那位慷慨地配合他做试验的无与伦比的已故女人的合作。

“公众的质疑让他沮丧，同行的中伤令他愤怒，他不再发表任何与通灵术有关的学术报告，我将自己的失落告诉我尊敬的布尔多治神父。自他从南非回来后，我们一直保持联络。在南非，他全身心投入传教，那种传教方式与真正的古老英国的精神相一致。

“一直以来，布尔多治神父都是对我有最强、最决定性影响的人。”

“布尔多治神父很有才学吧？”我问道。

“他深谙教理教义方面的知识，”莱斯利·伍德说道，“尤其是他具备伟大的个性，亲爱的朋友，您一定知道，一个人对别人产生影响完全出自他的个性。我的失落丝毫没令他感到惊讶。他认为我的失落是由于自己缺乏条理造成的，尤其是我可悲的心理道德不定性。

“‘科学实验，’他说，‘永远只能得到科学范畴内的结果，您怎么没理解这一点呢？莱斯利·伍德，你可真粗心，真浅薄呀！使徒圣保罗曾说过：‘随从圣灵之人体贴圣灵之事。’若要发现精神的真理，就必须走上精神之旅。

“这番话对我产生了深刻的影响。

“‘那我如何才能踏上精神之旅呢？’我问布尔多治神父。

“‘贫穷和简单是您的指引。’布尔多治神父回答道，‘把您的财产变卖掉，把所得钱财捐给穷人。您很有名望，因此需要把自己藏起来。要祈祷，要致力于慈善事业。养成单纯的精神、培养纯洁的灵魂，最后就会修得真理。’

“我决定遵从他的告诫，辞掉了《世界报》记者的职务。我发觉我的投资大部分都是商业上的，而且还怕重蹈亚拿尼亚和撒非喇[1]的覆辙，我小心翼翼地打理这项艰难的事业，生怕在这已不属于我的财产中遗漏一便士。莫伊斯男爵看见了我的行事，对我的金融才能印象颇深。按照布尔多治神父的指示，我把变卖的钱都倒进了福音会的箱子里。当我向这位杰出的神学家表达我甘享贫穷的幸福时，他对我说：

"'要注意，不要沉浸于选择贫穷的果敢上。如果一个人内心仍迷恋金钱，那么外表的抛弃又有什么意义呢？要谦卑！'"

莱斯利说到这儿时，我们走到了王家港。波光粼粼的塞纳河水从桥洞流淌而过，发出闷闷的响声。

"'我得长话短说了，'伍德接着讲述，'因为我新生活的每一个插曲都能说上一整夜。我像个孩子一样服从布尔多治神父。他把我派到巴苏托斯部落，任命我与贩卖黑人的人贩子作斗争。在那儿，我和名叫'危险'的伙伴在帐篷里同床共枕，在高烧和干渴之中，我感知到了上帝的存在。

"五年之后，布尔多治神父将我召唤回英国。在回去的轮船上，我遇见了一位年轻女子，她的脸庞让人难以忘怀。她比出现在威廉·克鲁克斯先生面前的幽灵还要光彩照人几千倍！

"她是印度军团一名上校的孤女。虽然她的体型并不是特别美，惨白的面容，消瘦的脸孔表露了她遭受的痛苦；可她的双眼却表达出人们对天堂的所有想象；她的身体仿佛从里面照射出光芒。我是多么爱她呀！一见到她我就真切地明白了万事万物隐含的意义。这个年轻单纯的女孩，用她的一瞥就为我展现了世界

---

① 参见《圣经·新约·使徒行传》。亚拿尼亚与妻子撒非喇把变卖财产所得银子私藏了几份，其余的拿来放在使徒彼得的脚前，二人因哄骗神灵而一下断气而亡。

和谐的秘密！

“啊！她非常单纯，非常单纯，我心爱的女人，温柔的安妮·弗拉泽尔！从她透明的灵魂里，我读出了她对我的感情。一个安静的夜晚，我们独自呆在轮船的甲板上，有头顶的星辰为伴，我拉着她的手，对她说：

“‘安妮·弗拉泽尔，我爱你！我觉得您成为我的妻子对我们都非常合适，可是我不能为自己的命运做主，因为它听凭上帝的决定。希望他的旨意是让我们结为夫妻！我已经将自己的命运交给了布尔多治神父，一到英国，我们就一起去见他，你会去吗，安妮·弗拉泽尔？如果他同意，我们就结婚。’

“她同意了。接下来的路程里，我们一起读《圣经》。

“一到伦敦，我就带着我的旅伴来到了布尔多治神父的府邸，告诉他这位年轻女孩的爱是属于我的，她的爱让我心智清明，明媚灿烂。

“布尔多治神父和蔼可亲地看了安妮好一阵子。

“‘你们可以结婚。’他最后终于说话了。‘使徒保罗曾说“丈夫可以圣化妻子，妻子也能圣化丈夫。”不过要让你们的结合像早期基督教的教徒们一样。你们的结合应该纯粹是精神上的，你们就寝时，一把利剑插在中间。去吧，保持谦卑和隐居，离群索居，别让世人听到你们的名字。’

“我娶了安妮·弗拉泽尔，我不必告诉你我们是怎么严格地遵守布尔多治神父给我们定的要求。四年间，我们对这种兄妹一样的结合都很满意。

“在小安妮的光芒下，我愈来愈能深刻地认识上帝。现在再也没有什么事能让我感到痛苦了。

“安妮生病了，体力下降，我们一起兴高采烈地一遍遍祷念：

‘愿在尘世和天国都遵循上帝的旨意。’

“就在我们婚后这么生活了四年后的一天，那天正好是圣诞节，布尔多治神父把我叫到他那儿。

“‘莱斯利·伍德，’他说道，‘我必须要让你经受灵魂的考验。但是，如果认为人类肉体的结合会让上帝不高兴，会犯教条主义错误。上帝在尘世的天堂和诺亚方舟中，两次降福于那些成双入对的人类或动物。从今往后，就同你的妻子安妮·弗拉泽尔像丈夫和妻子一样生活。

“当我到家时，安妮，我心爱的安妮，已经去世了……

“我承认我的软弱。当我说‘上帝，听从您的意志’时，我实在是心口不一。一想到布尔多治神父取消了对我们相爱的限制，我嘴里苦涩万分，心如死灰。

“躺在床上的安妮沉默不语，脸色惨白，脸颊上放着悼念逝者的淡色紫罗兰，身上盖着一个玫瑰花做的十字架。我跪倒在她的脚下，悲痛欲绝。

“我心如枯木，和她永远诀别。整整一个星期都沉浸在空洞的悲伤中，几近绝望。我早就应该让肉体和灵魂都享受到快乐呀！……

“第八天夜里，当我把头埋进冷冰冰、空荡荡的床上哭泣时，一个想法突然出现在我脑袋里，我坚信我心爱的人还在我卧室里，就在我身边。

“没错。当我抬起头时，我看见了安妮。她面带微笑，光芒四射，向我敞开双臂。如何讲述后来的事情呢？怎么表达那难以形容的东西呢？能向别人透露这爱的神秘吗？

“当然，当尊敬的布尔多治神父对我说‘同你的妻子安妮·弗拉泽尔像丈夫和妻子一样生活’时，他就知道爱比死亡更强大。

“您知道，我的朋友，从这份宽容和快乐降临的那刻起，安妮每晚都会来到我的身边，带着弥漫全身的神仙的香气。”

他讲着讲着，情绪激昂。

我们放缓了脚步。伍德在一家酒店前停了下来。

“我就住这儿。”他说道，“您看见二楼的那扇亮着灯的窗了吗？她正在等我呢！”

他匆匆地离开了。

八天后，我从报纸上读到前《世界报》的记者莱斯利·伍德猝然离世的消息。

共和国二年花月往事[①]

——献给让娜·康德尔小姐[②]

第一章

看守关上了拘留所的大门，被关进来的是一位因“妨害公共安全罪”而被逮捕的女犯人，前凡妮·德·阿佛内伯爵夫人，其实她的实际罪名是为当局政府的敌人提供避难所。

关押她的这栋旧房子，过去曾是王家港的隐士们品味孤独、分享群体生活之地，而今它摇身一变成了一座监狱。

她坐在凳子上，听登记员报出自己的名字，陷入了思考：“啊，上帝，为什么会发生这些事？您对我还有什么要求呢？”

监狱看守长得粗暴、阴险，他的女儿倒是很可人，她戴着一顶漂亮的有帽徽和三色结的白色帽子。凡妮被看守带到了一块开阔的院子里，院子中间长着一棵繁茂的刺槐。她待在那儿等着看守给她在哪个房间里安排一张床，放一张桌子。监狱里非常拥挤，每个房间都住了五六个犯人。尽管每天监狱都把犯人打发到

---

① 法国大革命历法废弃格里历，改用罗马数字纪年，将十二个月依次定为葡月、雾月、霜月、雪月、雨月、风月、芽月、花月、牧月、获月(或收月)、热月、果月，附在格里历日期上的圣徒名字则用种子树木、花和水果的名字加以替换。花月指法兰西共和国的第八月，相当于公历的 4 月 20 或 21 日至 5 月 19 或 20 日。

② 让娜·康德尔是法朗士的秘书，生平也发表过一些小说。

革命法庭和断头台，可还是无济于事，因为每天都有新犯人进来，填补上空缺。

凡妮看到院子里有一位年轻女子正专心致志地在树皮上刻字，她一下子就看出来那正是她儿时的伙伴，安托万尼特·德·奥里亚克。

“喂，你在这儿呀，安托万尼特！”

“你也在这儿呀？让他们把你的床位放在我旁边吧，我们有没完没了的话要好好聊聊。”

“对呀，好多话要聊。奥里亚克先生可还好，安托万尼特？”

“我丈夫？说真的，亲爱的，我差点把他忘了。这有点不公平，他对我好得无可挑剔的……我想现在他正关在这里的某个地方，或者别的监狱。”

“安托万尼特，你刚才在做什么呢？”

“嘘！……现在是什么时辰了？如果五点钟的话，刚才我在树皮上所刻的，和我名字在一起的那个人已经不在人世了，他今天晌午的时候被押送去革命法庭了。他叫加斯林，是一位北方军的志愿者。我们是在监狱里认识的，在这棵树下度过了非常美好的时光。他是一位非常优秀的小伙子……不过，亲爱的，我现在必须把你的住处解决了。”

安托万尼特揽着凡妮的腰，带她来到自己睡觉的房间，看守允许了这两位朋友住在同一个房间。

他们决定第二天一早一起把房间的地板清洗干净。

做晚饭的厨师是一位爱国人士，饭做得非常差劲，大家都坐在一起吃。每个人都端着盘子和木盖子（禁止使用金属盖），领自己的那份猪肉和白菜。在草草的晚餐上，那些神情欢乐的女人让她感到非常惊讶。她们和奥里亚克夫人一样，头发精心打理过，衣服精致异常。尽管死亡近在咫尺，她们还是没有丢失女人对快乐的渴望。她们的谈话和性情一样活泼，凡妮立马意识到在这个大院子里阴沉的死亡滋生出了绝望的爱情。这座监狱里有情爱的开始，也有结束。此时，她心情澎湃激昂，难以言表，一股紧握别人双手的渴望占据了她的心灵。

她想起了那位爱她，她却没能将自己奉献给他的男人，遗憾如同悔恨一般，攫取了她整个心灵。滚烫的泪珠瞬间滚下她的面颊。借着照亮餐桌的油灯的光亮，她打量着这一群双眼闪着狂热的光芒的同类，心想：

“我们都将被执行死刑，为何我会如此悲伤，会愁肠百结，而这些女人却毫不介怀生与死?”

她在自己简陋的床上哭了一整夜。

第二章

度过了漫长而单调的二十天。昔日恋人们跑来寻找静谧和绿荫的庭院今夜却寂寥无人。走廊里的潮湿气息令凡妮窒息，她走到院子里那棵刺槐下，坐在长满小草的小丘上，刺槐的枝叶荫蔽了整个院落。槐花正放，微风吹动树枝，香气袭人。凡妮看见在安托万尼特刻名字的树皮下面钉着一张纸。纸上写的是像她一样被囚禁的诗人维勒的诗句：

此处是些高洁无罪的灵魂，
是遭受毁谤的平静的罹难者。
承蒙一片树荫的庇护，
他们把忧伤放逐进爱情的幻梦。

它倾听叹息，感受细碎恐惧，
不止一次被泪水浸润。
你们，于稍减严酷之时，
被囿于同一个樊篱，
要尊重、爱护这棵善良之树，
唯有它能抚平伤痛，砥砺力量，
播撒幸福。

凡妮在读完这些诗句后，陷入了沉思。她从内心重新看到了自己的生活，平静的、波澜不惊的生活，无爱的婚姻，向往音乐和诗歌、充满友谊、没有忧愁的灵魂。然后她想到了那位优雅男子对她的一往情深，她尊敬却未曾接受他，而他是最好的保护伞。在死寂的监狱里，她越发意识到这一点。一想到自己大限将至，她就悲从中来，她的鬓角沁出了一颗临终的痛苦带来的汗珠。内心苦痛的凡妮抬起头望向满天繁星，扭动手臂，喃喃自语："主啊，赐我希望吧！"

这时传来了一阵轻盈的脚步声，走过来的是监狱看守的女儿罗丝恩，她要和凡妮谈谈。

这位可爱的女孩对凡妮说："女公民，明天晚上在观象台大街，会有一个爱你的男子驾着马车在那儿等你。这个包裹里的衣服和我身上穿的一模一样，你拿好，晚饭的时候回房间换上。你和我差不多高，头发颜色也像，晚上很容易就被当成对方。我的恋人是一个警卫，他和我一起设计好整件事，他会去你的房间把我平常去市场买菜拎的篮子给你。"

"你跟着他走下去，往我父亲房间的楼梯那（他有那儿的钥匙），监狱那边的大门没锁也没有警卫，你只要别让我父亲看见就行。我的恋人会用身子挡住我父亲房间的小窗户，像和我说话一样和你说：‘晚安啦，罗丝[1]公民，不要淘气呀！’然后你就悄悄地跑上街。这段时间我会从正门离开，然后我们先后进到那辆马车里，一起离开。”

听到这些话，凡妮又呼吸到了春天的气息，嗅到了唤醒自然的味道。她精神焕发，为崭新的生活而激动，她太渴望自由了，她感觉到自由就在她的掌握之中。这自由的甘露里还浸透着爱情的芳香，她握紧双手，把它们放在胸前，抑制内心的喜悦。但是，凡妮是个凡事考虑周全的人，她渐渐地生出了另一种感情。

凡妮说：“亲爱的孩子，你为什么要救我呢？为什么要为一个你几乎素不相识的人而牺牲自己？”

“哦，”这次她忘了用之前一直称呼凡妮的非正式的“你”，她回答说，“因为只要您自由了，您那位善良的朋友就会给我一大笔钱，然后我就能嫁给我的爱人弗洛林顿了。您看到了，公民，我这么做完全是为了我自己。不过和其他人比起来，我更愿意救您。”

“孩子，我非常感谢您这么说，不过为什么这么说呢？”

“因为您优美而典雅，您的那位好朋友和您分开的话，一定会痛不欲生，是这样吧？”

凡妮伸出手去接罗丝递过来的装着衣服的包裹。可是，她马上就又把它推过去了。

“罗丝，您知道吗？如果被发现了，您也会被处死。”

“处死！”女孩大喊，“您在吓唬我。哦，不，我不知道会这样！”

她马上就安心了，“但是，公民，您的朋友会把我藏起来的。”

“巴黎根本没有一个安全地儿。非常感谢您的付出，罗丝，但

---

① 罗丝恩的昵称。

是我不能接受。”

罗丝站在那儿,仿佛被雷击了。

“但是您会被送上断头台的,公民,而且我也不能嫁给弗洛林顿了。”

“别担心,罗丝。即使不要您帮我,我还是会帮助您的。”

“哦,不,不行!那样做就是骗您的钱。”

监狱看守的女儿为此请求、祈祷、哭泣了好一阵子。她双膝跪地,拽住凡妮的裙角。

凡妮轻轻地推开了女孩的手,把头转向另一边,一束月光照在凡妮美丽而平静的脸上。

那夜很美,微风轻吹,监狱里的槐树在风中摇曳,清香袭袭,美丽的白色花瓣洒落在那位自愿赴死的牺牲者头上。

承诺的死亡

——献给阿贝尔·图尔尼埃

在寂寥的街道上游荡了很长时间后，安德烈走到了塞纳河，他在河边坐了下来，凝望着河水从山丘川流而出。在那些逝去的充满希望的美好日子里，他的恋人露西就住在那里。

他已经太久没有感到如此的平静了。

安德烈八点钟时洗过澡。之后走到皇宫附近的一家饭馆吃早餐，一边等着上菜，一边浏览报纸。在《平等通讯》上他看到了一个被判死刑，将于花月[①] 24 日在革命广场上受刑的犯人名单。

他痛痛快快地吃过早餐。然后站起来，照照镜子，看到自己衣着得体，面色很好，就迈着轻快的步子走到河对岸，朝着位于塞纳街和马扎利纳街拐角处一座低矮的房子走去。那是拉尔迪龙公民的寓所，拉尔迪龙是革命法庭的副审查长，和安德烈交情不错。他们最初在安烈尔结识，后来拉尔迪龙来到巴黎成了长裤汉。

安德烈按了门铃。好几分钟都没人应答声后，门后的窥视孔里露出了一张面孔，正是拉尔迪龙公民，他小心翼翼地看清来访者的长相，问清姓名，终于打开了门。拉尔迪龙宽脸盘，红光满面，双目炯炯，嘴唇湿润，双耳发红。看起来是个生性快活又略有

① 花月，法兰西共和国第八月，相当于公历 4 月 20、21 日至 5 月 19、20 日。

胆怯的人。他带安德烈走进了寓所的前室。

前室里有张小圆餐桌，里面摆着两个人的餐食：一只鸡、一张馅饼、一块火腿、一罐肥鹅肝还有一些浇汁的冷肉。地上的木桶里镇着六瓶酒。一只菠萝、一些奶酪和果酱把壁炉上面的隔板挤得满满登登的。堆满公文的办公桌上还放着几瓶利口酒。

透过一扇半开的门，可以看见隔壁房间里有一张大床，床铺还没有收拾。

"拉尔迪龙公民，"安德烈开口说，"我是来请您帮忙的。"

"公民，如果这个忙不妨害共和国的安全，我已经准备好了。"

安德烈微笑着回答道："我求您帮的这个忙，一点也不妨害共和国和您的安全。"

拉尔迪龙打了个手势，安德烈随之坐了下来。

"副检察长公民，"他说道，"您知道过去的两年来，我一直密谋反对你的同道，我还写了那本《恐怖的圣坛》的小册子。您逮捕我的话，并不是帮我的忙，只是在尽自己的职责。而且，这也不是我请您帮的那个忙。但是，请您听着：我深爱的恋人，她被关在监狱里。"

拉尔迪龙点点头，以示他对安德烈接下来要谈到的恋爱的赞同。

"我知道您不是冷漠的人，拉尔迪龙公民；我请求您让我和我爱的女人重聚，马上把我发往自由港[①]。"

"唉！唉！"拉尔迪龙嘴角露出精致而坚定的微笑，他说道，"公民，您向我请求的是幸福，是胜于生命的东西。"

他向卧室的方向伸出胳膊，喊道：

① 自由港，从前是王家港修道院，后来改为监狱，取名为"自由港"。

“艾比夏丽！艾比夏丽！”

一个棕色皮肤的高个子女人走了进来，虽然头发上戴着一个饰节，但胳膊和胸脯都露在外面，只穿了衬衣和衬裙。

“我的美人，”拉尔迪龙把她拉拽到膝上，“看看这位公民的脸，永远也别忘了他的样子。艾比夏丽，和我们一样，他也是性情中人。他和我们一样知道和心爱的人分开是最痛的痛苦。他想进监狱，和他的恋人一起上断头台。艾比夏丽，你说我能拒绝他的请求吗？”

“不能！”女子拍了拍这位身穿卡马尼奥拉服的修士的脸颊答道。

“你说得对，我的女神。我们应当成全这对互相深爱的年轻人。安德烈公民，告诉我你的地址，今天晚上你就能在‘自由港’睡觉了。”

“这事定了？”

“定了。”拉尔迪龙向他伸出手，“找你亲爱的朋友去吧，跟她说你看见艾比夏丽坐在拉尔迪龙的臂弯里。我相信这个情景会在你们的心中激荡起美好的想法。”

安德烈回答说他们在一起可能会产生更感人的情景，但他很感激拉尔迪龙，而且对不大有可能为拉尔迪龙效力而表示遗憾。

“人道主义行为是不必报答的。”

拉尔迪龙站起来，紧紧地拥抱着艾比夏丽，说道：“谁知道什么时候就轮到我们了呢？”

“人们全都被送往相同的地方，
没有人的命运不在骨灰瓮中跌宕，
总有一日要从那里面出来，

就让我们登上灵船永不返航。①”

“现在，我们喝几杯吧！公民，您想和我们一起吃饭吗？”

艾比夏丽对安德烈说留下来是一种礼貌，然后伸出手臂去挎他的胳膊。但是安德烈却带着副检察长的承诺飞快地离开了。

① 古罗马诗人贺拉斯《颂歌集》第二卷第三章最后一节。

小 铅 兵

——献给加斯顿·梅耶夫人

那夜，“流感”引起的高烧让我难以入睡。突然，我听见摆在我床边的玻璃柜门被拍了三下，发出清脆的响声。那个柜子里装着各式各样的小东西，有产于萨克斯的瓷雕像，塞弗尔著名的本色瓷塑像，塔纳拉格或米利纳的陶土瓷像，文艺复兴时期的小铜器，日本的象牙，威尼斯的玻璃制品，中国的茶杯、清漆盒子、生漆茶盘、搪瓷盒；总而言之，那个柜子里有上千种物什，每一个都让人心生敬意，都会勾起人们对过去的旧时光的怀恋，无论那日子是充满忧伤还是洋溢着快乐。拍打声很微弱，但十分清晰，借着夜色，我发现声音是橱柜里的一个小铅兵发出来的，他正在使出浑身解数争取自由。他成功了，在他拳头的威力下，玻璃门很快就打开了。说实话，发生这事我一点都不觉得奇怪。那个小铅兵之前就已经有过种种可疑迹象。自从两年前G. M. ××夫人将他送给我，我就已经预料到了他的种种莽撞举动。他穿着镶着红边的蓝色制服，是一位王室卫队的士兵，众所周知那支军队向来不以军纪严明著称。

“嘿！”我喊道，“你怎么称呼？拉夫洛尔？布兰达穆尔？拉杜里普？你能小点声让我安静睡个觉吗？我现在难受死了！”

那个讨厌鬼咆哮着回答说：

“好人，一百年前我攻下了巴士底狱，此后我的样子就没怎么变。此外，我还喝了数不尽的美酒。我想我这个年纪的铅兵现存的不多了。晚安吧，我要出去参加阅兵咯！”

“拉杜里普，”我严肃地回答，“根据路易十四于 1789 年 8 月 31 日颁发的命令，你的军队早就已经解散了。你没什么阅兵要去参加了。老实地呆在橱柜里你自己的地方吧！”

拉杜里普捻捻他的小胡子，然后朝我抛来轻蔑又狡诈的一瞥，反诘道：

“什么！难道你不知道每年 12 月 31 日，孩子们都在熟睡时，在房顶和圣诞柴火燃烧后欢快地冒着烟的烟囱之间，我们铅兵会举行盛大的阅兵式。这是一支毫无畏惧的队伍，马背上坐着很多无头士兵。在战场上马革裹尸的铅兵们的幽灵怀着对战争的愤慨行进，唯有弯曲的刺刀、劈断的马刀可见。月光下只有苍白的玩具娃娃的灵魂注视着它们经过。”

他的这番解释让我颇为费解。

“那么，拉杜里普，你是说阅兵是个习俗，一项非常庄严的习俗？我对所有的古代习俗、习惯、传统和民间信仰都怀着深深的敬意。所谓的民俗学，是能够让我们在研究中发现无穷乐趣的一门学科。拉杜里普，看到你这位传统主义者我非常欣慰。不过，我不知道是不是应该让你离开那个橱柜。”

“你当然应该，”一个我之前从未听见过的悦耳的声音清晰地传来。我当即就听出这是那位年轻的塔纳格拉姑娘。她身着紧身的褶皱无袖外衣，挨着王室卫兵，身材高挑，美丽优雅。“你当然得这么做。我们祖先流传下来的所有习俗都值得我们尊重。我们的先辈比我们更清楚什么可做，什么应当禁止，因为他们比我们离上帝更近。所以应当让这位加拉第人去履行他先辈的阅兵仪式。在我那个年代，他们可不穿着这位朋友这样的蓝底镶红边的制服。他们只拿着盾牌,但是让我们看了就不寒而栗。他们都是野蛮人。你也一样既是加拉第人也是野蛮人。即便你读过诗歌和历史书也毫无改观,你根本不知道什么是生活之美。我在自己院落的老桑树下纺米勒的羊毛时,你并没在市场上。"

我强制自己尽量温和作答:

"可爱的潘妮西丝,你那些无足轻重的希腊民众创造了很多美妙的仪式,他们的心灵和眼睛会不厌其烦地去欣赏。可是在你的市场上,人们每天都会对此喋喋不休,市议会整个会议期间只讨论这些事。我不是拉里萨和塔纳格拉的市民,而且我一点都不觉得遗憾。当然,我承认你刚才说的有道理。习俗需要传承延续,否则就不能称为习俗。美丽的潘妮西丝,你曾在古老的桑树下纺织米勒的羊毛,你送给我一些有益的忠告,你并没有徒劳。正是出于你的建议,无论是哪里呼唤拉杜里普,我都准许他前去。"

后来,一个用塞佛尔陶瓷素胚烧制的牛奶女工,双手搭在搅乳器上,用恳求的目光望着我。

"先生,不要让他走。他答应了娶我。他和遇见的每个女人都有浪漫韵事,一旦他走了,我就再也看不见他了。"

她把圆润的脸蛋埋进了围裙里,情不自禁地哭了起来。

拉杜利普的脸色变得和他的制服边一样红:他受不了这种场面,自己深以为傲的事情却遭到别人的责备让他感到尤其不快。我尽量安抚小小的挤奶女工,并敦促这位王室卫队士兵阅兵式结束后不要徘徊于酒馆。他一口答应,于是我和他道别。但是他并没有马上动身离开。真是奇怪,可是他确实还是静静地呆在架子上,和周围的小泥人一样纹丝不动。我告诉了他我的不解。

"要有耐心!"他回答说,"你这样紧紧地盯着我,我是没法离开的，那会让神秘世界的魔法失灵。等你入睡后，借着月光，我就可以轻松地溜走了，我脚步非常轻捷。不过现在不着急，我还可以再等上一两个钟头。没什么比谈话更能消磨时光了，不如聊聊天？我给你们讲一个过去的故事吧？我知道很多故事。”

“好啊，讲一个吧。”潘妮西丝说道。

“讲讲吧。”挤奶女工说道。

“那就讲一个吧，拉杜里普。”我也跟着说道。

他坐下来，装满烟斗，要了一杯啤酒，清咳了一声，开始娓娓道来：

小铅兵讲的故事

九十九年前的今天，我站在一张圆桌上，周围是我的十二位弟兄，他们和我长得很像，就好像是我的亲兄弟。有些站着，有些躺着，还有几个或头部受伤，或缺胳膊少腿，我们是前一年从圣日耳曼大街上买来的一盒小铅兵里英勇存活的幸存者。房间里挂着淡蓝色丝绸，一架斯频耐琴，上面放着翻开的《乡村卜师》，几把竖琴式样的椅子，一张桃花心木的女士写字台，一张装点着玫瑰花的白床，屋檐上雕刻了许多对鸽子。房间里的一切都散发着迷人的气息。台灯的光柔柔的，壁炉里的火苗闪闪烁烁，好像在薄暮里拍打的翅膀。朱莉穿着睡衣坐在写字台前，她娇美的脖子低下来，落在秀发美丽的光晕里。她正在读信，这些信都是藏在写字台抽屉里，用丝绸成捆成捆地扎在一起。

午夜的钟声响起，这是由旧一年迈入新一年的外在标志。那座精巧的，上面装饰着一个微笑着的金色丘比特的座钟宣布 1793 年走到了尽头。

座钟指针重叠的一刹那，一个小精灵跑进了屋子中。一个穿着睡衣的漂亮小男孩，从他的卧室跑了出来，穿过半掩的门，跑到母亲的怀抱里，祝她新年快乐。

“新年快乐，皮埃尔……谢谢你，谢谢你！可是你知道什么是快乐的一年吗？”

小男孩以为自己知道，但她希望他能真切地明白。

“亲爱的孩子，不会给我们带来仇恨和恐惧的年头才是快乐的年头。”

她抱着他，把他送回刚才他跑下来的床上，然后重新坐到写字台前。她先是看看炉膛里的火光，然后又看看信，一些干花瓣从信里掉出来。把这些信件付之一炬实在让人心碎，可是必须这么做。一旦这些信被发现，写信人和收信人都会被送上断头台。倘若只关乎她自己的安危，她是不会烧掉信的，因为她早已厌倦同刽子手争夺自己的生命。但是她想起了他，那个被流放、被告发、被追捕，现在正藏匿在巴黎另一端某间阁楼里的他。这些信里的任何一封都足以让追捕他的人找到他的藏身之处，送他踏上黄泉。

皮埃尔正在隔壁的起居室里甜甜地睡着。厨师和拿侬已经回到了他们楼上的房间。下雪后浓浓的静谧笼罩了整个城镇。清净的、强烈的空气将壁炉里的火光映衬得更为明亮。朱莉已经下定决心把信烧毁，但这实在是个无法完成的任务，对此她心知肚明，所以，根本不必掀起深刻的沉痛。她要烧掉这些信了，但她无法不把它们再通读一遍。

朱莉生性习惯把身边的一切都安排得有条不紊，这些信都被她按顺序码好。

信纸已经泛黄，日期从三年前开始，在午夜的静谧里朱莉又重温了往昔的美好时刻。不逐字逐句把这些信读上十次，她是一张纸都不会丢进壁炉里的。

周围仍旧一片寂静。每个小时，朱莉都会走到窗边，拉起窗帘，望着月光下披着银光的圣日耳曼-德-普雷钟楼，然后继续执行她缓慢而虔诚的焚信任务。为什么不最后一次再欣赏一遍这些美妙的书信呢？怎么能不把这些字句牢牢印在心里就把它们扔进火堆呢？四周寂然无声，她的心因青春和爱而活蹦乱跳。

她读着：

“朱莉，尽管未在你的身边，我依然注视着你。无论我所行何处，你的样子都出现在我的脑海里，包围着我。我看见了你，不是冰冷的、毫无生气的你，而是生气勃勃的、变化万千、永远完美的你。在梦里，我将世上最壮丽的场景收集在一起，置于你周围。做你的爱人，我何等幸福！从万事万物上，他都能看见她的影子，因此也从万事万物上看见魅力。爱她，让他更爱生活。这个被她点亮的世界让他叹为观止，他也热爱这片有她装点的土地。爱，让他看到了事物隐藏的美好。他明白了宇宙万物的形式之无穷，它们以其无穷展现着朱莉的模样；他倾听到大自然的万千声音，它们在他耳边轻声诉说着朱莉的名字；他愉快地将目光投注在白日的内心深处，心中想着圣洁的阳光也照耀着朱莉的脸庞，美丽的阳光洒在她的脸上，犹如上帝的爱抚。是夜，最先出现的星宿定会让他战栗，他会自言自语：‘或许此时，她也和我一样在注视它们。’他呼吸着空气里弥漫着的她的芬芳。他愿去亲吻她走过的土地……

“我的朱莉，倘若命运安排我必须倒在那些审判我的人的斧头之下，倘若我要像西德尼一样为自由而献身，但是，死亡本身并不能把我愤怒的灵魂拘禁在没有你的世界。亲爱的，我会飞向你。我的灵魂会回来，围绕在你身边。”

她一边读信一边想象。夜晚已经消失，微弱的光线透过窗帘照射进来：已经是清晨。女佣们开始工作，她也必须完成自己的任务。她听见说话的声音了吗？没有，她的四周仍是一片静寂，直到……

的确，周围一片沉寂，大雪吸收了脚步声。他们来了，他们停在门外，他们在猛烈地敲门。

她已经没时间把信收好，关上写字台的抽屉。她能做的都已经做了。她把抱着的一大捆信扔到沙发下面，沙发的罩子一直盖到地板。然后用脚把掉在地板上的几封信踢进沙发里，又抓起一本书，跳到椅子上。

地区主席进来了，他后面跟着十二个手拿长矛的士兵。这个老头名叫布罗歇，以前是一个编藤椅的工人，他浑身哆哆嗦嗦，充血的双眼流露出让人生厌又难以描摹的神情。

他示意手下把守门口，然后转过来询问朱莉：

“女公民，我们刚得到消息发现你与密探、移民和监狱里的密谋犯交往甚密。我来此是以法律的名义带走你的全部信件。很久以前你就曾暗示过你是个十分危险的贵族分子。站在你面前的拉普科斯公民（他指的是自己的一个手下）承认1789年的寒冬，你曾给他钱财和衣物，打算收买他。胆小怕事、缺乏爱国精神的地方法官对你姑息纵容得够久了，现在轮到我说了算了，你注定要和断头台作伴了。女公民，交出你的信件吧！”

“您亲自去拿吧，写字台开着呢！”朱莉答道。

写字台的抽屉里还有出生证、结婚证、死亡证书、货款单和债券，布罗歇都逐一检查了一遍。他像是一个总怀疑别人，又不大认字的人一样，摩挲着这些证件，一遍一遍翻来覆去地看，还不时地说：“可耻！所谓的国王的名字没有被划掉。可耻！真是可耻!”

从布罗歇的举动,朱莉看出搜查时间会很长,而且非常严格。她情不自禁地偷偷瞟了一眼沙发的另一边,她发现有封信的一角从沙发套里露了出来,看起来像是猫的白耳朵。见此情形,她的恐惧顿时烟消云散了。在确定自己必死无疑后,反而很镇定,脸上的表情也恢复了平日里完全安全时的安之若素。她确定这些人一定会发现她亲眼看到的那么显眼的纸片。红地毯上的一角白色正对着她大声尖叫。不过她不确定他们是立刻会发现还是过会儿才注意到。这个不确定占据了她的大脑,吸引了她全部的注意力。在如此沉重的时刻,她还沉浸在观察爱国分子离沙发忽远忽近的趣味中。

布罗歇在检查完写字台里的各种文件后变得很不耐烦,他扬言一定会找到要找到的东西。

他把家具推翻,把照片翻过来,用剑上的圆柄敲打壁炉板看是不是有什么暗格,但都一无所获。他打碎镶镜子的边框,想看看里面是否藏着什么东西,但里面一无所有。

这期间,他的手下撬起了几块木地板。他们断言一个贵族女乞丐是不会愚弄善良的长裤汉的,可是没有一个人看见沙发罩里露出的那一角白纸。

长裤汉们把朱莉带到套房的其他几个房间,让她交出全部钥匙。他们打坏橱柜,把窗户砸得稀烂,把椅子劈了,把家具里面的填充物抽了出来,但仍然一无所获。

布罗歇没有沮丧,他又回到卧室。

“上帝啊!那些信就在这儿!我敢肯定!”

他检查那张沙发,断定其极其可疑,用他的剑来来回回戳了五六次,每次都扎到底,但就是没发现任何他想找到的蛛丝马迹。

他恶狠狠地诅咒，下令手下收队离开。

布罗歇已经走到了门口，又回身朝朱莉走了一两步，举起拳头，大声喊道：

“担惊受怕去吧！我是至高无上之人民！

他最后一个走出门。

终于都走了。朱莉听到他们踩在楼梯上的脚步声越来越弱。她得救了！她的冒失并没有背叛他，没有背叛那个她深爱着的他。她兴高采烈得跑过去拥抱她的小皮埃尔，他正在熟睡，小手攥着拳头，好像婴儿床周围的一切根本没经历这场天翻地覆的打搅。

志愿兵的回忆[1]

——献给保尔·阿雷纳

第一章

我于1770年出生在朗格尔地区一座小城的郊区。我父亲是半个农民兼半个城里人，一边制造出售刀具，一边侍弄果园。在我们那个郊区，有一些只教女孩的修女，她们是我母亲的好友，加之我年纪幼小，所以她们也教我识文断字。在受她们的启蒙之后，我跟城里的一位神父学习拉丁语，虽然神父是鞋匠之子，不过他极富人文涵养。夏天的时候，古老的栗子树撒下浓厚的树荫，我们的课堂就在树荫之下，拉玛杜修道院的院长就在靠近他的蜂箱的地方为我讲解维吉尔的《农事诗》[2]。我快乐地生活在我的老师和马蹄铁匠的女儿罗丝身边，从来不觉得有人比我过得还幸福。但是世上的幸福都不会长久。一天清晨，我母亲抱着我，悄悄地把一枚六里弗的埃居塞进了我的衣服口袋里。我的行李也整理好了。我父亲跳上他的马，把我放在他身后，要带我去位于

① 这篇回忆录中的所有事件均为真实的，皆取材于十八世纪的各类作品。文中事件，即便是最不重要的事件，皆有来处。(作者注)

② 《农事诗》是古罗马诗人维吉尔正式发表的第二部作品，《农事诗》四卷(约成于公元前37—30)，每卷五百余行，分别写种谷物、种橄榄和葡萄、畜牧、养蜂等农事，风格特点在于诗人对种种自然现象很敏感，赋予生产劳动以诗意，表达了独立小农的情趣。

朗格尔的那所中学。一路上，我都在想我的小房间，每当秋天快要来的时候，阁楼里储存的水果都会散发芳香，弥漫整个房间。我也想念那块围起来的小地方，每个周日，父亲都会领着我去他亲手嫁接的苹果树那儿摘苹果；我还想起罗丝，想起我的姐妹，我的母亲，甚至也想起了我自己——悲惨的流放者！我感受到了心灵的重创，费了好大力气才把在眼眶里打转的泪珠憋了回去。最后，经过五个小时的旅程，我们到了城里，在一座大门前下马，门上写着的字——“学校”——让我不寒而栗。校长，奥拉托利会[①]的费瓦尔神父在一间刷着石灰的会客室里接待了我们。他是位朝气蓬勃的年轻人，相貌堂堂，他的微笑让我安下心来。无论在何种场合，我父亲都会展现出他自然、正直、率真的性情。

“尊敬的神父，”父亲将一只手放在我身上，说道，“我把我唯一的儿子带来了。他叫皮埃尔，是他教父的名字，姓氏是奥比尔，他父亲之姓，这个无瑕的姓氏是由我的父亲传给我，我又传给他的。皮埃尔是我唯一的儿子，他的母亲，玛德琳·奥达鲁为或生了三个女儿、一个儿子，我正尽自己所能把他们抚养长大。我的女儿们将会拥有先让上帝满意，继而让她们的夫君满意的命运。人们说她们长得漂亮，我也情不自禁地相信这点。可是美貌不过是一种自欺欺人的光鲜，只要她们心性善良，她们就会足够美丽。至于我带到您这里的儿子皮埃尔（当我父亲说到这儿时，他重重地把那只手压在我肩上，压得我差点后退），只要他敬畏上帝，通晓拉丁语，那他就可以成为一名神父。尊敬的神父，我在此谦卑地请求您，恳请您在闲时多观察观察他，看看他是否真有这个能力。如果您发现他有些优点，我就让他继续在您这儿学习，花多

---

① 奥拉托利会，1611 年成立于巴黎的天主教修会。

少钱我都乐意。恰恰相反，如果您认为他毫无长处，请告诉我一声，我马上就过来把他带回去，教他像我一样做刀具。我就是个做刀具的，时刻为您效劳，尊敬的神父。”

费瓦尔神父答应我父亲会按他说的做。得到神父的承诺后，父亲离开了校长，也离开了我。父亲非常激动，好不容易才憋住了啜泣，他做出一副严厉、冷峻的表情，看似我们拥抱告别，其实是他重重地推了我一把。父亲离开后，费瓦尔神父带我走出了会客室，来到了一个有篱笆的花园。后来，当我们打树荫下经过时，神父对我说：

“啊，蓊郁繁茂的树林，如此柔和的树阴。”①

我非常庆幸能从这些古老的文字和引人思考的韵律里判断出这是老安尼乌斯的一句诗。我脱口而出，“维吉尔比他的前辈更适合赞美这些美妙的阴凉”。校长似乎对我的这番赞美很满意。他亲切地问了我的基本看法，在听到我的回答后，对我说道：

“不错，如果你努力学习，好好用功，能够跟上四年级的课。跟我来，我要亲自把你介绍给你的老师和同学们。”

在我和神父一起走路的短暂时间里，我的愁思莫名地减少了，因为我在痛苦中感受到了支持。可是一发现自己被班级同学包围，出现在我的老师——尤桑沃特先生面前，我就马上跌进了不幸的绝望里。尤桑沃特先生既没有校长的平易近人，也不像他那么纯粹自然。他给我的印象是自视甚高、冷酷而严厉。尤桑沃

① 原文为拉丁文。此句诗歌是古罗马诗人昆图斯·安尼乌斯的史诗《编年史》中的句子。

特先生个子小、脑袋大，从两片白嘴唇、四颗牙之间冒出嘘嘘作响的说话声。我立刻就发现这样的一张嘴里是永远不会讲出拉维尼娅[①]来的，我对这个名字的喜爱甚至胜过了对罗丝的喜爱。因为在我的想象中，可怜的图尔努斯那位纯洁美好、出身高贵的未婚妻既端庄又高贵，她在我心中的完美形象让马蹄铁匠女儿的平凡容貌相形见绌。尤桑沃特先生，也就是我四年级时的老师，我一点都不喜欢他。我的同学们也让我感到害怕：他们看起来大胆莽撞，我有理由担心自己的单纯日后会成为他们的笑柄。我实在想痛哭一场！

一种胜过痛苦的感情——自尊，让我忍住了眼泪。

傍晚来临，我走出学校，到城里去找父亲为我预订好的住处。我和其他五名学生一起住在一个工匠家里，他妻子为我们做饭，每月收我们二十五个苏。

乍开始，我的同学们都想取笑我，嘲笑我穿得难看，土里土气，不过当他们发现这样做根本没法惹怒我时，他们作罢了。唯独有一位同学，他是律师的儿子，生性大手大脚，他还继续粗暴地模仿我的笨手笨脚，后来我出其不意地给了他一记重拳，从此他再也不敢取笑我了。尤桑沃特先生对我不怎么好，但我还是认真地完成作业，不给他任何一个惩罚我的机会。他独断专行，犹犹豫豫，耀武扬威，最后激起了同学们的奋起反抗，其实班级里的反抗几次活动我都没参加。有一天我和校长一起在花园里散步，一个不幸的想法——向他炫耀我的冷静出现在我的脑海。

"神父，"我说道，"我没参加班级里最近的那次反抗。"

"这没什么好炫耀的。"费瓦尔神父轻蔑地回答道，他的语气

---

① 维吉尔《埃涅阿斯记》里的人物。

刺痛了我的心。

费瓦尔神父对世界上所有的卑鄙无耻都深恶痛绝。听了他的话,我下定决心再也不说、不做任何卑鄙龌龊的事。如果说那天之后我做到了不再说谎,不做卑鄙之事,我会将此完全归功于这位杰出的人。

无论如何,费瓦尔神父都不是一位哲学家神父;他不教授萨瓦的副本堂神父所辖地区的教义,却传扬美德。他信仰神父当信仰的一切,但是他厌恶徒有其表,无法忍受用鸡毛蒜皮的小事去叨扰上帝。他的这种态度在圣诞节那天展露无遗。当天,尤桑沃特先生跑去找他打小报告,说平安夜有的学生亵渎宗教往圣水池里倒墨水。

怒不可遏的尤桑沃特先生嘟嘟囔囔地诅咒道:

“毫无疑问,这种行为太恶劣!”

“那是墨水的原因。”我们可爱的校长心平气和地说道。

这位正直的人认为弱点是一切罪恶的直接温床。他常常说:“撒旦和反叛天使因为骄傲自大而犯错。所以在地狱里,他们也像国王和王子一样对被诅咒的灵魂行使可怕的统治权。假使他们卑鄙地死亡了,他们就在烈火中成为了罪人的笑柄和玩具,支配罪恶的权力也会从他们可耻的手中溜走。”

放假了,再次回到自己家让我欣喜若狂。可是我发觉家变小了。我一进门,就看见母亲在灶台旁弓着身子在撇汤上的沫子。就连我亲爱的母亲,看起来都变小了。我伸开双臂抱着她,悲从中来,泣不成声。

她手拿着漏勺跟我说,父亲上了年纪,又承受着病痛,越来越干不动活了,再也没法打理他的果园了。母亲还跟我讲我的大姐已经答应和木匠的儿子成婚,还说有人发现教堂的圣器管理员死在自己的卧室里，手里攥着一瓶酒。他光秃秃的手指死死地攥着瓶颈，人们乍开始还以为掰不开呢，可是，如果把一个手攥酒瓶的圣器管理员送进教堂有些不合体统。听我母亲絮叨琐事时，我第一次清晰地感受到光阴的流逝和物是人非的变化无常。我陷入了沉思。

“哇，我的儿子，”我母亲说道，“你看着真精神。穿上这身凸纹条格的细平布衣服，你简直就是一个小神父了！”

就在这时，罗丝小姐走了进来，她脸色绯红，装作没料到会看见我的样子。我看出自己引起了她的注意，暗自欣喜。可是在她面前，我得保持严肃，行为举止要像个神职人员。那些假期的大部分时光我都是和拉马杜先生一起散步度过的。

我们约定只谈拉丁语，不谈其他。别人在田间犁地，我们并肩而行，笔直向前，四周生机勃勃，庄严肃穆、淳朴自然，对我们了如指掌的虚荣和平庸的快乐，我们感到非常不屑。

我打定主意回校后要从事圣职。我已经看见了自己像拉马杜先生一样，头戴一顶偌大的三角帽，身穿教士袍、黑裤子、羊毛袜、穿扣鞋，时而沉迷于西塞罗的雄辩，时而思考圣奥古斯丁的学说。从人群中走过时，会庄重地和女士们以及在我面前鞠躬的贫苦百姓打招呼。唉！一个女人的幽灵出现了，扰了我的清梦。直到那时，我还只知道两位女性——拉维尼娅和罗丝小姐。现如今，我认识了迪多，我血脉贲张。这位承受着难以治愈的伤痛的悲惨女王，在种着爱神木的树林里游荡，每到夜晚，就俯身来到辗转难眠的我的床边。

而且，我下午出来散步时，似乎看见她死去的苍白的身影从树林的灌木丛后一闪而过，犹如月光穿越云层。我执迷于这个光芒万丈的形象，成为神职人员的想法开始动摇。开始，神职人员的服装穿在身上让我容光焕发。当我第一次穿着这身衣服返家时，我母亲对我行屈膝礼，罗丝把脸埋进了围裙，偷偷地哭了。然后，她抬起如泪珠般透明可爱的眼睛，对我说："皮埃尔先生，我不知道我为什么哭了。"

她这副模样真是楚楚动人，惹人生怜，可是一点都不像那穿越云层的月光。我不爱她，我只爱迪多。

同年还发生了一件痛彻心扉的事，让我对那年记忆犹新。我父亲去世了，他因胸部积水，突然倒地不起。

弥留之际，他叮嘱他的孩子们要活得诚实，要虔诚，还祝福了他们。他死得平静而安详，这一点都不像他的性格。他仿佛毫无遗憾、心甘情愿地告别了自己深深热爱的生活，他可是个充满活力、热爱生活的人。父亲的去世让我明白——对于一个好人来说，死亡并非难事，而且比我们想象的要容易。

而我，则下定决心要扮演父亲的角色，那时姐姐们已嫁人成家，母亲整日以泪洗面，年复一年，变得愈来愈瘦小，愈来愈虚弱，也愈来愈迷人。

我就是这样一下子从一个男孩变成了一个男人。我从奥拉托利会优秀的神父那里毕业。兰斯神父、柏立凯神父和马里昂神父置身于荒芜偏僻的外省，将他们原本可为铭文学院增光添彩的杰出能力和渊博学识投入到几个穷孩子的教育上。论才智之高，灵魂之美，校长都在他们之上。

当我从这些优秀的教师门下结束神学课时，一个传播甚广的说法也辐射到了我们那个偏远的省份，穿透了学校遗世而独立的墙壁。人们谈论三级会议的召开，呼吁改革，希望能有翻天覆地的变动。老师们允许我们读的一些新书都在宣告黄金时代即将回归。

离开学校的时候，我抱着费瓦尔校长，哭了。

他深情地把我搂在怀里，然后带我走到六年前我和他初次交谈的那条绿荫小径上。

他握住我的手，俯下身子，看着我，说道：

“亲爱的孩子，要牢记，没有道义，才智毫无价值。你会赶上新统治秩序在我们这片土地上诞生。这些剧变必须经历动荡才能实现。希望你能牢记我此刻对你说的话：在困境中，才智不过是无力的盾牌，唯有美德能拯救那些当被拯救之人。”

他说这番话时，我们走出了绿荫，太阳已落到地平线上。费瓦尔神父沐浴在太阳温暖的火红光芒里，俊美、深邃的面庞被照耀得更有魅力。他这番话曾深深触动我，我很幸运自己依旧记忆犹新，即便当时我并未完全理解。当时我还只是个学生，一个不算聪明的学生。后来，接连发生的许多事的惨痛教训都向我揭示了他这句箴言的深刻和真实。

第二章

我放弃了成为神职人员的想法，对我而言，如何谋生更紧要。学习拉丁文的时候，我并没有打算将来在小城的郊区做刀具，而是沉浸在野心勃勃的美梦中。我们有限的家当、奶牛和花园，离我的壮志相去遥远。我甚至觉得罗丝小姐太乡土气。我母亲觉得要全面展现我的能力必须得去巴黎那样的大都市，没费多少周折，我也得到了相似的结论。我在朗格尔最好的裁缝那里定做了一件燕尾外套，穿上去神采奕奕，我坚信自己即将踏上幸运之路。费瓦尔神父为我给德·布依波恩写了一封推荐信。基督纪元1789年7月12日，我带着拉丁语书籍、蛋糕、熏肉和亲人的吻，含泪坐上了长途汽车。我从圣安东尼市的郊区进入巴黎，那里看上去比我们省最残破的村庄还要破败。我由衷地同情生活在那里的悲惨的百姓，也真心同情自己——一个人背井离乡，来这群不幸的人中间寻求发展。与我一起同行的还有一位贩酒商，他却跟我说，因为人们刚刚攻占了那座巴士底——圣·安东尼监狱，所以这些人都兴高采烈。他让我相信尼克尔先生很快就会恢复法国的黄金时代。可是正相反，一位听到了我们谈话的理发师却认为如果国王不赶快把尼克尔赶走，整个国家都会葬送在他手上。

他补充道："革命是最大的不幸。现在没人理发了，一群连头发都不知打理的民众还不如牲畜。"

这番话激怒了贩酒商。

"理发师先生，您要知道，"他接着说道，"一个重新焕发活力的民族是憎恶那些没用的修饰的。真想让你为你鲁莽的言辞付出代价，可是我没那时间，我正要去给巴黎市的白利市长家送酒。白利先生对我非常友善。"

他们就这样各走各的了，我呢，我带着自己的拉丁语书籍、熏肉、回忆里母亲的吻，步行前往位于城市另一头的格勒纳尔大街上的布依波恩公爵府邸，要去递上费瓦尔神父为我写的推荐信。公爵先生宅心仁厚，仁爱远扬，路人都纷纷为我指路。

公爵先生真诚地接待了我。他的衣着穿戴和举止言谈无一不展现着朴素。公爵先生一脸欢喜，这样的表情只有在那些不是被迫辛苦劳作的人身上才得见。

公爵先生读过费瓦尔先生的推荐信后，说道：

"很令人满意的一封推荐信，可是，您都懂些什么？"

我回答说我懂拉丁语，还懂一点希腊语、古代史、修辞学和诗歌。

“不错的造诣!”他面带微笑地对我说,“不过,您最好还是懂点农业概念、手工艺、商业、金融学和工业知识。我敢打赌,您知道梭伦的法律。”

我表示确实知道。

“很好,非常好。但是您完全不懂英国宪法。不过没关系,你很年轻,正是学知识的好时光。我给您在我这儿找个职位,薪资是五百埃居。我的秘书米勒先生会告诉您我让您做哪些工作。再会,先生。”

一位男仆把我带到了一间宽敞的白色房间里,当时米勒先生正坐在屋中央的桌子前写东西,示意我稍等。他身形矮胖,看上去和蔼可亲,但是眼睛来回打转,看上去也很吓人,仿佛在咒骂自己笔下写的字。

我听见他说“暴君、镣铐、地狱、人类、罗马、奴隶制、自由”[①]这些词语,心里想他大概疯了。可是,他放下笔,微笑着冲我点头。

“那么,”他说道,“您瞧瞧这座府邸,光秃秃的好像是古罗马时的房子。没镀金的壁板,没有瓷人像的壁炉台,没有一件东西能让人想起末代国王统治的可憎时代,没有一件东西有损一位自由人士的尊严。自由,台伯河。[②] 我得记下这个韵脚。这个韵脚不错,是吧?您喜欢诗歌吗,皮埃尔·奥比尔先生?”

我回答说我实在太爱诗歌了,当着公爵的面,在博克[③]和维吉尔之间,如果我表现得更偏爱博克,一定会更讨他喜欢。

---

① 法语是“Tyrans, fers, enfers, home, Rome, esclavage, liberte”。米勒先生应该是在研究音韵。

② 法语为 Libre 和 Tibre,二词押韵。

③ 埃德蒙·博克(1729—1797),英国著名的政治家、作家。因为公爵先生很崇尚英国,所以如此说。

“维吉尔是个了不起的人。”米勒先生回答说，“不过您怎么看谢尼埃先生？他的《查理九世》是我读过的最出色的作品。不瞒您说，我也在尝试写悲剧，您刚进来的时候，我刚写完了一个场景，感觉还挺不错的。看得出来您是一位非常值得信赖的人，我非常愿意相信您，并告诉您我这出悲剧是什么主题，不过您可绝不能告诉别人。您也知道不谨言慎行，可能就会谬之千里。我正在创作一个以卢克丽霞[1]为主题的悲剧。”

然后，米勒先生拿起一大本手写稿，朗读道：“卢克丽霞，五幕悲剧，谨献给敬爱的路易斯，复兴法兰西自由之人。”

他朗诵了二百多行诗后，突然停了下来，很抱歉地说余下的部分还没有写完。

“公爵的信函，”他叹口气说道，“花掉了我白天最美好的时光。我们和英国、瑞士、美国所有的进步人士都有往来。说到这儿，奥比尔先生，我得跟您说，您的工作就是抄写和归类这些信函。如果您马上就想知道我们当下正忙什么，我这就告诉您。我们正在打理在布依波恩的一处农场，一些英国专家正致力于将在英国获得成功的农业改良方法推广到法国。我们还将从西班牙进口大量的绵羊，它们的羊毛犹如丝绸，靠着这种羊毛，塞戈维亚成为了西班牙的富庶之乡。这项事业非常艰难，我们不得不依靠国王的支持和合作。最后，我们还将从瑞士购入奶牛，并把它们呈献给我们的领主。

“在公共事务的联络方面，我最好保持缄默，因为我们对这件事完全保密。当然，您肯定看出来了布依波恩公爵正试图将英国的宪法系统引入法国。奥比尔先生，请原谅我不得不先行告辞，

① 卢克丽霞，罗马传说中的贞妇名。

我得去法兰西剧院了。那里正在上演《阿尔兹尔》[1]。”

那天晚上，虽然铺着优质的床单，我却睡得不好。我梦见在巴士底的废墟上，笑容可亲的布依波恩公爵周身围绕着超凡的光芒，我母亲养的蜜蜂围着他飞舞盘旋。

第二天一大早，我就跑到了米勒先生的房间，问他昨晚在剧院过得如何。他说他从伏尔泰的戏剧《阿尔兹尔》里发现了伏尔泰打动观众情感的一些蛛丝马迹。然后，他让我誊写有关购买瑞士奶牛的信件，信中说我们慷慨的老爷将把这些奶牛赠与他的领主们。正在我专心致志地誊写信件时，米勒先生对我说道：

“公爵宅心仁厚，我写了几首诗歌来颂扬他的善行，不过这些诗我都不太满意。您知道布依波恩的领地吗？不知道。那真是一个迷人的地方。我的诗歌将为您展现那里的魅力。我读给您听：

“魅力的小山谷，休息的佳妙处，
四季青翠的小树林，清澈见底的小溪，
静幽幽，缓缓流；
谁的美妙沉吟，犹如鸟儿的乐音，
吟讴着美妙的旋律；
你的田园景色如画，我的心灵为之惊诧，
多么欢喜，在惬意的绿荫下，
把一位仙女的芳名，告诉给山毛榉。
这个美丽的地方，属于布依波恩家，
正直和善良，

① 伏尔泰写的一部戏剧。

安静地陪伴着他；
他的爱，让幸福留下。
有了布依波恩的号召，顽皮的牧羊女，
齐聚榆树下，
他慷慨好施，把家禽、家畜和房屋，
送给一人或其他。”

我目瞪口呆，这是我在朗格尔听到的最优美动听的诗句。我深深地发现巴黎的空气中弥漫着一种难以言喻，在别处无可寻觅的东西。

吃过晚饭，我打算去参观巴黎的宏伟建筑。二百多年来，艺术之神将他的财富散落在辉煌闻名的塞纳河两岸。我之前只见过一些哥特式城堡和教堂，它们凄冷的风格、粗糙的特点，只能让人心生不快。在巴黎，确实也能看见几个这么粗蛮的建筑。那座定义何为“城市”，伫立城中的大教堂，其不规则性和混乱的设计展现出建造它的那个时代的无知。它的古老让巴黎人忽略了它的丑陋。费瓦尔神父常说所有古老的东西都值得尊重。

可是，文明年代的建筑就别是一番景象！对称的设计、精确的比例、宽敞的布局、加之效仿古代的多样式结构，凡此种种皆为现代建筑的闪光点。卢浮宫是以上特点的集大成者，其壮观的柱廊可与法国和法国国王媲美。啊！巴黎是座什么样的城市啊！米勒先生指给我看剧院，世界上最优秀的女演员云集在那儿，展现她们的歌喉和魅力，为莫扎特和格鲁克带去灵感。而且，米勒先生还带我去了卢森堡公园，在那庄严的树荫下我看见雷纳尔同杜萨尔克斯肩并肩一起散步。我尊敬的校长，我的老师，我的神父，为什么您不在这里，见证您的学生、您的孩子此刻的幸福和激动呢！

六个星期的日子，我过得非常快乐。周围的人都在谈论黄金时代的回归，我也开始相信萨杜恩[①]和瑞亚[②]正坐着车朝我们驶来。白天的时候，我在米勒先生的指导下誊写信件。

米勒先生是一位天赐良伴，总是面带笑容，口吐莲花，像清风一样自在。

晚饭后，我会为我们善良的雇主读几页《百科全书》[③]，之后一直到第二天早晨的所有时间都由我自由支配。有一天晚上，我和米勒先生一起去波尔西隆镇吃宵夜，在一家娱乐场所门口站了一群头戴国家三色帽的女子，她们每人手里都提着一篮子鲜花。一位姑娘朝我走过来，抓住我的胳臂说，“亲爱的小先生，这束玫瑰送给您！”

我满脸通红，不知该如何作答，这时深知城里人习俗举止的米勒先生对我说：“你应该拿出一枚六苏的硬币买下这些玫瑰，然后再恭维那位姑娘几句。”

我按米勒先生的话一一照做，后来我问他觉得那位卖花姑娘是不是个正派姑娘。他说几乎不太可能，但是男人有责任在每位女士面前都表现得有风度。日复一日，我越来越敬爱布依波恩公爵。他是最出色、最天真无邪的人。除非做了自我牺牲，否则他从不觉得自己已给那些穷苦的民众带来帮助。他过着普通人的日子，视富人的奢侈为对穷人的掠夺，人们都感念他的善举。有一天，公爵对我和米勒先生说：

---

① 萨杜恩，罗马神话中的农业神，将农业和种植业带入意大利。

② 瑞亚是地神该亚与天神乌拉诺斯所生十二泰坦（Titans）神之一，掌握时光流逝与风霜，是一位有着美丽长发的女神。

③ 这里指的是法国思想家狄德罗编著的《百科全书》。

“什么乐事都比不上为陌生人的幸福而努力。可以种几棵有用的树，也可以把会开花结果的枝条嫁接到树林中的幼苗上，这样将来它们就能结果，为迷路的人解渴。”

可敬的公爵先生一心一意行善。他满怀热情地致力于国家的新宪法制度。作为国民议会的贵族议员，他在推崇英国自由的君主立宪派中占有席位，身边坐着的是马路厄和斯塔尼斯拉斯·德·克莱蒙-多纳尔。尽管当时他们的党派就已落败，他却执着地等待着大革命以人道的方式前进。我们也和公爵先生一起期待。

虽然有数不尽的忧惧不安，但这种热情仍鼓舞我们度过接下来的那一年。七月初，我陪米勒先生去战神广场。那里聚集了二十万民众，这些人来自各个阶层，男人、女人甚至还有孩子，他们用双手搭起了一个祭坛，每个人都站在上面宣誓：他们要自由地生活，如果必要，宁为自由而死。身穿蓝色上衣的理发师，送水工，修道院院长，挑炭工，圣芳济教会的修士，身穿锦缎衣裙、头发上戴着羽毛和丝绸的歌剧演员，共同开掘祖国的神圣土地。好一幕友爱互助的典范！在那里，西埃斯和博哈纳斯两位先生一起推车；议院里德热拉德神父像古罗马人扶犁划地，拿锹挖土；还有全家齐上阵的场面：父亲挖土，母亲装车，孩子们轮流推车，最小的孩子只有四岁，被他九十三岁高龄的祖父抱着，口齿不清地说着：“啊，好的！好的！”我们看见园丁协会的工人们走过去，锹和铲子上端着铲出来的莴苣和雏菊；后面跟着其他协会，最前面的是乐队，印刷工人的旗子上印着：印刷业，自由的首面旗帜。后面的是屠夫，旗上印了一把大刀，写着：贵族们，战栗吧！我们是屠夫！

在我们眼里，这仍是友爱。

“奥比尔，我的朋友，我的兄弟，”米勒先生喊道，“我浑身充满了诗情，不吐不快！我要写一首颂歌，并把它献给你，请听：

“朋友，你可看见人山人海，
这些法兰西的能工巧匠
从四面八方而来，
他们的旗帜在空中飘扬，
爱指引他们的脚步，
抵达这爱国者的圣坛；
为了他们热爱的土地，
人人有份，直到生命的火苗熄灭。”

米勒先生气概满怀地朗诵这首诗，他个子矮，但手势夸张，还穿了一件紫红色的外套，这让他尤为引人注目。他刚朗诵完上面这节诗，一群好奇的人便将他围在中间，热烈地鼓起了掌。他诗意汹涌，继续朗诵：

“睁开双眼，让你的灵魂，
去注视这庄严的场面……”

他刚朗诵完这两句，一位带着插有羽毛的大黑帽子的女士就拥进了他的怀里，把米勒先生紧紧压在自己的三角形披肩上。

“啊，多美妙呀！”那位女士高喊，“米勒先生，请允许我拥抱您。”

人群里有一位圣芳济教会的修士，他把下巴靠在铁锹的长柄上，看到如此热烈大胆的拥抱，不禁鼓起掌来。于是，他周围的年轻人纷纷起哄把他往那位大胆率性的女士那儿推，女士在众人的欢呼声中拥抱了他。米勒先生拥抱了我，我也拥抱了米勒先生。

“多么美好的诗句！”那位头戴大帽子的女士又喊道，“你太棒了，米勒！可以和让·巴普蒂斯特媲美！”

“哦！”米勒先生谦逊地低下头，圆圆的脸颊红彤彤的，像颗红苹果。

“是的，非常有让·巴普蒂斯特的风格。”女士又说道，“最好和着《鼓舞人心的金丝雀》的调子唱。”

“您过奖了！”米勒先生回答道，“贝尔特梅夫人，请允许我为您介绍我的朋友，皮埃尔·奥比尔，一位从利默森来的绅士。他是个才华出众的小伙子，很快就会习惯巴黎的生活的。”

“亲爱的孩子，”贝尔特梅夫人拉着我的手回应道，“让他到我们家来吧！米勒先生，您一定要带他来，我们每周四都有音乐活动。他喜爱音乐吗？这个问题问得真傻，只有残酷野蛮的人才不喜爱音乐。下周四到我家来吧，奥比尔先生，我女儿艾梅丽会为您唱一首民谣。”

贝尔特梅夫人一边说，一边指向一位身着白裙、佩戴希腊头饰的年轻小姐，在我看来，她秀美的长发、碧蓝的眼眸是世界上最美的。我红着脸向她鞠躬示意，不过，她并没发现我的尴尬。

回到布依波恩府邸后，我并没有向米勒先生掩饰这位魅力女子给我留下的深刻印象。米勒先生说：“如果是这样的话，我需要在我的颂歌中再添一小节。”

在沉思片刻后，他说道，“我作好了！”

“若有一位美丽可爱的女子，
让你朝思暮想，
那么，唯有神圣的婚姻纽带，

不幸负你的一片痴心追求。
你们将一起许下牢固的誓言，
但你们起誓的祭坛应是
爱国者的祭坛，
否则那遭你们背叛的天堂，
会降下惩罚。”

哎！古时候人们赋予诗人以预见事物的天赋，但米勒先生并没有这种天赋。我们的快乐日子已屈指可数，曾经的幻梦也都荡然无存了。联盟成立后次日，整个国家醒来后便已分崩离析。国王软弱而狭隘，辜负了人民对他的无限信任。

王公贵族纷纷逃离国境，从而削弱了国家，激怒了民众，最终引发了战争。各路政治团体占领了国民议会，人民的批评越来越凶猛。国家成了权谋猎人的牺牲品，我的心也很难平静。艾梅丽家在新圣欧斯塔西街，我成了那里的常客，一个星期会去两三次。她家曾非常富庶，受大革命影响已大不如前，不幸促成了我们的友情。艾梅丽变穷了，我发现自己越发怜香惜玉，而且我爱上她了。我毫无希望地爱着她。我，一个贫穷的农村小子，怎么能打动一位如此迷人的城里女孩的芳心呢？

她的才华令我叹服。在作曲、画画和翻译英国浪漫小说时，她能丝毫不受国家和自身的不幸影响，勇敢地把它们屏蔽掉。她在所有人面前都展露出一种清高，而在我眼里，这种清高会变化成有趣的戏谑。显而易见，即便无法打动她的芳心，我也不失为有趣的伙伴。他父亲是她们地区最好的投掷兵，但在别的方面却一无所长。贝尔特梅夫人，虽然有些任性，但是个好女人。她热情洋溢，迷恋鹦鹉、政治经济学家和米勒先生的诗，到了如痴如醉的地步。她绝大部分时间都花在了看报和听歌剧上；在她闲下来的时候，她是喜欢我的。她女儿是这个世界上我最愿意见到的人。

在德·布依波恩先生的照拂下，我进步得很快。他不再让我誊写信件了，而是派我处理最秘密的交易，而且还常常向我透露一些连米勒先生都不知道的事情。

可是，布依波恩公爵失去了信念，或者说丧失了勇气。路易十六可耻的逃跑让他备受打击，那是一种我难以形容的痛苦。可是从瓦雷纳回来后，他依旧寸步不离那位曾否定他的建议，怀疑他的忠诚的皇室囚徒。我亲爱的公爵先生依旧对危在旦夕的王权忠心耿耿。8 月 10 日那天，他正在城堡里，不知借着冥冥中的什么力量，他避开了暴徒，顺利地回到了家里。晚上的时候，他把我叫了过去。我看见他当时身上穿着一套管家的衣服。

“永别了，”他对我说道，“我要离开这个充斥了种种憎恶和罪行的国家，后天我就能抵达英国海岸了。我随身带了三百路易，这是我的家产现在能卖得的全部现钱。我人虽然走了，还有大笔财产剩在这里。除了你，我指不上别人。米勒是个笨蛋。你照料我的所有事物吧！我知道这么做很危险，但是我器重你，所以将重担托付给你。”

我握住公爵的手，亲吻它们，泪水滴落在上面。这就是我唯一的答复。

当公爵乔装打扮，拿着一本假护照逃出巴黎的时候，我在他的府邸把那些能牵连他整个家族、数百条人命的文件都扔进壁炉里烧毁了。后来，我很走运地能以超低的价钱处理掉公爵的马车、马匹和餐具，就这样我收回了七八万里弗尔，然后把钱寄到了海峡对岸。在做这些交易的时候，我也冒了很大的风险，也曾命悬一线。8 月 10 日刚刚过去，巴黎处处弥漫着恐怖。前一天晚上大街小巷还是一片叫卖声、哒哒的马蹄声，人们穿得五彩缤纷，一夜之间就不见人影、寂然无声。店铺关门了，市民们闭门不出，为自己和朋友的命运而担惊受怕。

城里戒备森严，没人能逃离这座阴森可怖的城市。装备着长矛的巡逻队在街上巡逻。大家开口只谈室内搜查。我的房间在公爵府邸的顶楼上，在那儿我能听到这些武装的市民的脚步声，长矛和枪托打在邻居家门上的敲击声，还有居民们的哭号声和尖叫声。一整天，这些长裤汉们把平静的街区搅得人心惶惶，然后走进我隔壁的一家杂货铺，在那跳舞、畅饮、跳卡马尼奥拉舞，通宵达旦地唱着“会好的，会好的”，弄得我整夜睡不着觉。不安加重了我失眠的痛苦，我不自禁地担心会被仆人出卖，马上就会被抓走。

那时告密之风甚嚣尘上。没有一个厨房的小帮厨不自恋地以为自己是背叛养育自己的主人的布鲁特斯。[①]

我时刻保持警戒：一位忠诚的仆人只要一听到有人敲门就会跑去禀报我。我和衣躺在床上或者扶手椅上，随身配带着花园里小门的钥匙。让人深恶痛绝的 9 月份到来了，当我得知数百名犯人在公众的默许中，在法官的注视下，被屠杀时，这骇人听闻的事件让我脑袋里的恐惧一下子烟消云散了。我为我只顾个人安危，谨小慎微地活着，而没有意识到这个国家正在进行的诸多罪行而羞愧难当。

我再也不害怕抛头露面了，也不担心在街上会遇见巡逻队。可是，我深爱着生活，这让我拥有战胜痛苦和悲痛的坚实力量。

---

① 布鲁特斯，罗马政治家及行政长官，暗杀凯撒的人之一。

一个美好的形象将出现在我眼前的所有晦暗和阴霾都驱赶净尽。我爱艾梅丽,我总是想起她年轻秀美的面庞,心醉神驰。我不怀希望地爱着她。可是,在我勇敢表露心曲之后,我觉得自己很适合她。我还以为我所处的险境会让她对我更感兴趣。

一天清晨,我抱着这种想法跑去看她。当时她一个人在家,和我说话时声音比平日温柔。她望着天空,泪水从眼里滑落,当此情景,我的心也陷入了难以言喻的痛苦之中。我跪在她的脚下,握住她的手,任泪水把它们打湿。

“哦! 我的哥哥!”她一边让我起身,一边喊道。我当时尚未明白这一句既甜蜜又残酷的“哥哥”二字,到底意味着什么。我用整个灵魂的温柔倾吐衷肠。

“是的,”我哭喊道,“这是个可怕的时期,人们深陷邪恶,难以自拔。我们逃跑吧! 有孤独才有幸福。世上还有一些遥远的岛屿,我们可以在那儿过清清静静、自由自在的日子。走吧,我们将在弗吉尼亚的坟墓上,棕榈树的阴凉里寻觅幸福。”

在我讲此番话的时候,她双眼望着远方,仿佛进入了梦境。但我不知道她的梦是否和我的梦相同。

第三章

那天余下的时光里,我一直处于痛苦的惴惴不安之中,既无力休息,也无力思考。孤独令人生厌,有人陪伴亦不合适。在这种心境下,我漫无目的地在城里的大街小巷、码头河堤上闲逛,望着房屋门楣上残损的家徽和教堂大门上被破坏的圣像,忧伤满怀。我全神贯注地想着,突然发现自己不知不觉已经进入了王宫花园,一群杂乱无章的散步者正在那儿喝着咖啡,看着报纸。顺便说说，树木游廊时时刻刻都洋溢着节日的喜庆氛围。

由于宣战和联军的逼近，巴黎人开始纷纷到杜伊勒里宫和王宫里打探消息。遇到好天气，来者众多，焦虑也送给他们某种程度的消遣。

很多妇女穿着简单的希腊式服装，要么腰上系着代表国家的三种颜色的腰带，要么头上戴着这三种颜色的配饰。在众人之中，我感到前所未有的孤独。包围着我的所有声响、所有举动只能让我更全心全意关注自己的想法。

“哎，”我自言自语道，“我表达得够吗？我是不是清楚地表明了我的感情？要么，我是不是说得太多了？既然她知道我爱她，她会不会不愿再看见我？可是，她知道我爱她吗？她想知道吗？”

就在我嗟叹自己命运的无常时，一个熟悉的声音突然吸住了我的注意力。我抬起头，看见米勒先生正站在一家咖啡馆里唱歌，身旁围着一堆“爱国女士”和“女市民”。他身穿国民自卫队服装，左臂搂着一位年轻女子，我认出来那是兰朋诺的一位卖花女郎。伴着《丽赛特》的曲子，他唱道：

“若数以百计的爱国者欣然打碎我们的镣铐，
便有数以千计的美女重新为我们缚上锁链；
她们深爱旧事物，
向那些
憎恶旧制度，
欢迎新体制的人，
投去轻蔑和鄙夷。”

这段歌词赢得了啧啧的赞许声。米勒先生面带微笑，得体地鞠了一躬，然后转向他的女伴，继续唱：

“啊！不要和她们一样，
可爱的苏菲！
哲学的要义，
带来神圣而仁慈的裨益，
他知道法国的梭伦们铭记，
要恢复权利，
恢复我们自己的、偏离轨迹的法兰西。”

人群里响起掌声，米勒先生从口袋里拿出了一串绸带，一边把绸带递给苏菲，一边接着唱：

“快快戴上这美丽徽章，
每当站岗放哨时，
我都佩戴它们，
胸中充满自豪。
金子虽灿，庸常俗丽，
含苞之花，是你所爱。
这美丽的三色绸带，
恁怎般娇艳玫瑰亦难比。”

苏菲将绸带别在了帽子上，向观众投去空洞而胜利的目光。人们又鼓起了掌。米勒先生鞠躬致意。他注视着人群却既没认出我，也没认出其他人；抑或是，人群之中他唯独只看见了自己。

“啊！先生，”站在我旁边的一个人非常激动，他温柔地抱着我大叫道，“啊！如果普鲁士人、奥地利人，他们能看到这景象就好了！先生，他们一定会被吓破胆的！在隆维和凡尔登有人和他们狼狈为奸。不过，要是他们来到巴黎，他们就会葬身于此。巴黎人都有尚武精神，我刚从杜伊勒里宫花园那里过来。人们站在自由神像前，高唱马赛人的战歌，一群激动人士高声唱到：‘公民们，举起武器来！’要是普鲁士人在那儿，他们肯定全被消灭得一干二净！”

跟我说这番话的是个普普通通的人，长得既不帅也不丑，个头中不溜。他和周围的人一样，既没思想也没个性。他说话声音很大，马上就吸引了一堆人围过来，他用力咳了几声，继续说道：

“敌人正朝沙隆逼近，我们必须把他们关进铜墙铁壁里。公民们，我们必须做好公共安全工作。不要相信你们的将领、军事参谋长、前线的军队，甚至你们的部长，虽然他们是你们亲自选出来的。我们还要警惕国民公会里的议员，我们要成为自己的救世主！”

“好极了！”一位观众喊道，“我们飞到沙隆去吧！”

这时一个小个子男人果断地打断道：

“不清除叛徒，爱国者不应当离开巴黎。”

我当即就认出了说这话的人。当时的情景，我不会认错。那个长在窄肩膀上摇摇晃晃的硕大的脑袋，那张面如死灰的脸，那瘦小而怪异的身形除了是我原来的老师尤桑沃特神父，不可能是别人。他脱下了教袍，换上了丑陋的上衣。脸上流露出痛恨和弃教的神情。我没有看他，但是还是不可避免地听到这位奥拉托利从前的神父继续他的论调：

“在光荣的九月里，没有流多少血。人民，总是如此宽宏大量，对待那些阴谋家和叛国者实在是太过宽容了。”

听到这些话,我惊恐不安地逃走了。我还年少的时候,就怀疑尤桑沃特先生既不公正也不仁慈。我确实不喜欢他。但是我远远没有洞察到他灵魂的阴暗。当发现我从前的老师只不过是一个无耻之徒时,我既忧愤又痛苦。

“哦,多希望我还是个孩子呀!”我在心底呐喊,“如果生命只能给我们这样的进退维谷,那它还有什么意义呢?亲爱的校长,亲爱的费瓦尔神父,愿对您的记忆可以抚平占据我的痛苦!我亲爱的,唯一的师长,这场风暴把您卷入了怎样的危险境地?但是我知道,无论您身处何处,人道、同情和英雄气概都会在您身边。尊敬的老师,是您教导我诚实和勇气的力量。您已预见到苦难的来临,所以将我的心锻造得更坚强。但愿您的学生,您的孩子,永远不会辜负您的教诲!”

我刚在心里祈祷完毕,就感觉到一股新力量。我的想法顺着自然的斜坡又回到我亲爱的艾梅丽那儿。我顿时明白了自己的职责,并决定去履行。我已经向艾梅丽表露了心迹,难道不应该向贝尔特梅夫人坦陈我的内心吗?

在离贝尔特梅夫人家仅几步路的地方,我的自我交谈自然地把我带到了艾梅丽住着的地方。我走了进去,向贝尔特梅夫人实话实说。

贝尔特梅夫人微笑着说我举动可嘉。然后,她用更严肃的语气说道:

“我会和您成为知心好友,因为我的答案不会让您满意的。请不要自我欺骗,您必须放弃所有的希望。圣安格骑士爱上了我女儿,而且我相信她对他的专情并不是无动于衷。然而,如果她不想着骑士,我是会十分高兴的。我们的财富在一天天减少,骑士的爱情也要经受考验,而最热烈的感情未必总能经得住考验。”

圣安格骑士！这个名字让我不寒而栗。我有个情敌，而这个情人还是最有魅力的诗人、最吸引人的小说家。出身、家世、长相、才华，他拥有追爱路上该具备的一切！前一天晚上，在一位女士拿着的玳瑁盒上，我还看见了盖子上身穿龙骑兵服装的圣安格骑士的肖像细密画。

我第一次看见圣安格骑士，就和认识他的其他男子一样羡慕他男子汉的儒雅和无法效仿的高贵。每天清晨，我都会听见我的女邻居——布匹店的老板娘，站在她家门前唱那首流传不朽的抒情歌曲《抵押品》：

“你从不该成为光亮，
亲爱的，我的错误是这爱情的抵押品。
你，永恒不幸的灵魂，
我的脆弱化为你眼中的泪水。”

前不久，我还在兴致颇高地读那本为圣安格骑士推开法兰西学院大门的哲理传奇小说《西内热尔》，这本深受喜爱的书让德·弗洛里安的书《努马·蓬比留斯》难以望其项背。

尊敬的塞丹先生在接受圣安格骑士进入神圣的殿堂时说道，“您的《西内热尔》一书是献给费耐隆之亡灵的，这份牺牲并未让祭台逊色。”这就是我的情敌，《抵押品》充满激情的作者，可以和费耐隆和伏尔泰相提并论的人物！窘迫占领了我，震惊麻木了我的痛苦。

“什么？夫人，”我喊道，“是圣安格骑士……”

“是的，”贝尔特梅夫人点头答道，“一位才华横溢的作家。但不要把他想象成他写的英雄诗歌里的人物。哎！我们的财富减少了，他的爱情也淡薄了。”

她很好心地说她很遗憾她女儿没有选择我。

她说：“才华，不能让人幸福。相反，那些具备非凡才华的人，诗人啊，演讲家啊，应该单身。他们找不到能与之相称的人，又何需伴侣？他们的才华滋生出了自我主义。一个卓越的人，总要付出些代价。”

我已经无法听她讲话了，我还处在惊愕中，没回过神来。她的解释杀死了我的爱情。我原本就毫无希望，没有希望的爱情也就不再有深刻意义。我的爱情刹那间就死了。

圣安格骑士！我能承认这种情况吗？我的心在滴血，可是，当我想到面前挡着这么一位敌人，无论是什么样的追求者，都难逃我这样的命运时，我的自尊心就得到了满足。我吻了一百多下贝尔特梅夫人的双手，然后平静地走出了她家，沉默不语，步履缓慢。一个小时前决定在艾梅丽的母亲面前，表露自己心迹，剖白感情的那个热烈的情人瞬间就变成了一个影子。当发现自己可能失去了生命中最美好的一部分，失去我爱着的人时，我并不感到惆怅，只是觉得惊诧、羞愧和畏惧。

穿过新桥，再次回到寂寥的街区时，我看见在那块前不久还立着亨利四世雕像基座的台子上，有人正用悲戚感人的调子唱着《马赛曲》。他周围聚集了一群没戴帽子的人们，他们跟着唱副歌：“公民们，举起武器吧！”但是当歌者唱到最后一段“对祖国神圣的爱”时，他的声音舒缓而沉郁，一股超俗的欣喜在人群中蔓延开来，大家吟唱：“自由，亲爱的自由……”

我跪在马路上，发现身边的所有人都和我一样俯伏在地。哦，我的祖国，我的祖国！你有怎样的魔力能够让你的儿女如此热爱你？你的形象从泥潭和血泊中升起，光芒万丈。我的祖国！

为你牺牲的人该是多么幸福！此时太阳已经快跌落地平线，天边散布着腥红的云彩，太阳将静静的光芒投射在最负盛名的河面上。向你致敬，我美好时光中最璀璨的光芒！

悲哉！那晚我度过了一个多么寒冷的冬夜呀！当我关上德·布依波恩府邸屋顶下自己那间斗室的门时，感觉仿佛盖上了自己坟墓的盖墓石。

“一切都完了！”我抽噎着自言自语，“我不再爱艾梅丽了。可我为什么还一而再地强迫自己面对这个事实呢？既然已经不爱了，为什么我无法让自己不再想她呢？为什么我会为自己被连根拔起的可怜爱情而痛苦悲叹呢？”

残酷的恐惧接踵而至，加重了我的悲伤。公共事务的进展又让我心生绝望。当时我已经赤贫如洗了，找份工作更是毫无希望，又害怕自己会被当成可疑分子抓走，于是只得躲起来。

自8月10日起，米勒先生就再也没在德·布依波恩府邸现身过。我不知道他住在哪，但他从不错过巴黎公社的任何大会，他每天都要在市民面前，在编织女工和长裤汉热情洋溢的掌声里，背诵一首爱国主义诗歌。他是最爱国诗人，就连在他身边的拉多-库比埃尔[①]公民本人在蛊惑民心的政客眼里都像是温驯的斐扬派[②]。我卷进了很多可能波及自身安危的交易，因此米勒先生不来看我，我也有自己的顾虑，所以也不去找他。不过，米勒先生是位好心人，在他的诗歌结集出版后，他送了一本给我。噢！第二个给他以灵感的女士和前面那位多么不同啊！这位浓妆艳抹、香水味扑鼻，而第一个却像是长着长蛇般头发的彪悍妇人。

---

① 法国诗人。1792年8月10日任巴黎公社的书记员，秘书。

② 斐扬派，十八世纪法国大革命时期的资产阶级君主立宪派。

时至今日我还记得长裤汉们那首充满恨意的歌曲，歌是这么开头的：

“太久太久了，
我们处于暴君的可怕统治，
还歌颂他的英明。
现在，自由已经破晓，
在平等、自由和法律面前，
万岁！长裤汉！”

国王的审判把我推进了难以描述的悲痛之中，日子在恐惧中一天天流逝。一天早晨，我听见有敲门声。我揣测敲门的是一双温柔善良的手。打开门后，贝尔特梅夫人一下子跌进了我怀里。

“救救我，救救我们！”她说道，“我的哥哥，我唯一的兄弟，奥斯坦斯先生，被列入了一份流亡贵族名单里，后来他来我家里避难。现在他遭人告发，被抓走了，已经在监狱关了五天了。幸运的是，对他的指控模棱两可，理由不足。我哥哥从没有出逃[①]过。要让他们放人，必需有人证明他在法国完整居留过。我请圣安格骑士帮忙，他很谨慎地拒绝了。哦！我的朋友，我的孩子，这个忙对他而言很冒险，对你来说将更冒险。可我还是来这儿请你帮忙。”

我感谢她能来找我帮忙，好像这是一笔恩惠。这确实是笔恩惠，这是一个正直的人可以凭此而得到无可匹敌的敬意的绝佳恩惠。

---

① 此处指未得到政府的许可证而离开法国。

“我知道您是不会拒绝的!”贝尔特梅夫人拥抱着我,“可是一个证人还不够,”她接着说,“您还需要再找一位证人。得去两个证人,他们才会释放我哥哥。哦,我的朋友,我们是生活在什么时代呀!圣安格先生离我们远远的,我们的不幸令他难堪,米勒先生也害怕和可疑分子接触。朋友,你觉得另一个证人该找谁呢?谁能做另一个证人呢?你还记得联盟节那天吗?当时我们都充满了手足情谊,那天我还穿了件非常漂亮的裙子。”

贝尔特梅夫人涕泪盈盈地离开了。她刚走,我就走下楼梯去再找一位证人。说实话,再找个证人令我十分为难。我把头枕在手上,才发现自己已经八天没刮胡子了,这副样子会让我看起来像可疑分子。于是我立马跑到了圣吉约姆大街拐角的一家理发店里。

理发师叫莱利斯,是个很好的家伙。他个子高大,身体像白杨树一样挺拔。我走进店的时候,他正在给街区里一位贩酒商理发。贩酒商涂满了肥皂沫的嘴巴里冒出各种有趣的笑话。

“嘿,好伙计,女士们的漂亮理发师呀,”他说道,“人们会把你的脑袋砍下来,串进长矛里,满足你的贵族阶级愿望。无论是又肥又胖的卡贝还是高个子的莱利斯,人民的所有敌人都应该朝断头台下的篮子里吐痰。那是最好了!”

莱利斯的脸色变得比月光还惨淡,身体像树叶一样瑟瑟发抖,看着他小心翼翼地给这位四处辱骂的爱国者刮脸,我顿时明白他从没受过这么大的惊吓。我寻思我突然生出的想法可能会成功——其实,我想让莱利斯和我一起到委员会那里作证。

我心想:“他胆小如鼠,肯定不敢拒绝我。”

贩酒商又接着说了些威胁的话,然后就走了,剩我和理发师两个人。他把一条毛巾围在我脖子上,身体还在哆嗦。

“啊，先生！”他用比叹气还微弱的声音对着我的耳朵小声说道，“我们头顶即是地狱。我学习理发难道是为魔鬼服务吗？那些给我的技术带来荣誉的人现在正在伦敦或科布伦茨[1]呢，德·布依波恩公爵怎么样？他是位好老爷。”

我告诉他公爵在伦敦教写作课。公爵最近确实托人给我捎过来一封信，信上说他在伦敦每天能有四先令六便士的收入，日子过得不错。

“有可能。”莱利斯先生说道，“可是在伦敦理发可和巴黎不一样。英国人能制定宪法，但他们不懂理发，连胭脂都没那么白。”

莱利斯先生很快就给我刮好了胡子。我的胡子没那么扎人了。他刚合上刮胡刀，我就一把抓住了他的手腕，坚决地对他说：

“亲爱的莱利斯先生，你很勇敢。你将陪我一起去从前的圣欧斯塔西教堂开会，现在那儿是警察分局。你跟我一起到那儿证明奥斯坦斯先生从没出过境。”

听我这么说，莱利斯先生脸色煞白，毫无生气地嘟哝着：

“可我并不认识奥斯坦斯先生啊！”

“我也不认识他。”我回答道。

这是事实。我对莱利斯性格的判断完全准确，他被吓得目瞪口呆。他的恐惧让他深处危险。我抓起他的胳膊往外走，他没一点反抗地跟着走了。

“可是您这是把我往死里带。”他轻声对我说。

“为了荣誉！”我说道。

我不知道他是否知道自己深处险境，但他对荣誉很敏感，似乎很受用，他是有点文学素养的。他挣脱了我的手，走进店铺的

---

① 德国城市名。

后身，说道：

“亲爱的先生，请稍等。至少让我穿上我最好的外套。古时候，受害者都要佩戴花朵。我是在《诚实人年鉴》里读到这个说法的。”

他从抽屉柜里拿出一件蓝色外套，套在他高挑、颤抖的身子上。他就穿着这件衣服陪我一起参加警察分局的会议，大会要一直进行到事宜处理完毕。

在被亵渎了的教堂门口，可以看到大门上刻着的“自由、平等、博爱或死亡”。莱利斯觉得自己额头冒汗，但他还是走进去了。一个躺在一堆空瓶子上睡觉的公民半睡半醒地办理了我们的案子，然后让我们去找分局的革命委员会。

我陪贝尔特梅先生来过这里两次，所以知道这个委员会。委员会主席是特鲁昂立大街上一家小客栈主，那里的老顾客都是些水性杨花的女人。主席团成员里还有一个流动的磨刀匠、一个门房和一个叫比斯塔克的染洗工。我们要面对的是那位磨刀匠。他挽着袖管，很不成体统地坐在那儿，我们觉得他像一个好脾气的主儿。

“公民们，”他说道，“此刻你们在我面前呈交了法律所规定的证明，对此我毫无异议，因为我是法官，所有合乎法律的行为我都接受。我只想多说一句。一个有才华、有品格的人此刻是不能像这样离开巴黎的。公民们，原因，你们都看见了……”

他犹豫着，然后用姿势表达他的想法，他把光溜溜满是肌肉的胳膊伸出来，移到前额旁，然后用一只手指点着胳膊说道：“光有这个不行（这里指的是胳膊，劳动工具），我们还需要这个（这里指的是前额，是智慧所在）。”

接下来，他开始在我们面前炫耀他的天赋，为他父母没能让受教育而悲痛万分。然后他准备为我们的声明书签字。虽然他意愿是好的，但这个过程还是很漫长。他那双习惯了和磨石打交道的手刚刚费力地抓起笔，洗染工比斯塔克就走了进来。一看见我们，他就皱起前额，鼻孔鼓胀胀的：他闻到了贵族的气味。

“你是谁？”他问我。

“皮埃尔·奥比尔。”

“哦，哦，皮埃尔·奥比尔，我想您还寻思自己今晚还能睡在自己的床上吧？”

我表现得泰然自若，可是我的同伴却开始四肢颤抖。他骨头打颤的声音太大了，比斯塔克全部的注意力都集中在他身上，就把我晾在一旁了。他开始刨根问底地审问可怜的莱利斯。

“依我看，你非常像个密谋犯。”比斯塔克用瘆人的声音说道，“你是做什么的？”

“我是理发师，为您服务，公民。”

“理发师都是斐扬派！”

恐惧往往能激发起莱利斯先生最勇敢的行为。事后他对我讲，当时他费了好大劲才憋着没喊出“国王万岁！”其实他并没这么喊，但他骄傲地回答说，大革命取缔了理发和化妆，因此他并不怎么感激大革命，而且他也厌倦了总是挣扎在被捕的恐慌里。

“砍了我的脑袋吧，”他接着说道，“我宁可一了百了，也不想这么担惊受怕地活着。”

这番话让比斯塔克不知所措。

这时，磨刀匠的脑袋里已经做出了让人困惑却充满善意的决定，他让我们离开。

“公民们，你们走吧，”他说道，“可你们得记住共和国需要这个。”

他指着自己的额头。

第二天，贝尔特梅夫人的哥哥就被释放了。艾梅丽的母亲向我表达了浓厚的谢意，她拥抱我，她很喜欢拥抱人。

她对我说："您已经拥有了让艾梅丽感激您的权利。我很希望我女儿能亲自出来当面向您表达她的感激。您救了她的舅舅。虽然舅舅不能和母亲相比，事实却是如此。可是什么赞美之辞能配得上您的勇敢呢？"

她走开去找艾梅丽。

剩下我一个在客厅里等着。我自问还有没有再和她见面的力量。我既害怕又期待，简直痛苦死了。

大约五分钟左右，贝尔特梅夫人回来了，孤身一人。

"原谅一个忘恩负义的女孩吧！"她说道，"我女儿不出来，'我承受不了他的出现。'她这么对我说的，'看见他对我是个折磨，从此以后我会恨他。他表现出的勇气胜过了我爱的那个人，他得到了一份残忍的优势。他那么大度，是会原谅我的。'"

在贝尔特梅夫人复述完这段话后，她说了这样一句话，算是作结：

"忘了这个忘恩负义的孩子吧！"

我承诺会尽力而为，而且我遵守了诺言。之后发生的很多事成全了我。到处都弥漫着恐怖。5 月 31 日，那个可怕的日子夺走了那些温和主义者的最后一线希望。

由于我和布依波恩公爵有联络，我好几次被人告发，罪名是密谋犯。我的自由和生命时刻处于危险之中。

我没有了公民卡，担心会当即被逮捕，我又不敢去申请补办。我对生活终于忍无可忍。

这时，他们要招募一百二十万名十八岁到二十五岁的青年参军。我报了名。在共和国二年雾月七日清晨六时，我踏上了去南锡的路途，要和前方的部队会合。我头戴军便帽，穿着一件卡曼钮夹克衫，看起来军姿飒飒，非常神气。

我不时回眸望这座让我吃尽苦头，也是我深深热爱的都市。然后，擦干泪水，继续行路。我决定唱歌来鼓舞自己，让自己兴奋点，我唱起了《马赛曲》："前进，祖国的儿女们！"

到了第一个休息处，我给农民们出示了委任状，人们让我到铺着甘草的马厩里过夜。我在那儿睡着了，做了个香甜的美梦，醒来后，不禁觉得："噢，这样更好。再也不必担忧上断头台被处决了。我似乎不再爱艾梅丽了，抑或是我根本就不曾爱过她。我将佩剑拿枪，除了奥地利人的枪子儿，什么都不必担心。布兰德摩尔和托马皮拉莫特说得对，当兵是最好的职业。但是当我在拉马杜修道院里开花的苹果树下学习拉丁文时，谁能想到将来有一天我会举起武器保卫共和国？啊！费瓦尔神父，谁曾预见到当年那个您的小孩子皮埃尔会被卷入战争？"

到了第二个休息处，一位善良的女人让我睡在洁白的床单上，因为我让想起了她的儿子。

第二天，我投宿在一位修女那里，她把我安排在一间栉风沐雨的阁楼里。即便这样，她还心烦意乱，在她眼里保卫共和国的人无异于洪水猛兽。

后来，我终于在马斯河边追上了部队。他们给我配了一把剑。我高兴得满脸红扑扑的，觉得自己顿时强大了。不要嘲笑我，我承认确实是虚荣在作祟，但是虚荣出英雄。我们刚武装好，就收到了向莫伯日进发的命令。

夜晚十分，部队到达了桑布尔。四周一片静寂。我们看见河对岸的山丘上闪烁着火光，他们告诉我那是敌人的营地。我的心怦怦直跳，好像会爆炸一样。

我真正理解战争是从提特斯—里维之后。不过，我请您见证，树林、草地、山丘、桑布尔的河岸还有墨兹河，如此种种都只是错觉。我所参加的那场战争都是穿越焚毁的村庄，在泥潭里睡觉，倾听子弹在漫长而凄凉的夜晚穿越岗哨的声音；可是我从未见过一对一的战斗和杀戮。我们几乎不睡觉，也不怎么吃东西。我的长官弗洛里德从前是王室卫队的成员，他发誓说我们的日子是“喜庆的日子”；这么说言过其实了，但我们确实过得不痛苦，因为我们知道我们是在尽自己的职责，是在为国家效力。

部队在瓦帝根尼取得大捷，我们都甚为骄傲。这支部队的中坚力量是旧制度中勇武过人、训练有素的士兵。经历众多战役，很多士兵命丧沙场，于是他们征集年轻人来填补空缺。如果没有这些老兵来培训我们，我们会毫无价值。锻造一位士兵需要很长时间，因为在战争中激情并不能代替经验。

上校对我很友善。他曾是我们省的一位贵族，是一位终身的保皇党人，是乡下士绅而非城里人，是士兵而非朝臣，他迟迟没有脱下国王军队的白色制服换上共和国二年士兵们身上的蓝色服装。他憎恶共和国，却决定把余生奉献给它。

我感激上帝引领我前往战争前线，因为在那里我看到了美德尚存。

阿贝莉公主

第一章　讨论地表的形态兼作开篇

今天这片被汪洋覆盖着的地方，以前曾是克莱瑞德公国。公国没留下任何城镇或城堡的遗迹，不过，听说在海面风平浪静的时候，人们能看到海底矗立着巨大的、周长达一英里的巨树。海岸上有一个海关站，现在仍叫做“裁缝铺”，这个名字很可能是为了纪念后面故事里讲到的一位叫“约翰”的裁缝师傅。海水年复一年地向陆地蔓延，很快就会把这个名字奇怪的地方吞没。

变化更迭是事物的本性。经年累月，高山下沉，海底上升，将贝壳和珊瑚带到了原来云彩和冰块所在的地方。万事万物没有什么是永恒的。地表和海面的形态也总是在变化。唯独传统能保留下对人和地点的记忆，然后穿越岁月的阻隔，将这些早已不复存在的事物展现给我们。在讲述克莱瑞德公国的故事的时候，我想带您回到那早已消失的时光。故事是这样开始的：

“布朗西朗德伯爵夫人将一顶边上镶着珍珠的黑色风帽戴在自己金色的头发上……”

不过，在继续讲之前，我必须请那些严肃的人士不要读这篇故事。这个故事不适合他们。它不是写给那些瞧不上日常琐事，总希望从故事中收获指引的人看的。我仅敢把这个故事送给那些喜欢别人逗他们开心，那些年轻单纯，快快乐乐的人。只有那些能被天真纯朴的快乐而感动和高兴的人才能把它从头到尾读完。如果这些人的家里也有小孩子的话，我希望他们能将我的阿贝莉公主讲给孩子听。我希望这个故事既能让男孩开心，也能让女孩快乐，可是，我又不敢如此奢望。这个故事对他们而言太无聊了，实际上，它只适合那些较传统的孩子。我有一个九岁的小邻居，她非常可爱，前几天我去她的小书房参观。书房里摆了很多有关显微镜和植虫类的书籍，还有几本科幻小说。我打开了一本书，上面写着："墨鱼是软体动物门头足纲的动物，它的身体里有一个装着碳酸钙盐液体的海绵状组织。"我那可爱的小邻居觉得那本书非常有趣。如果她不想我羞愧而死的话，就请她千万不要读这篇有关阿贝莉的故事。

第二章　白玫瑰对布朗西朗德的寓意

布朗西朗德伯爵夫人将一顶边上镶着珍珠的黑色风帽戴在自己金色的头发上，在腰间系上一根寡妇束腰带，然后走进了小教堂，她习惯了每天在那里为他死去的丈夫的亡灵祈祷。布朗西朗德伯爵是在与一位爱尔兰大力士的决斗中丧生的。

这天，她发现在她的祈祷台上放着一枝白玫瑰，她的脸色瞬间惨白，眼神黯淡，她垂下头，紧握双手。她知道，一旦白玫瑰出现在祈祷台上，布朗西朗德公国就会有一位伯爵夫人要离开人世。

她为人妻，为人母和成为寡妇的时间都不长，现在白玫瑰警告她大限将至，于是她走进了儿子乔治的卧室。小乔治在仆人们的照顾下正睡得香甜，长长的睫毛在脸颊上洒下魅力的阴影，小嘴巴看着像一朵花。望着这么无助、这么可爱的儿子，布朗西朗德伯爵夫人哭了起来。

“我的小可怜，”她悲痛欲绝，“我亲爱的宝贝，你现在还不认识我，永远也不会认得我，我的模样也会从你可爱的眼睛里永远消失。可是，身为你的母亲，我用自己的乳汁哺育你，因为爱你，我拒绝了最杰出的骑士的求婚。”

伯爵夫人一边说，一边亲吻胸前的配饰，配饰里镶着一枚她自己的肖像和一绺头发，然后把它挂在了儿子的脖子上。小宝贝在摇篮里翻身，用小手揉着眼睛，这时，母亲的一滴泪珠落在了他的小脸颊上。但是布朗西朗德伯爵夫人转过头去，走出了卧室。一双即将紧闭的双眼怎么能承受得了两只就要拥有灵魂的双眼释放的光芒呢？

伯爵夫人命人备好马，配好鞍，在侍卫弗朗克尔的陪同下，朝克莱瑞德城堡驶去。

克莱瑞德公爵夫人拥抱了布朗西朗德伯爵夫人。

“亲爱的，是什么好运把你送来了？”

“把我带到这里来的运气不算好。朋友，请听我说，我们前后几年内先后结婚，相同的命运让你我都守着寡。因为在骑士精神盛行的现在，最优秀的人总是最先死去，谁要是想活得长久就必须去寺院当修道士。你刚当上妈妈的时候，我的小乔治已经两岁了。你的女儿阿贝莉像白天一样可爱明媚，我的小乔治也是个可爱的孩子。我爱你，你也爱我。我在祈祷椅上发现了一朵白玫瑰，我就要死了，我把儿子托付给你。”

公爵夫人知道白玫瑰对各位布朗西朗德夫人意味着什么。她哭了起来，泪水涟涟地承诺会待乔治和阿贝莉如亲兄妹，把他们抚养成人，一个孩子有什么，另一个孩子也会有。

两位夫人抱在一起，走到了阿贝莉的摇篮旁，在蔚蓝色的浅色幔帘下，小阿贝莉正在熟睡，她闭着眼睛，晃动着小胳膊。她打开手掌时，五道玫瑰色的光芒从指间流出。

“他会保护你的。”乔治的母亲说道。

“她也会爱他的。”阿贝莉的母亲答道。

“她会爱他的。”一个细小而清晰的声音重复道，公爵夫人听出这是那位在壁炉下面生活了很久的一个神灵的声音。

布朗西朗德伯爵夫人回到庄园后将她的珠宝分送给了女仆们。然后为自己涂上油脂，穿上最华贵的衣服，这样便可在审判之日为这副必须复活的身躯带来荣耀。她躺在床上，安然入睡，再也没有醒来。

第三章　布朗西朗德的乔治与克莱瑞德的阿贝莉之间爱的萌芽

平常人大多是心地善良却美丽不足，或者是美丽动人却心性不美。克莱瑞德公爵夫人却与众不同，她既漂亮，又善良。很多王子只看过她的肖像，就纷纷向她求婚。但是面对他们的恳求，公爵夫人总是说：“我只有一颗心，只能有一位丈夫。”

可是，为了不扫周围人的兴致，能够让大家在她在场时尽情欢笑、自由自在，在五年的服丧期后，她摘下了长面罩，脱下了黑色的丧服。她的公国有一大片乡村，有荒芜寂寥、杜鹃花盛开的荒野；还有很多湖泊，渔民们时常能捕到神鱼；在偏僻的地方还有座座群山，那里生活着小矮人。

一位老修士帮助公爵夫人治理公国，他从君士坦丁堡逃出来，目睹了太多的暴力和背叛，对人类的善良几乎不抱什么希望。老修士住在一座塔里，有鸟儿和书籍相伴。他就是在那儿借助一些箴言警句发挥着谋臣的作用。他坚持如下准则:“永不让已废除之法律重新生效;为防止民众暴乱可屈服于其意志,但务必循序渐进,因为但凡实施新改革,民众便会得寸进尺,即刻屈服犹如长久抵制,政权终会倾覆。”

公爵夫人对政治一窍不通,便准许他自行其道。她心地十分善良,虽然人的秉性不一,不是每个人都值得尊敬,但对于那些因为不幸而品性变坏的人,她充满了怜悯。她想方设法救扶苦难民众,常去看望病人,安慰孤苦伶仃的寡妇,保护无依无靠的孤儿。

对女儿阿贝莉,公爵夫人总是循循善诱,教育她要秉性善良。只要阿贝莉是为了帮助别人,无论什么要求,她都会满足。

善良的公爵夫人兑现了她向可怜的布朗西朗德伯爵夫人做出的承诺。她把乔治看成自己的亲骨肉,对他和阿贝莉毫无二致,不偏不倚。他们一起长大,虽然乔治觉得阿贝莉太小,但他还是很喜欢她。在他们还都是小孩子的时候,乔治有一天跑过去对阿贝莉说,“你能和我一起玩吗?”

“好呀!”阿贝莉回答道。

“我们一起做泥馅饼吧。”乔治说道,然后他们就开始忙活起来。可是,阿贝莉做得非常不好,乔治就用铲子拍她的手。于是阿贝莉嚎啕大哭,当时,侍卫弗朗克尔正在花园里散步,他听见哭声立刻就走了过来,对他的小主人说道:

“少爷,欺负小妹妹可不是布朗西朗德家的少爷该做的事哟!”

乔治很生气,他非常想拿起自己的小铲子朝弗朗克尔打过去,可是这对他实在是太困难了,于是他转念一想,放弃了,选择了一个相对简单点的——他把鼻子往大树上一撞,哭得惊天动地。

阿贝莉也不甘落后，她拿小拳头敲打自己的眼睛，想强挤出眼泪来，可是并不奏效。阿贝莉实在是没办法了，便也把鼻子往旁边的树上一撞，眼泪一下子就流了出来。当夜幕降临，柔和地笼罩大地时，阿贝莉和乔治两个小家伙还在一人对着一棵树，在嚎啕大哭。直到克莱瑞德公爵夫人走过去，一手拉着她女儿，一手拉着乔治，把他们带回城堡。小家伙们双眼红肿，鼻尖通红，满脸泪痕。他们哭呀，抽噎呀，让人心碎。

晚饭，他们都吃得又香又甜。刚吃完饭他们就回床睡觉。蜡烛刚一吹灭，这两个小精灵跟什么事都没发生似的，穿着睡衣，又是笑呀，又是抱呀，高兴得不得了。

布朗西朗德的乔治与克莱瑞德的阿贝莉之间的爱就这样发芽了。

第四章　普通教育和特别教育

乔治和阿贝莉在城堡里朝夕相处，一起长大。虽然他知道阿贝莉不是他的亲妹妹，他还是喜欢叫她妹妹，他们之间的感情胜似亲兄妹。

布朗西朗德伯爵夫人为乔治请了很多老师，有击剑老师、骑术老师、游泳老师、体操老师、舞蹈老师、田猎老师、训猎鹰老师、网球老师，总之每个科目的老师都有。乔治还有一位书法老师，那位老师是一位老牧师，表面上看着很谦恭，内心却十分高傲。他教乔治写各种书法，他认为字体越难辨认的越漂亮。乔治一点都不愿意上书法老师的课，还觉得没什么收获。还有一位老修士，他教乔治语法，讲的都是听不明白的术语，他的课和老牧师的课一样枯燥。乔治不明白，人生来就会说话，本来就会说母语，为什么还要费力气学语法呢?

乔治只愿意和侍卫弗朗克尔呆在一起。弗朗克尔四处闯荡,周游天下,既熟悉风土人情,又认识各类动物,能绘声绘色地描绘去过的国家。虽然他目不识丁,却能信手编曲写歌。所有的老师里,只有弗朗克尔真正教乔治本事,是唯一一位真心实意爱他的老师,而只有心中有爱才能讲出好课。书法老师和语法老师打心眼里讨厌对方,平日里你看我不顺眼,我看你不痛快,却串通好,一起诬陷弗朗克尔,说他是个酒鬼,总是烂醉如泥。

确实,弗朗克尔经常出没于附近的"锡壶酒馆",喝酒的次数也不少。因为在那儿他能忘却烦忧,还能谱曲子。当然他自己肯定也是有错的。

荷马写的诗比弗朗克尔的歌要好得多,但是他只饮点泉水。人,谁没有些苦闷悲愁,借酒并不一定能消愁,心地善良才能真正没有烦忧。但是弗朗克尔管了一辈子马匹,忠心耿耿、值得信赖,书法老师和语法老师本应该理解他,在公爵夫人面前照拂他,而不该夸大其词,言过其实地告发他。

书法老师说:"弗朗克尔是个地道的酒鬼,每次从'锡壶酒馆'出来,走路都摇摇晃晃、颤颤巍巍。而且他走路一直都是这个姿势,东倒西歪的。请您允许,我不得不说弗朗克尔是个酒鬼,是个糊涂蛋。"

语法老师附和道:"弗朗克尔颤颤巍巍走道时唱的那些调调都不合规矩,不成体统,他一点都不懂修辞,就知道胡编乱造,尊敬的夫人。"

公爵夫人原本非常讨厌学究相轻,说短论长。一开始,她根本就没理会他们的告发,但是他们不断嚼舌头,打小报告,她也渐渐开始信以为真,最后听信了谗言,决定把弗朗克尔打发走。但是，为了顾及他的体面，就派他去罗马，领取教皇的贺辞。从克莱瑞德到罗马教廷的路途非常遥远，好在路上有很多民间词曲艺人常光顾的酒馆，对弗朗克尔而言，目的地就没那么遥不可及，旅途也没那么难熬了。

但是，在后面的故事中我们就会知道，公爵夫人把这位两个孩子忠心耿耿的老仆人派走，是多么错误的决定，她有多么懊悔。

第五章　公爵夫人带阿贝莉和乔治去教堂，遇见一位丑陋的老妪

那是复活节后第一个周日的清晨，公爵夫人骑着她栗色的高头大马出了城堡。潇洒的乔治骑着一匹黑色的马，伴在公爵夫人左侧，黑马的前额上有一块白毛，看着像是一颗星星。阿贝莉坐在乳白色的骏马上，拉着粉红色的缰绳，伴在公爵夫人右侧。他们要去教堂听弥撒。身佩长矛的士兵在周围护卫，他们经过之处，人们蜂拥而至，争先瞻仰他们的风采。他们三位英俊的英俊，典雅的典雅，可爱的可爱，确实神气极了！公爵夫人戴着缀有一层银花的面纱，身披轻盈飘逸的斗篷，迷人而端庄。她的头饰上镶有珍珠，柔和的光芒与她姣好的容貌和美好的心灵相得益彰。她身旁的乔治长发飘飘、炯炯有神，看着精神抖擞。另一边的阿贝莉，面容清秀，非常赏心悦目；她的头发上扎着一条织着三朵金花的发带，神采奕奕的卷发披散到肩，像一袭光芒璀璨，散发着青春气息和靓丽魅力的披风。看见她的人们都赞叹："多么美丽的天使呀！"

一位叫约翰的老裁缝师傅也带着他的孙子彼得来看阿贝莉。他指给孙子看阿贝莉，彼得问爷爷，她是真人还是蜡像，因为他实

在不敢相信自己的同类居然能长得这么白，这么可爱。小彼得长着一张晒得黑黝黝的宽脸蛋，穿着一件自家织的，乡下气十足的衬衫，他怎么可能相信阿贝莉和他一样都是有血有肉的真人呢？

公爵夫人亲切地接受人们的敬意，两个孩子则流露出自豪，乔治的脸红彤彤的，阿贝莉则笑吟吟的。公爵夫人看见后，问他们："这些善良的人向我们欢呼致意，乔治，你知道他们为什么这么做吗？阿贝莉，你有什么看法吗？"

"他们本该如此。"阿贝莉回答道。

"这是他们的职责。"乔治补充。

公爵夫人又问道："但是，为什么他们要履行这样的职责呢？"

孩子们答不出。于是她接着说：

"让我来告诉你们。三百多年来，克莱瑞德的公爵们，父一辈、子一辈，手执长矛保卫这片土地上的贫苦百姓，让他们放心耕种，安心收获。三百多年来，一辈辈克莱瑞德公爵夫人为穷人纺棉织布，探望残病人员，为新生儿受洗。我的孩子们，你们的祖辈乐善好施、积德行善，才让今天的百姓如此爱戴我们啊。"

乔治陷入了沉思，"我们必须保护那些在田地上辛苦劳作的人。"阿贝莉则说："我要为穷苦人民纺棉织布。"

他们边说边想，踏上了一片花朵盛开的草地。远处的地平线上隐隐约约有座青山的模糊轮廓。乔治指着东方问道："远处的那个东西是钢盾吗？"

"不是，那是一个像月亮那么大的圆圆的银纽扣。"阿贝莉答道。

"孩子们，那不是钢盾，也不是银纽扣。"公爵夫人对他们说道，"那是阳光下闪闪发光的湖泊。从这儿看过去，湖面水平如镜，走近看却波纹起伏。湖泊周边看着像是被金属切割过似的，非常整齐，其实水里长满了开满芦花的芦苇，那些芦花像是宝剑锋刃上闪闪烁烁的寒光。每天清晨，湖面上都会升起一层白雾。中午时分，在阳光的照射下，从远处看去就像是一面闪着光芒的盾牌。可是，大家从来都不打湖边走，因为那湖里住着很多水妖，她们会把路过的人拽进水晶宫里。”

话音刚落，教堂的钟声敲响了。

公爵夫人说：“我们下马吧，走到教堂里去。当年东方的三圣人来马棚朝拜耶稣基督时，他们既没骑大象，也没骑马。”

他们听完了牧师的弥撒。公爵夫人手里端着圣水，走出教堂，这时，一位衣衫褴褛的老妪突然跪倒在她的面前。公爵夫人把圣水端给那位老妪，说道：“老妈妈，您喝吧！”

乔治看着，心里非常惊讶。

公爵夫人说道：“孩子，你知道吗，我们的上帝基督耶稣最关怀贫苦的人们。你受洗的时候，除了正直的洛克诺尔斯伯爵是教父外，一位和这位老奶奶一样的乞丐也是您的教父。你的小妹妹，阿贝莉，她也有一位穷苦的教母。”

那位老妪参透了小男孩的心思，就往他身边靠，语气嘲讽地说：“英俊的王子，祝福您将来拥有的王国能和我失去的一样多。我曾是珍珠岛和黄金山的王后，我的餐桌上每天都摆满了十多种各式各样的鱼，还有一位仆人专门服侍我，为我提裙子的下摆。”

公爵夫人问道：“老妈妈，您遭遇了什么厄运，让您丧失了群岛和山脉？”

“我惹怒了小矮人，他们把我从领土上赶了出来，害得我背井离乡沦落到这儿。”

乔治禁不住问道：“那些小矮人有这么厉害？”

老妪答道：“小矮人们生活在地下，他们懂得炼铁，认识名贵的矿石，还知道如何开掘泉水。”

公爵夫人问：“那您是怎么得罪地他们呢？”

老妪说：“那是十二月的一个晚上，一个小矮人过来找我，想让我批准他们在城堡的厨房里办一场盛大的晚宴。我的厨房比客厅还宽敞，里面摆满了各式各样的锅碗瓢盆、水壶、烤架、酒具模子、各类金银铜器具，还有一个吊着的大铁锅。他还保证不会损害任何东西，保持井井有条。我没同意他的要求，那个小矮人走的时候嘴里嘟囔着几句诅咒的话。第三天晚上，也就是圣诞夜，那个小矮人又来了，身后还跟着一群小矮人。当时我正在卧室睡觉，他们把我从床上拖了下来。我就这样穿着睡衣，被他们扔到了一个陌生的地方。他们临走的时候告诫我：‘我们给你们淘金子、挖泉水，你们这些有钱人连一点钱都不分给我们这么勤劳善良的小矮人，这就是你们的报应！’”

那位老婆婆牙齿都掉光了，絮絮叨叨地讲完故事后，公爵夫人安慰了她几句，还给了她一些钱。然后，夫人带着两个孩子沿原路返回城堡。

第六章　站在高处眺望

从教堂回来后，没几天，阿贝莉和乔治趁大家不注意，偷偷地爬上了克莱瑞德城堡中央的塔楼。爬到塔顶天台的时候，这两个孩子拍着手、扯开嗓子尽情地尖叫。

他们看见远处山麓上棕一块、绿一块的庄稼地；还看见在遥远的地平线上，深蓝色的树林和山峦。

乔治大声说：“妹妹，妹妹，快来看，我们看见了整个世界！”

阿贝莉说：“世界可真大！”乔治接着说，“老师们说世界非常大，但是，格特鲁德管家说，眼见为实。”

他们在平台上走了一圈。

阿贝莉喊道：“哥哥，太有趣了！城堡在地球的中心，塔楼是城堡的中心，现在我们站在塔楼上，那就是我们站在地球的中心喽！哈哈！太好玩了！”

确实如此，塔楼处于正中央，辽阔的地平线向周围铺展开来。

“我们站在地球的中心！哈哈！”乔治重复了一遍阿贝莉的话。

然后两个人漫无边际地想开了。

阿贝莉说：“太可惜了，世界太大了！有的人会迷路，有的人会和亲人朋友走散。”

乔治耸耸肩，不以为然，他说道：“世界这么大，多好呀！我们可以四处探险。等我长大了，我要征服地球另一端的群山。月亮就在那些山上，在它经过的时候，我把它摘下来，送给你，阿贝莉。”

“好啊！阿贝莉说，“你要是送给我，我就把它戴在头发上。”

然后他们像看地图似的，忙着辨认自己熟悉的地方。

阿贝莉什么都没认出来，但却说：“我都认出来了，就是说不明白，覆盖在山坡上那些方形的小石头是什么呀？”

乔治说：“那是房屋呀！都是房子。妹妹，你没看见我们克莱瑞德公国的首都吗？那可是座大城市，有三条大马路，有条街上还有车呢！你还记得吗，上次我们就是沿着那条路去教堂听弥撒。”

“那么那个弯弯曲曲的水沟是什么呀？”

“那是河呀！看见下游的那座古老的石桥了吗？”

“就是咱们在下面钓小龙虾的石桥？”

“就是那座桥。一个桥洞下面还有一座无头的女人石像。不过，石像太小了，我们从这儿看不见。”

“我想起来了。可是她为什么没有头呢？”

“可能是丢了吧。”

对乔治的解释，阿贝莉没表态，她又开始往远处眺望。

“哥哥，哥哥，快看，山下闪烁光芒的是什么？那是个湖?!”

“是湖。”

望着那神秘的湖泊，他们想起了公爵夫人给他们讲过的故事——在湖泊里住着一群水妖。

“我们去那儿吧！”阿贝莉提议。

乔治吃惊得张大嘴巴。

“可是，公爵夫人不让我们单独外出，我们怎么能跑那么远，到地球的那端看大湖呢？”

“我也不知道该怎么去那儿。不过，你是男子汉，还有那么多老师教，你应该知道怎么办。”

乔治生气地说：“男子汉！是男的都可以成为一个男子汉，甚至是勇敢的男子汉，但他们也未必知道地上的路该怎么走呀！”阿贝莉有些刻薄地说：“虽然我没说过要去征服世界上最远的山，也没说要摘下天上的月亮，我不知道怎么去大湖，但我一定会找到去那里的办法！”这番话羞得乔治满脸通红，一直红到耳根。

乔治有些不好意思，假装要笑。

“你这样真像一根小酸黄瓜。”阿贝莉说。

“酸黄瓜可不会哭，也不会笑。”

“如果它们会笑，肯定就是你这副模样。我要一个人去找大湖，去找湖里的水妖啦，你呢，你就一个人在城堡里玩吧，像个小姑娘似的好好呆着吧。到时候，我把布娃娃和针线包留给你。乔治，好好照顾我的布娃娃呀！”

阿贝莉的话刺激了乔治，他知道小妹妹在嘲笑他。于是灰心丧气地垂下头，很没底气地说：“那好吧，我们去吧，我们去找大湖。”

第七章　去湖边

第二天吃过午饭，在公爵夫人回到自己房间后，乔治牵起阿贝莉的手，对她说：“走吧！”“去哪呀？”“嘘！”乔治没有告诉阿贝莉答案。

他俩悄悄溜下楼梯，穿过庭院。经过后门的时候，阿贝莉又问乔治，他们要去哪儿。

“去大湖。”乔治坚决地答道。阿贝莉张大了嘴巴，哑口无言。不经大人同意私自去那么远的地方，而且还穿着缎子鞋！阿贝莉的鞋是缎子做的。这实在是太不可思议了。

“快走吧，别磨磨蹭蹭的了！”

乔治心里得意洋洋。之前是阿贝莉让他觉得很丢脸，现在轮到他让阿贝莉目瞪口呆了。这次乔治礼尚往来，又把布娃娃送回给阿贝莉了。女孩们总是信誓旦旦地要去探险，真上场时就临阵脱逃了。阿贝莉也有这个通病，那好吧，她自己一个人呆在家里好了，乔治决定说走就走。

阿贝莉拽住乔治的胳膊，乔治却把她推开了。阿贝莉双手搂住乔治的脖子，抽抽噎噎地说：“小哥哥，我要跟你一起去。”

看见阿贝莉这么真诚，乔治心里很感动。

“快出发吧！可是我们不能从城里走，那样会被发现的。我们顺着围墙，穿过小路，就能走到大路上了。”乔治说。

两个小家伙手牵着手上路了，乔治边走边解释他的计划。

“我们就沿着上次去教堂的那条路走，上次我们就是从那儿看见的大湖，然后我们就按照蜜蜂的飞行路线穿过田野，就能到达湖边了。”

“蜜蜂的飞行路线”是表示“走直线”的乡间土语，阿贝莉在法语里的含义正好是蜜蜂，所以他俩都不约而同地笑了。

水沟边开满了各色野花，白色的毛蕊，紫菀属植物，还有菊花，阿贝莉采了些花，扎成了一小把，抱在怀里。这些花在阿贝莉的手心里很快就枯萎了，真让人觉得可惜。经过那座古老的石桥时，阿贝莉实在不知道该拿这些花如何是好，她用河水冲冲花，心想没准可以新鲜过来，后来她还是决定把她们献给“无头女人”。

阿贝莉求乔治把她高高地抱起来，她好把手里捧着的花束放在那个年深日久的石雕合着的手里。

走了一段路后，阿贝莉回头看，发现石雕的肩上落着一只鸽子。

他们又走了好一会儿，阿贝莉说：“我渴了。”

“我也渴了。”乔治回答道，“可是我们早过了小河，离得太远了，附近没有小溪，也没有泉水。”

“太阳太晒了，把小溪和泉水都烤干了。我们可怎么办呀？”

他们说着，心里很难过，正好遇见一位迎面走来的农妇，她胳膊上挎着一篮子水果。

“樱桃！”乔治高喊。“真可惜！我们没钱买。”

“我有钱！”阿贝莉兴高采烈地答道。

她从口袋里掏出了一个小钱包，里面装着五枚金币。

她对那位农妇说：“好阿姨，能卖给我们些樱桃吗？可以用我的裙子装。”

阿贝莉两手把裙子兜起来，那位农妇往里面撒了两三把樱桃。阿贝莉用一只手拽着提起来的裙子，另一只手递给农妇一枚金币。

“这个够吗?”

农妇紧紧攥住金币，那枚金币不但买那一整篮子樱桃绰绰有余，还能买下一整棵樱桃树，和长着樱桃树的那块土地。

狡猾的农妇却答道：“小公主，您给我这些我就已经很高兴了。”

“那您再往我哥哥的帽子里放点，我再给你一枚金币。”阿贝莉说。

农妇往乔治的帽子里放了些樱桃。她边走边寻思该把这两枚金币藏在旧袜子里还是压在床垫子下边呢。

两个孩子又上路了，他们一边吃着樱桃，一边往路两旁丢石子。有的樱桃杆上长了一对樱桃，乔治挑了几个，给阿贝莉当耳坠。看着阿贝莉脸颊上面摇摇晃晃的粉红色水果耳环，乔治笑得乐不可支。

他们一路上兴高采烈。突然，一块卵石钻进了阿贝莉的小鞋子里，把阿贝莉的脚磨疼了，走路一瘸一拐的。她每走一步，金色的卷发就扑打到脸上。阿贝莉跛着脚走到路边的斜坡，坐了下来。乔治跪下去，把她的缎子鞋脱了下来。他晃了晃鞋，从里面掉出一颗白色的小石子。

太阳开始下沉，天空光芒万丈，一阵微风吹过，轻抚他们的脸颊和脖颈，两个小探险家又精神焕发，高兴地踏上探索之旅了。他们手牵着手，快快乐乐地走着，看见两人的影子在面前融为一体，哈哈大笑。他们唱着歌：

“有个少女玛丽安，
骑着小驴詹詹，
驮着几袋玉米，
要去磨坊磨面。
可爱的少女，
可爱的玛丽安，
她骑着小驴詹詹，
走在去磨坊的路上。”

阿贝莉突然不唱了，哭喊道：

“我的鞋丢了，我的缎子鞋丢了。”她的鞋确实掉了。那只小缎子鞋的鞋带是绸子的，走着走着就松开了，丢在了马路上，落满了尘土。阿贝莉回过头去，看见克莱瑞德城堡消失在远处的暮色里，心里觉得非常沮丧，眼泪扑簌簌地掉了下来。她哭着说：“大灰狼会把我们吃了的。妈妈再也见不到我们了，她会伤心死的。”

乔治帮阿贝莉穿上鞋子，安慰她：“我们一定可以在晚饭铃声响起前，赶回克莱瑞德。快走吧！”

他们又哼起了歌，

“晚上，磨坊主看见玛丽安骑驴而来，
他情不自禁地哭了出来，
亲爱的玛丽安，要拴牢你的驴，
是它把我们带到一起。”

“大湖，阿贝莉！快看，大湖！大湖！”

“乔治，是大湖！”

乔治兴奋地大声欢呼，把帽子抛向了空中。阿贝莉穿戴得非常漂亮，实在不愿意扔帽子，但她还是高高兴兴地把脚上的鞋子脱了，往头顶上抛。

山谷底部，湖水滔滔，波光粼粼，倾斜的堤岸蜿蜒开来，像植物的脉络，银白色的波浪看起来像素色的花朵。湖水清澈见底，水平如镜，阵阵微波拂过岸边朦胧的绿草。

两个孩子却找不到穿过灌木丛的路，也到不了美丽的湖泊。

正在他们四处找寻出口的时候，一群鹅用嘴夹住了他们的大腿，放鹅的小女孩穿着羊皮衣服，手里拿着根鞭子。乔治问她叫什么名字。

“季蓓特。”

“那么，季蓓特，要去大湖该怎么走呢？”

“没人去大湖。”

“为什么呢？”

“因为……”

“那假如有人要去呢？”乔治又问道。

“如果有人要去，他们得找到通往大湖的路，沿着路走就能找到了。”

听见这位放鹅姑娘的回答，乔治实在是不知道该如何作答。

他说道：“走吧，再走远点，我们肯定能找到穿过树林的道路。”

阿贝莉说：“我饿了，路上我们可以捡点坚果吃。下次我们再去大湖，可得带满满一包好吃的。”

乔治回答说：“妹妹，下次我们肯定带吃的。我们的侍卫弗朗克尔太聪明了，他要去罗马的时候，怕自己路上又渴又饿，带了一块火腿和一瓶酒。我们还是快点走吧，虽然不知道是几点了，但确实是越来越晚了。”

“牧羊人看太阳能知道时间。可我不是牧羊人。可是我们离开城堡的时候,太阳照在头顶,现在它沉到那边了,落到了克莱瑞德城堡和整个公国的后面。我不知道太阳是不是每天都会这样变化,这到底有什么含义呢?”阿贝莉说道。

他们正望着太阳,突然马路上尘土飞扬,一队骑兵全速驶过,他们佩戴的武器闪闪发光。两个孩子被吓到了,战战兢兢地躲进了矮树丛。他们以为是遇到了强盗或者食人魔。其实那是公爵夫人派出来寻找两位流浪家的卫兵。

两位小探险家在矮树丛里发现了一条小路,可是小路太窄了,根本不能手牵着手,肩并着肩一起走,只能一前一后地走。小路上没有人的脚印,只有数不清的小爪印。

阿贝莉说:“可能是一些小魔鬼的脚印。”

乔治说:“没准是鹿的。”

到底是什么的脚印到底没弄清楚。不过可以确定的是顺着小路走,经过一个缓坡,可以一直走到湖边。出现在两个孩子面前的是一幅澄澈安静的图画。堤岸上的垂柳洒下温柔的绿荫,芦苇细长的叶子之间开着美丽的芦花,在水面上轻轻摇曳。一丛丛芦苇就是一座座小岛,在小岛周围铺展着一片片荷叶,荷叶上盛开着洁白的荷花。扑扇着红翅膀、绿翅膀的蜻蜓在花草之间来来回回,形成一道道变幻万千、五光十色的弧线。

两个孩子太高兴了,他们把磨起泡了的小脚丫放在湿漉漉的沙地上。地上长满了一簇簇水藻和叶片细长的香蒲草。在静寂的湖边,细细的菖蒲枝叶纷纷向孩子们点头,带来阵阵馥郁扑鼻的芳香;车前草在微风中摇曳,问候孩子们,里面还零星地点缀些紫色的小花。

第八章　乔治的际遇

阿贝莉穿过两排柳树之间的沙地，一个小精灵从她面前跳进了湖里，荡起一层层波纹，波纹慢慢向外扩大，最终渐渐消失。那只精灵是一只白肚皮、绿身子的小青蛙。周围万籁俱静。一阵微风拂过水面，吹起的层层涟漪，仿佛是美丽的微笑。

“湖水真漂亮！可是我的鞋子破了，脚流血了，而且我也饿了。真想快点回城堡呀！”阿贝莉又想回家了。

“妹妹，快坐草地上。我要用树叶把你的脚包起来，既凉快又舒服。然后我去给你找点吃的。我看见那条路的上面有些熟了的黑莓。我去把最甜最好的采回来给你。把你的手帕给我吧，离这里不远的树荫下有一排脚印，那儿有草莓，我要给你采回来一手帕草莓！我还要把每个口袋都装满坚果。”

在湖边的一棵柳树下，乔治为阿贝莉铺了一个草床，就跑去找吃的了。

苍白的天空上出现了第一批星星，阿贝莉躺在草床上，双手合十，盯着闪烁的繁星。慢慢地，她的眼睛合上了。恍惚之中，她好像看见头顶上出现了一个骑着乌鸦的小矮人。但这并不是在做梦。因为确实有一只驾着乌鸦的小矮人在她的头上盘旋，他勒紧缰绳，在阿贝莉的上方停了下来，瞪着他的圆眼睛盯着阿贝莉，然后像烟尘似的飞驰而去。

乔治采完果子回来时，阿贝莉还在熟睡，于是乔治把果子放在她身边。然后他走到湖边等阿贝莉睡醒。碧绿的湖水上笼罩着一层柔和的薄雾。猛然间，月亮跳上了枝头，水面上仿佛跳跃着数不尽的星光。

可是乔治发现照耀在水面上的光芒并不都是月光，因为湖里出现了一环环蓝色的光焰，随风摇曳，波光粼粼，好像在跳舞。乔治马上发现，那些蓝色的火焰照耀在女人苍白的脸上，她们从浪花里涌出来，面容娇美，带着用海草和贝壳编织的皇冠，海绿色的长发披散到肩膀，缀着珍珠的薄纱遮在胸前。乔治认出来这就是水妖，准备转身就跑。可是她们用冰冷的白胳膊一把拽住了他，无论他怎么挣扎、怎么喊叫都无济于事。就这样穿越各种岩石和水晶，乔治被拖入了水底。

第九章　阿贝莉遇见小矮人

月亮爬到了湖面上，水面上反射着细碎的光亮。阿贝莉还没有睡醒。之前看着她的那个小矮人又骑着乌鸦回来了，他身后还跟着一群小矮人。每个小矮人都长着长及膝盖的白胡子。他们和小孩子一样高，相貌却像老人。这群小矮人系着皮围裙，腰间挂着锤子，看起来应该是金匠。他们走路的样子也很奇怪，蹦得非常高，还会翻奇怪的跟斗，灵活得让人难以置信。这些小矮人看起来不像是人类，倒更像是精灵。可是即便他们顽皮地翻滑稽的跟斗，他们的表情还是那么严肃，他们到底是什么性格，没人能搞得清楚。

小矮人们在熟睡的阿贝莉周围围了一个圈。

那个骑着乌鸦的最小的小矮人说道："怎么样，我没骗你们吧？我跟你们说我在湖边遇见了一位在熟睡的可爱的公主，我没说错吧？你们是不是要谢谢我把你们带到这儿来？"

"鲍勃，谢谢你！"一位年长的诗人模样的小矮人回答道。"世界上确实没有比这位小公主还可爱的东西了。她比山峦里升起的曙光还要娇艳；她金黄色的秀发比我们冶炼的金子还要亮泽。”

“说得对，皮克，说得太对了！”小矮人们异口同声地说。“可是，我们该拿这位可爱的小姐怎么办？”

那位诗人模样的小矮人不知该如何回答，因为他和他的同伴一样都不知道该拿这位漂亮的小姐如何是好。

“我们编一个笼子，把她关里面。”一位叫罗格的小矮人提议。

另一个叫迪格的小矮人强烈反对这个提议。迪格认为只有野兽才会被关在笼子里，没有什么可以证明这位漂亮的小姐和野兽是同类。

可是罗格坚持己见，因为他根本没有别的主意。他很狡猾地为自己的提议辩驳：

“如果她不是猛兽，关在笼子里后，也会变成猛兽，到那时笼子就有用了，而且非用不可，绝不能少。”

他的逻辑惹得小矮人们很生气，其中一位叫泰德的小矮人义愤填膺地谴责了他。泰德是个心地善良的小矮人，他提议把这个漂亮的孩子送回到她父母身边，他觉得她一定是富贵人家的小姐。

但是这个提议也被否决了，因为这不符合矮人国的风俗。

泰德说：“我们应该按正义办事，不能仅凭风俗。”

没人听他讲话了。小矮人们七嘴八舌地各抒己见。这时一位叫保罗的单纯正直的小矮人说话了，他说：“我看这位小姐很难自己醒过来了，我们得赶快把她弄醒；如果她就这样在湖边睡一晚上，明天一早眼睛就会红肿，也就没现在这么漂亮了。在湖边的树林里睡觉对身体不好。”

他的建议和大家的提议毫不冲突，所以得到了大家的一致通过。

那位看起来像历经沧桑的老诗人模样的皮克走到阿贝莉身边，严肃地望着她，以为自己看她一眼，这位熟睡的女孩就会醒来。不过，皮克高估了自己的能力，阿贝莉仍双手交叉，睡得香甜。

看见这一幕，善良的泰德轻轻地拽了拽阿贝莉的衣袖。于是，阿贝莉轻轻睁开双眼，用胳膊支起身子。当她发现自己躺在青苔上，周围围着一群小矮人时，还以为自己在做梦。阿贝莉以为自己睡在自己的房间里，于是她揉了揉双眼，想再睁开一点，好让眼前这些奇怪的景象消失，看见早晨照进蓝色房间里纯净的阳光。她睡得太久了，脑袋有点迟钝，记不起来湖边冒险的事了。她揉揉眼睛，可是毫无效果，小矮人们还是没走，她不得不相信这不是梦，是现实。她害怕地望了望周围，只看见那片树林，她想起是怎么回事了。

"乔治，我的乔治哥哥！"阿贝莉惊恐地大喊。小矮人们向她靠拢。阿贝莉害怕看见他们的脸，把脸埋进手掌。

她边抽噎边嘟囔："乔治！乔治！我的乔治哥哥在哪呢？"

小矮人们不知道答案，所以没法回答她。阿贝莉想起了妈妈和哥哥，哇哇大哭。

保罗想陪着她一起哭；不过，他还是说了几句模模糊糊的话，算作安慰。他对阿贝莉说："不要太伤心了。你长得这么漂亮，哭坏了眼睛就不好看了。你的故事一定非常有趣，跟我们说说吧。我们都很乐意听。"

保罗说的什么，阿贝莉根本就没听进去。她想赶紧站起来，逃走，可是她的双脚都磨肿了，鞋子也丢了，她疼得厉害，倒在了地上，哭得更欢了。泰德把她抱住，保罗轻轻地吻了她的手。这样阿贝莉才敢看他们，小矮人们的脸上都写满了同情和关切。阿贝莉觉得皮克像一个有灵性又非常单纯的人。阿贝莉发现这些小矮人非常友善后，对他们说：

“小矮人们，太可惜了，你们长得不好看。不过如果你们能给我点吃的，我还是会爱你们的，我现在太饿了。”

所有的小矮人齐声喊道：“鲍勃，快去找点吃的来！”

鲍勃骑着他的坐骑飞走了。可是小矮人们都觉得这个小女孩说他们难看对他们不太公平。罗格非常生气。皮克却想：“她还只是一个孩子，看不见我们眼睛中闪耀的天才之光，这天才之光赐予我排除万难的力量和引人深思的魅力。”保罗心想：“可能我不该把这个说我们丑的小丫头弄醒。”只有泰德一个人微笑着对阿贝莉说：“亲爱的小姐，你越喜爱我们，就会发现我们并不难看。”

他话音刚落，鲍勃就骑着乌鸦飞回来了。他拿着一只金盘子，盘子里面放着烤好的山鹑、一块白面包，还有一瓶葡萄酒。他翻了无数跟头，把这份晚餐放到阿贝莉脚边。

阿贝莉边吃边说：“小矮人们，你们的晚餐好吃极了！我叫阿贝莉，我们一起去找我哥哥吧，然后一起回克莱瑞德，我妈妈一定等我们等着急了。”

善良的小矮人迪格告诉阿贝莉她现在根本没法走路，还说她哥哥那么大了，肯定能自己找到回家的路，还让她放心，因为森林里所有的野兽都被打死了，他不可能遇上危险。

迪格又补充道：“我们会给你做一副担架，上面铺上树叶和青苔，你就睡在上面。依照我们矮人国的风俗，我们会把你抬到山里，让你见我们矮人国的国王。”

小矮人们都鼓起掌来。阿贝莉看了看自己磨坏了的双脚，不再说要去找哥哥了。森林里没有野兽的消息让她很是欣慰，而且她也愿意相信自己，愿意相信小矮人的友谊。

小矮人们都忙着搭担架，带着斧头的小矮人抡起斧头，用力砍两棵小杉树的树根。见此情景，罗格又想起了他的提议。

“要不，我们不做担架，做笼子吧！”

他这句话招来了大家的谴责。泰德鄙夷地看着他说道：

“罗格，你不像小矮人，倒更像人类。不过值得庆幸的是，矮人族里最坏的人也是最愚蠢的一个。”

担架做好了。矮人们蹦到半空，飞快的飞刀砍下树枝，心灵手巧的他们在林中的空地上搭了一把椅子，在上面铺满青苔和树叶，而后让阿贝莉坐在了上面。然后小矮人们抓紧两根木杆，放在肩上。他们向着大山出发了！

第十章　洛克国王热烈欢迎阿贝莉

小矮人们沿着一条蜿蜒的小路爬上了一座树木茂密的山坡。灰绿色的矮橡树林里，随处可见光秃秃的、生锈的花岗岩石；在棕红色的大山和青黑色的峡谷之间是荒凉无人的萧条景色。

鲍勃骑着他的乌鸦，带领着这支队伍前进，走过了一条荆棘密布的缝隙。如果曙光也会受到惊吓，会喊妈妈，想逃跑的话，那么金发披肩的阿贝莉就像是从山峦中升起的曙光。当她恍恍惚惚地看见隐藏在岩石深处，全副武装的小矮人时，她就像被吓坏了的曙光一样。

小矮人们手握弓箭、手拿长矛，一动不动地站着。他们穿着的兽皮大衣和挂在腰间的佩刀让他们看上去非常可怕。在他们身边放着一些长着羽毛的猎物。不过看着这些狩猎者的脸庞，你就会发现其实它们并不凶残；恰恰相反，他们看起来和树林里的小矮人一样温和而严肃。

在他们中间，站着一位器宇不凡，非常威严的小矮人。他耳朵上别着一只公鸡翎，头戴一顶镶着许多宝石的皇冠，穿着披风，露出肌肉强健、带着金手镯的双臂。他的腰带上挂着一只雕着银花的象牙号角。这位小矮人的左手静静地搭在长矛上，右手遮在眼睛上，向阿贝莉和阳光的方向眺望。

从森林里回来的小矮人说："洛克国王，我们把在森林里遇见的漂亮女孩给您带回来了。她叫阿贝莉。"

洛克国王说："做得好。根据我们矮人国的风俗，她将和我们生活在一起。"

洛克国王朝阿贝莉走去，温柔地对她说："阿贝莉，欢迎来到矮人国。"他说话的语气非常温柔，因为他发现自己已经对这个女孩产生了爱怜。他踮起脚尖，亲吻她从担架下垂下来的那只手。他保证不但不会伤害她一根汗毛，还会满足她的所有愿望，无论是项链、镜子、克什米尔的羊毛制品还是中国的丝绸，只要她想要的，都会给她。

"我想要一双鞋。"阿贝莉说。

于是，洛克国王用他的长矛朝岩壁上的一个铜盘敲了几下，瞬间就从岩洞里跳出了一个球一样的东西。那个东西越变越大，最后变成了一个小矮人。他的样子让人想起画家们给大将军贝利赛尔画的脸谱。但这个小矮人带着皮围裙，看起来他应该不是将军，而是个鞋匠。

其实，他正是矮人国里的制鞋总管。

国王对制鞋总管说："特鲁，从我们的仓库里挑选出最柔软的皮革，再拿些金银丝线，向我的司库要一千颗长在水里的最好的珍珠，用它们给我们的阿贝莉做一双鞋。"

国王说完后，特鲁立即扑到了阿贝莉脚下，认认真真地量她的脚长。

阿贝莉说："小洛克国王，我想马上就穿上您允诺给我的那双漂亮的鞋子，因为我要赶快穿上鞋，回克莱瑞德，找我妈妈。"

洛克国王回答说："你会有那双鞋子的。但是不是回到克莱瑞德，而是在山林里散步，因为你不能离开我们的王国，你要在这里学习很多地面上的人类想也想不到的道理。矮人比人类优秀，能来到我们中间，和我们一起生活是你的福气。"

阿贝莉却说："这是我的不幸。小洛克国王，给我一双木鞋吧，就是农民穿的那种木鞋，放我回克莱瑞德吧！"

但是洛克国王却摇了摇头，表示这根本行不通。阿贝莉双手合十，温柔地对洛克国王说：

"小洛克国王，让我走吧，我会永远记得你的，我会像爱我的'追风'一样爱你的。"

"'追风'是谁？"

"'追风'是我那匹乳白色的小马，它的缰绳是粉红色的，它还舔我手里的东西吃呢。在它非常小的时候，马厩总管弗朗克尔每天早晨都把它抱进我屋里，我会吻它。可是现在，弗朗克尔去罗马了，'追风'长大了，楼梯禁不住它了。"

洛克国王笑了。

"你会不会爱我胜过爱'追风'？"

阿贝莉说："我很愿意！"

洛克国王激动地大声说："太好了！"

"虽然我很愿意更爱您，但我做不到。小洛克国王，我恨你，因为你不让我回去看我妈妈和乔治。"

"乔治是谁？"

“乔治就是乔治，是我爱的人。”

短短几分钟里洛克国王对阿贝莉的喜爱又增加了。他已经打定主意等阿贝莉到了年龄，就娶她为妻。他希望通过他们的结合能化解矮人和人类的矛盾，他担心日后乔治会成为他的情敌，葬送他的计划。一想到这儿，洛克国王就皱起了眉头，低下头，装作漠不关心地走开了。

阿贝莉发现自己惹洛克国王生气了，就轻轻地拽住他披风的下摆。

“小洛克国王，”她的声音温柔里带着哀伤，“我们为什么要让对方不开心呢？”

洛克国王说：“事实如此呀，亲爱的阿贝莉。我不能把你送回你母亲身边，但是我每天晚上都会托一个梦给她，让她知道你过得怎么样，这样也能给她些安慰。”

阿贝莉眼睛里泛着泪光，微笑着说：“小洛克国王，你的主意真好。不过您应该这样做，您要每天晚上都托一个梦给我母亲，让她能在梦里看见我；每天晚上也托个梦给我，让我也能在梦里看见她。”

洛克国王答应了她的提议，他说到做到。每天夜里，阿贝莉都能看见她母亲，公爵夫人也能看见自己的女儿，托梦聊以抚慰她们母女之间的思念。

第十一章　矮人王国里数不尽的珍宝和阿贝莉的玩具娃娃

在地下很深很深的地方有一个非常大的矮人王国。虽然在王国里只能通过岩石间的缝隙瞥见天空，但是这个地下王国的街道、马路、宫殿和长廊并不是笼罩在一片漆黑中。只有一些地方和岩洞比较黑，其他地方都非常明亮。虽然矮人王国里没有灯光和火把照亮，但是天空中的星斗和流星为王国送来神奇的光亮，这神奇的光芒照射着令人叹为观止的奇迹：从岩石裂缝中建造的巨大建筑，用花岗岩建造的宫殿，这些宫殿巍然屹立，高可参天，房顶的岩石一直深入到岩洞拱顶下的雾霭中。一些比月亮稍黯淡的星星透过雾霭洒下橘黄色的光芒。

王国里有很多森严的堡垒，有一座圆形的广场，广场里面有一个半圆形的石阶，一眼望不到边；每口井的井壁都精雕细刻，井很深，永远都触不到井底。矮人国里的万事万物都体现着矮人们超凡脱俗的聪明才智和好奇精神，而他们的天分和身高并不成正比。

矮人们身披用蕨类植物的叶子缝制的带风帽的斗篷，他们灵活地围着这些建筑忙来忙去。你会看见他们从熔岩地面上一下窜上两三层楼高，然后又像皮球似的跳下了。他们的脸上流露出严肃的神情，与雕塑家塑造的古代人类的面孔毫无二致。

没有一个小矮人游手好闲，每个人都忙活得热火朝天。整个街区都回响着敲敲凿凿的响声。看着这群矿工、铁匠、金匠、金箔工、宝石抛光工，像猴子一样娴熟灵巧地拿着十字镐、锤子、夹钳、锉刀在忙活，着实是一件非常有趣的事情。不过，并不是所有地方都这么热闹，有一个地方就特别安静。

这里有许多粗犷、有力的雕塑，无规则的柱子在原始的岩石中间忽隐忽现，看起来可以追溯到远古年代。这里有一座宫殿，殿堂宽敞，门廊低矮；这里就是矮人国国王——洛克国王的宫殿。

阿贝莉的房子正对着宫殿，与其说是房子，不如说是一间小屋。小屋只有一个房间，挂满白色的平纹细布。屋子里的杉木家具散发着阵阵芳香。一束日光从岩石缝隙中射进屋中，在美好的夜晚，可以透过缝隙看见天空的繁星。

阿贝莉没有特定的仆人，因为所有的小矮人都乐意为她效劳，他们想她所想，无微不至，但唯一没想到的是她想回到大地。

知识渊博的小矮人知晓很多深邃的奥秘，他们非常乐意教阿贝莉。因为小矮人不写字，所以他们不是教她书本知识，而是带她去看大山里、平原上的各类植物，观察各种各样的动物和从地层深处采掘到的奇珍异宝。小矮人们用天真快乐的心，给阿贝莉展示着自然界的神奇瑰丽，向她传授工艺技术。

小矮人们非常勤勉，发明了很多神奇的机器，他们用这些机器为阿贝莉做了很多玩具，连地球上最富有的孩子都从未玩过这样的玩具。矮人们为阿贝莉做的玩具娃娃可以举止优雅地移动，还能说出诗一样的语言。矮人们在小剧院搭建了一个有海岸、蓝天、宫殿和庙宇的场景，这些玩具娃娃能在背景下上演十分有趣的故事。虽然这些娃娃没有手臂那么高，但看起来栩栩如生，有的像德高望重的老者，有的是身强体壮的小伙子，还有穿着白色长裙的年轻姑娘，更有给怀里婴儿喂奶的母亲。这些能说会道的玩具娃娃在舞台上表演，好像他们真的心生痛恨，充满爱意或野心勃勃。他们非常娴熟地由乐到哭，把人的天性演绎得惟妙惟肖，总能把观众感动得流泪。每次看到这些演出，阿贝莉都会鼓起掌来。那些暴力的娃娃让她害怕，却对那位曾经的公主，后来成为了寡妇和囚犯，为了救自己的孩子而走投无路只能嫁给野蛮人的娃娃充满怜悯。是那个野蛮人杀了她的丈夫呀！

阿贝莉喜欢看这个节目，那些玩具娃娃变化无穷，让她百看不厌。小矮人们还为她举办音乐会，教她弹诗琴、小提琴、里拉和其他各类乐器。

就这样，阿贝莉成了出色的音乐家，舞台上的玩具娃娃又教会她人类和生活的道理。洛克国王也去看表演，参加音乐会，但他眼睛里看见的、耳朵里听见的只有阿贝莉一个人，渐渐地，他整个心里只有阿贝莉一个人。

日子一天天过去，阿贝莉已经在矮人王国里生活了好几年。她过着快乐的生活，可心里却装满了乡愁。阿贝莉已经出落成了一个亭亭玉立的少女，她独特的经历为她的脸庞增添了某种特质，让她看起来更有魅力，更惹人喜爱。

第十二章　洛克国王的财宝

阿贝莉和小矮人们一起生活了六年。有一天，洛克国王将她叫到自己的宫殿，命令他的司库挪走墙里的一块巨石，那块石头看上去是嵌进墙里的，其实只是挡在墙外面。他们三人顺着巨石后面的入口走了进去，幽暗的石缝很窄，只能容一人通过。洛克国王走在最前面，阿贝莉牵着她紫色长袍的衣角，跟在身后。他们走了很久，有些岩石的接缝非常窄，阿贝莉非常害怕被卡在中间走不了，也退不回去，最后惨死在那儿。在狭窄幽暗的小道上，她总能看见洛克国王的披风。最后，洛克国王到达了一扇铜门前面，他打开大门，一束耀眼的光芒漫溢出来。

“小洛克国王，”阿贝莉说，“我从没想到光亮会这么漂亮！”

洛克国王抓起阿贝莉的手，拉着她走进了大厅，光亮就是从那里照射出来的。

他大声说：“快看！”

可是阿贝莉被光芒晃得睁不开眼睛，什么都看不见。这间巨大的大厅四周都是高耸的大理石廊柱，从地面到房顶都散发着金光。

大厅里有一座用金银砌成的台子，台子光芒万丈，里面镶着珠宝；台子下的台阶铺着厚地毯；台子上立着一座黄金象牙宝座，上面是用半透明的珐琅做成的华盖，华盖旁边长着两棵三千多年的古老棕榈树。棕榈树长在两个巨大的花瓶里，花瓶上的花纹是由矮人王国的能工巧匠精雕细琢完成的。洛克国王登上宝座，让阿贝莉站在他右手边。

洛克国王说："阿贝莉，这些财宝都是我的，你喜欢什么随便挑吧。"

柱子上挂着很多巨大的金盾，它们吸收阳光，再把阳光反射出去，金光万丈。宝剑和长矛相互交叉，剑尖和矛头熠熠闪光。墙边摆满了桌子，桌子上放着高脚杯、长颈壶、水壶、圣餐杯、圣体杯、圣盘、平底大口杯、金质酒杯、镶着银环的象牙质饮水号角，水晶瓶、镂花的金盘银盘、小匣子、圣物盒、香炉、镜子，选材考究、做工精美的烛台，还有怪兽形状的香炉。有一张桌子上还摆着一副月亮石象棋。

"随便挑吧，阿贝莉。"

可是阿贝莉的目光却越过这些财宝，停留在屋顶的一个开口上，透过那个开口她能望见蔚蓝的天空。她仿佛懂得有了太阳的光芒，这些宝物才会光芒璀璨。她简单地说：

"小洛克国王，我想回到地面上。"

然后洛克国王给他的司库打了个手势，司库掀起厚厚的毯子，露出了一只巨大的珠宝箱，箱子四周装着铁制刀片。打开珠宝箱后，里面射出五光十色、璀璨夺目的光芒，因为每一块宝石射出的光芒都是与众不同的。洛克国王把手伸进了珠宝箱里，璀璨夺目的光芒里，有紫水晶、未经打磨的宝石，光绿宝石就有三种——一种深绿色，另一种蜂蜜绿，还有一种是蓝绿色的，人们管它叫绿玉，是一种引人遐想的宝石；里面还有黄刚玉，像勇士的鲜血一样殷红的红宝石，被人们称作雄柱石和雌柱石的深蓝色宝石和浅蓝色宝石；还能看见红锆石、蓝柱石、绿松石，比曙光更柔和的乳白石、海蓝宝石和叙利亚产的石榴石。所有的宝石都来自遥远的东方，曾被埋在最深最纯净的海底。五颜六色的光晕里，巨大的钻石射出耀眼的白光。

“阿贝莉，快挑吧！”洛克国王对阿贝莉说。可阿贝莉摇了摇头，说道：

“小洛克国王，比起这些珠宝，我更愿意要克莱瑞德城堡顶上一束细碎的阳光。”

然后，洛克国王又命令司库打开第二只珠宝箱，箱子里面装的都是珍珠。这些珍珠圆润纯正，变换的光泽，反射出大海和天空的颜色。它们温和的闪光和表达爱意的心情一样温暖。

“挑吧！”洛克国王又说了一遍。

阿贝莉回答说：

“小洛克国王，这些珍珠让我想起了乔治·布朗西朗德的眼神。我喜欢这些珍珠，但我更爱乔治的眼睛。”

听到阿贝莉这么说，洛克国王转过了头。但他还是打开了第三只珠宝箱，给阿贝莉看一块水晶，那块水晶里面包裹着一滴远古时代的水滴，晃动水晶，里面的水也会跟着动。他还给她看了几块琥珀，琥珀里面栖息着比那些珠宝还要耀眼的昆虫，虽然那些昆虫在里面呆了数千年，但纤细的触角和灵巧的双腿依旧清晰可辨。如果有股力量把它们的香室击碎，它们一定会重新挥动翅膀飞翔。

“阿贝莉，这些都是大自然的珍宝，我把它们送给你。”

“小洛克国王，”阿贝莉回答说，“收好您的琥珀和水晶吧，我不知道怎样才能还里面那只昆虫和那滴水以自由。”

洛克国王凝望着阿贝莉，默默无语。然后他开口道：

“阿贝莉，你能拥有最珍贵的珠宝。你可以拥有珠宝，却不会被珠宝占有。吝啬鬼是财富的奴隶，只有轻视财富的人才会成为真正自由的富人，因为他们的心灵之美胜过了财富的贵重。”

说完这番话，洛克国王示意司库把一只金冠放在软垫上。

洛克国王说：“阿贝莉，收下这件宝贝吧，当做我们对您的爱戴。今后人们会称你为‘矮人国的公主’。”

然后，他亲手为阿贝莉戴上金冠。

第十三章　洛克国王的表白

矮人国举行了盛大的狂欢，庆祝他们第一位公主的加冕。在巨大的圆形剧场胜利地举行了各种毫无恶意、单纯的比赛。有的小矮人们在风帽上别着蕨类植物做的帽徽，有的别着两片橡树叶子，看着别有一番情趣。他们兴高采烈地列队在地下街道上游行。庆祝活动持续了一个月。在这举国同庆的日子里，皮克看起来像一个萌神启发的智者，温柔的迪格感动得热泪盈眶，欣喜若狂的罗格再一次提出要把阿贝莉关进笼子的想法，但这次是为了不让矮人国失去一位这么迷人的公主；鲍勃，骑着他的乌鸦在空中散布兴高采烈的欢呼声，就连他的坐骑，也受他的感染，心情不错地放声唱了好几嗓子。

唯独洛克国王闷闷不乐。

在庆祝活动的最后一天，洛克国王为矮人国的公主和臣民提供了一场无与伦比的宴会。国王坐上了他的王座，神情凝重地说道："阿贝莉公主，我想向你提出一个要求，你有权利接受，也有理由拒绝。克莱瑞德的阿贝莉，矮人国的公主，你愿意成为我的妻子吗？"

洛克国王英俊潇洒，说话时语气肃穆而温和。阿贝莉情不自禁地拉着洛克国王的胡子回答道："小洛克国王，如果只是好玩的话，我愿意做你的妻子，但是不会永远是你的妻子。你刚才说要我嫁给你的时候，我想起了弗朗克尔，我在地面上的时候，他总是给我讲好玩的故事逗我开心。"

听阿贝莉这么说，洛克国王失望地把头转了过去，但阿贝莉还是看见了他眼里的泪。阿贝莉觉得很难过，因为是她伤了洛克国王的心。

她对洛克国王说："小洛克国王，我爱你是因为你是小洛克国王。我没办法嫁给你。我无意冒犯您，您让我想起了弗朗克尔，他写一手好歌，总能逗我开心。要不是因为灰头发和红鼻头，他一定也是个美男子。"

国王回答道："克莱瑞德的阿贝莉，矮人国的公主，我爱你，希望有一天你也会爱我。即便你不会爱我，我对你的爱也丝毫不会减少。请对我实话实说，算作对我们之间友情的唯一报偿。"

"小洛克国王，我保证永不欺骗您。"

"那么，阿贝莉，请如实告诉我，你是否爱着谁，想嫁他为妻？"

"小洛克国王，我并没爱着这样的人。"

听见阿贝莉这么说，洛克国王笑了，他端起金酒杯，用洪亮的声音让大家为矮人国公主的健康干杯。巨大的祝酒声、欢呼声响彻了整个地下宫殿，矮人国一片和乐。

第十四章　又见母亲，却不能相拥

戴上金冠的阿贝莉不像以前那么快乐了。以前，她金黄色的卷发松散地披在肩上，总是活蹦乱跳地跑到铁匠铺，找她的老朋友——皮克、泰德和迪格，拉拉他们的胡子。他们的脸膛被炉火照得通红，冲着她露出高兴的笑容。可是，现在呢，这些以前在她膝上跳舞，管她叫“阿贝莉”的小矮人，却对她毕恭毕敬。每当她走过，他们都保持肃穆的沉默。阿贝莉很伤心，因为她再也不是曾经的小孩子了；她成了矮人国的公主，但这个身份令她难过。

自从她看见洛克国王因为自己而哭泣后，她再也不敢见他了。但是，她爱洛克国王，因为他心地善良。假如矮人国也有白天黑夜的话，我们的故事就发生在某一个白天，当时阿贝莉牵着洛克国王的手，陪他走到一个岩石缝旁。阳光透过缝隙照射进来，金色的灰尘在阳光里飘舞。

“小洛克国王，”阿贝莉说道，“我很受煎熬。您是国王，您爱我，但我却很难过。”

“克莱瑞德的阿贝莉，矮人国的公主，我爱你，这就是我把你留下来，让你统治矮人国的原因。我要把我们的秘密展示给你，那要远比地上人类的知识更伟大、更神奇。我们小矮人比人类更博学，更巧妙。”

阿贝莉说：“确实是，但是和小矮人比起来，他们更像我呀！正因如此，我更爱他们。小洛克国王，让我再和我母亲见一面吧，否则我会想念而死的！”

洛克国王一言未发，转身走开了。剩下阿贝莉凄凄凉凉，孤孤单单一个人，她望着照耀尘世万物的阳光，甚至路旁的乞丐都蒙受它的恩泽。阳光渐渐变暗，金色的光辉变成了浅蓝色的光亮。夜晚降临，一颗星星在缝隙上空闪烁。

有人温柔地碰了碰她的肩膀，阿贝莉回过头，看见了身穿黑斗篷的洛克国王。他把搭在手臂上的另一件斗篷披在了阿贝莉身上。

“跟我来！”他说道。

洛克国王带着阿贝莉离开了地下世界。当她看见树木在风中摇曳，流云遮挡了月光，久违了的夜晚浩渺清新；当她再次闻到草木的芳香，童年曾呼吸过的空气重新进入五脏六腑，让她心潮澎湃，阿贝莉情不自禁地长叹口气，心想在这美好的幸福中死去也无妨。

洛克国王用手拉着阿贝莉，虽然他身形短小，但带着阿贝莉对他而言轻如羽毛。他们像鸟的影子一样从地面上滑行而过。

“阿贝莉，一会儿你就能再见到你妈妈了。但是，必须记住，每晚我都会给她托梦，让她梦见你，这样她每天都能看见你的幻影，她对着幻影微笑，和她讲话，关心她。今天，她将看见真正的你。你也将看见她，但是你不能碰到她，也不准和她说话，否则斗篷的魔力就消失了，你妈妈再也见不到你，也见不到你的幻影了。因为她根本就分不出哪个是幻影，哪个是真正的你。”

“放心吧！小洛克国王，我会小心翼翼的！小洛克国王，快看呀！快看！”

山丘上克莱瑞德的瞭望塔黑乎乎的，当他们从克莱瑞德城里长满康乃馨的城墙旁经过时，阿贝莉根本没时间给她挚爱的旧城墙献上一吻。她爬上阳台，上面的萤火虫闪烁着星星点点的光芒。小矮人们熟悉各类金属，无论是门锁、挂锁、门闩，还是锁链、栅栏，矮人们都不在话下。洛克国王轻松地打开了后门。

阿贝莉顺着螺旋形的楼梯往上爬，走进了她母亲的卧室，她激动得双手捂着狂跳不止的心脏。阿贝莉轻轻地推开门，借着天花板上的灯光，她看见床上的母亲。她神态安详，脸色苍白、面容憔悴，太阳穴附近的发丝已经灰白。但在她女儿眼里，此时的妈妈比她记忆里身着盛装骑着马、向教堂驶去时的她还要年轻。和往常一样，妈妈在梦里看见了女儿，她张开双臂，好像是要拥抱阿贝莉。阿贝莉呢，她高兴地哭了，抽噎着，想投进妈妈的怀抱里。洛克国王一把抓起了她，像拿着一根稻草一样，带着她穿越了蔚蓝的田野，返回了矮人国。

第十五章　伤心的洛克国王

阿贝莉坐在矮人国地下宫殿的大理石台阶上，透过岩石缝隙凝望着蔚蓝的天空。石缝边上的年老的树丛开出白色的花朵，它们和阿贝莉一样，渴望阳光。阿贝莉看着看着哭了出来。

洛克国王握住阿贝莉的手说道："阿贝莉，你为什么而哭泣呢？你有什么愿望吗？"这些天来，阿贝莉一直闷闷不乐，小矮人们就坐在她的脚下，为她吹奏简单的曲子，给她弹琴打鼓；还有些小矮人，为了让她高兴起来，在地上一个挨着一个地翻筋斗。他们戴着小风帽，上面插着树叶做的帽徽，一个接一个地翻，帽子尖都扎到草地里去了。看见这些长着大胡子，看起来非常严肃的小矮人，为自己表演杂耍，阿贝莉心里高兴多了。慈祥的泰德、聪明的迪格，从第一次见到躺在湖边熟睡的阿贝莉开始，他们就爱上了这位女孩。皮克，矮人国最年老的诗人，摇着阿贝莉的手，问她因何伤心。保罗是一个非常单纯的人，他给阿贝莉带来了一篮子葡萄。所有的小矮人都拉着阿贝莉的裙角，和洛克国王一起问道:“阿贝莉,矮人国的公主,你为什么而哭泣?”

阿贝莉回答说:“小洛克国王,还有你们,小矮人们,你们心地善良,我难过反而让你们更爱我,陪着我一起哭。我想起了布朗西朗德的乔治,所以哭了,他现在可能当上了骑兵,可能我再也见不到他了。我爱他,我想嫁给他。”

洛克国王把手从阿贝莉的手中抽了出来,对阿贝莉说:“阿贝莉,为什么宴会上你骗我说自己谁也不爱呢?”

“小洛克国王,在宴会上我没有骗您。那时我还没有要嫁给乔治的想法,可是现在,我真的希望他能向我求婚。但是他永远都不会向我求婚了,现在我不知道他在哪里,他也不知道我在哪里,想到这儿,我就哭了。”

听阿贝莉这么说,乐师们的演奏停了;正在翻筋斗的矮人们也停下了,站在地上一动不动,有的头着地,有的腰着地;泰德和迪格默默地流着眼泪,泪水濡湿了阿贝莉的衣袖;单纯的保罗丢下了他那篮子葡萄,所有的小矮人都十分伤心。

洛克国王无比伤心,悲痛欲绝。他一言不发,悄悄走了,身后的王袍拖在地上,像一道紫色瀑布。

第十六章　诺尔给洛克国王带来了好消息

洛克国王不愿让阿贝莉看见他的脆弱,可是每当他独自一人的时候,他就会坐在地上,双手抱膝,心里痛苦无比。洛克国王心里醋意大发,他自言自语道,“她爱的人竟然是他!却不是我!我是英明的国王,拥有无尽的财宝,懂得无与伦比的奥义。我是最优秀的小矮人,小矮人要比人类强得多。她不爱我却爱着一个没我们有见识,没准还一无所知的普通人!她根本就不懂要赏识优点——她的见识有限，我原本该嘲笑她智慧的浅薄，但我却还是爱她。可她不爱我，对世界上的一切我都感到索然无味。”

一连好几天，洛克国王都独自一人，在最偏僻的荒无人烟的山谷里徘徊，他思前想后还是很伤心，有时甚至生出了邪恶的念头，打算把阿贝莉关起来，或者让她挨饿，直到她愿意嫁给他为止。但这个念头刚一出现，就马上被他否定了。难道要去找阿贝莉，跪在她脚下，求得她的爱？他下不了决心，纠结了很久后还是不知何去何从。实际上，阿贝莉是否会喜欢他根本不是他能决定的。

他的怒火突然转向了乔治，他希望这个年轻人被魔鬼带到了很远很远，没人找得到的地方。或者，乔治一点都不喜欢阿贝莉，即使知道阿贝莉爱着她，也会无动于衷。

国王沉思着：“虽然我还年轻，但是我活了这么久，也经受过不少痛苦。可是从来都没有这次这么心痛。以前，我心里装满了善良和悲悯，所以从未觉得多么痛苦难捱，总能看到所有痛苦高尚美好的一面。现在却截然不同，我的痛苦无以复加，我悲伤是因为我感到绝望，我开始变得残忍冷酷。我的灵魂现在一片荒芜，眼睛好像被酸水浸泡过，火辣辣地疼。”

洛克国王这样想着。他还担心内心的嫉妒会让他变得失去理智，会心生歹念，于是他尽量避开阿贝莉，不和她碰面，因为他怕自己当着这位姑娘的面会尊严尽失，表现得太脆弱，或者太粗鲁。

可是阿贝莉爱乔治的事实总是折磨着他。有一天，他比平日觉得更难过，于是决定去请教诺尔。诺尔是小矮人中最博学多闻、有见识的人，他住在地下一口深井的井底。

诺尔的家，春夏秋冬四季恒温，而且，井里面一点都不黑，因为有两个小星球——一轮淡淡的太阳和一弯温暖的红月亮，轮流着照亮每一个角落。洛克国王下到井下，在实验室里找到了诺尔。诺尔头戴一顶风帽，风帽上插着一枝野花。虽然博学多才，但他生就一副小老头的和善面孔，留存着小矮人那副质朴真实、天真厚道的模样。

“诺尔，”洛克王边拥抱他，边请教，“我来向你打听一件事，我知道只有你才知道。”

“洛克国王，”诺尔说，“也许我知道不少事情，也许我就是一个笨蛋。但是我总能想到办法知道我不知道的事情。也许正因为这样，大家才知道我，把我当做是一个学者吧。”

“你听说过一个叫乔治的年轻人吗？”

诺尔回答说：“我没听过这样一位年轻人，而且也不打算费心知道。人类那么愚昧无知，还十分歹毒，我才不关心他们想些什么，做些什么呢。洛克国王，整个人类还是有些可取之处的，否则他们就实在太悲惨了，太愚不可及了。在他们那个自大又可悲的种族里，男人大都十分英勇，女人大都非常漂亮，孩子们机灵可爱。和小矮人一样，人类也只有凭劳动才能生存。但他们是这神圣律令的叛逆者，人类醉心战争，疏于劳动，他们宁可互相残杀，也不互帮互助。但是，说实话，他们之所以无知而残忍，主要是由于生命太短暂，根本来不及体悟该如何生活。我们这群生活在地下的小矮人要比他们快乐得多，幸福得多。假使我们不是长生不老，至少也能和地球的寿命一样长。地球用她的胸怀孕育我们，用亲切而无尽的热量温暖我们。可对于地面上栉风沐雨的人类而言，地球送给他们的只是无常的狂风，时而热浪烘烤，时而冷风狂吹，人类在风中出生，也在风中死去。不过人类经历艰辛困苦，遍尝虚伪奸佞的同时，也形成了一种品格，这种品格将他们的灵魂照耀得比矮人们还美。洛克国王，人类的这种品格就是悲悯。悲悯，犹如珍珠，散发出温暖、灿烂的光芒。只有经受过痛苦的人才会心生悲悯，我们矮人们也有悲悯精神，只是不多而已，因为我们比人类聪明，懂得如何避开痛苦。所以有时矮人们需要钻出自己生活的地洞，到地面上去，和人类生活在一起，爱他们，和他们共患难，来体悟人间的悲悯。悲悯就像天堂的露水，能让我们的灵魂焕发生机。洛克国王，这就是人类的真实情况，您刚才是不是向我打听一个人的下落？”

洛克国王又重复了一遍刚才问的问题，于是诺尔走进一间摆满了望远镜的房间。在矮人国是没有任何书籍的，如果能碰上三五本，那也是从人类那里拿来，当摆设用的，望远镜才是他们的字典和工具。人类通过读书写字来学习知识，矮人们则是靠望远镜。他们想了解什么，就挑选合适的望远镜，调准焦距，然后就一目了然了。当然选对望远镜、调对焦是关键。

望远镜的镜头都是用水晶做成的，有的用白水晶，有的用黄水晶；其中用打磨的光滑的大钻石做成的镜头最厉害，看得最远。

小矮人们还有一种特殊的望远镜，它的镜片是用一种透明材质做的，人类闻所未闻。这种望远镜能让视线穿透一切，连城墙和岩石都和透明的玻璃一样。还有一种更奇妙的望远镜，它像镜子似的，能把过去发生的所有故事还原再现，而且不差毫厘。原来，生活在深深的洞穴里的矮人们可以把无穷无尽的宇宙中发生过的各种光线收集起来，能再现过去时光里的各种形象和颜色。他们就利用这些光线，去了解过去的一切。因为这些光线从前曾照耀过人类，照耀过动物，照耀过山石林木，花草虫鱼。历经几百年后，它们又反射到太空，重新普照世间，出现在矮人的视野里。

老诺尔非常善于发现以前的事物，就连那些你想象不到的，比地球还古老的东西，他都能找出来。所以，他可以不费吹灰之力就找到乔治。

他在一架普通的望远镜后面看了一会儿后，对洛克国王说道："洛克国王，您要找的那个乔治在水妖的水晶宫里。那里只能进，出不来。她们的水晶宫正好挨着我们矮人国。"

洛克国王高声喊道，"他在那儿？让他在那儿呆着吧！"他搓了搓手，"好好地在那儿呆一辈子吧！"

他拥抱了老诺尔，乐呵呵地走出了深井。

一路上，他摇头晃脑，笑得前仰后合，胡子在胸前来回摇晃。他笑得多开心呀！有的小矮人看见他笑，也不由自主地跟着他一起笑。他们的笑，又感染了一群小矮人，他们也莫明其妙地笑起来，笑声越传越远，整个地下世界都沉浸在无边无际的笑声里。哈！哈！哈！

第十七章　乔治的神奇历险

但是洛克国王并没有高兴多久。他把自己的脸埋进了被子里，表情十分悲伤。他整夜都在想被水妖囚禁的乔治，彻夜未眠。

第二天一早，当阿贝莉双手紧握，还在她洁白的床上酣睡，小矮人们为她挤牛奶时，小洛克国王又一次动身去深井找老诺尔。

"诺尔，你还没告诉我他在水妖那里做什么呢？"

诺尔以为国王有点神志不清，但他没有明说。因为他知道即使洛克国王变成了疯子，他也会是一个风度翩翩、器宇不凡、幽默风趣的疯子。小矮人的疯癫和他们的理性一样，都十分有趣可爱。不过洛克国王并没有疯，而是恋爱了。

"我说的是乔治·布朗西朗德。"洛克国王对老诺尔说道。可是诺尔早把这个名字忘得一干二净了。

然后，诺尔把一些透镜和镜子在国王面前排好，它们看起来乱七八糟的，其实井然有序。国王可以从镜子里看见水妖抓走乔治时的画面。诺尔精心挑选仪器，灵活地转动方向，让这位恋爱中的国王能看见那位被一朵白玫瑰预言了死亡的伯爵夫人之子的神奇历险。下面要讲的就是洛克国王真真切切看到的画面：

当乔治被湖中水妖冰冷的手臂拖走时，水流冲击着他的眼睛和胸膛，他以为自己快要死了。然后一阵抚慰般的歌声传来，给他的全身都注入了全新的力量。乔治睁开眼睛时，发现自己来到了一个岩洞里，四周的水晶柱反射着彩虹柔美的光芒。在岩洞尽头，有一个散发着温和光芒的巨大的珍珠母，那正是水妖女王的珊瑚宝座。水妖女王的脸上映出比这个珍珠母和水晶还要柔和细致的光彩。她朝着水妖们带回来的孩子微笑，绿眼睛久久地凝望着乔治。

水妖女王终于开口说话了，“朋友，欢迎来到我们无忧无虑的王国。在这里你不用上枯燥的课程，不用做粗鲁的锻炼，地面上那些俗气的东西，在我们这儿无影无踪。我们的王国只有唱不完的歌，跳不完的舞，和水中精灵们对你的爱。”

这些绿眼睛的女子教乔治音乐、舞蹈和上千种娱乐活动。她们的头发上戴着像天上的繁星一样的扇贝，她们也爱这么打扮乔治，把扇贝挂在他的前额上。可乔治思念他的家乡，总是无可奈何地握紧拳头。

一年一年过去了，乔治一直渴望能再见到大地，那太阳炙烤，冰雪蹂躏的大地；人们在那里相爱，在那里受苦的大地；他在那里遇见阿贝莉，也渴望重新回到那里去见她。现在，他已经长成了一位大小伙子，嘴唇上长出了毛茸茸的胡茬。自从长了胡茬，乔治的勇气也与之俱增，有一天他来到水妖女王面前，俯身对她说道：

“女王陛下，我来向您辞行，希望能蒙您允许。我想回到克莱瑞德。”

女王微笑着回答道：“帅气的年轻人，我不会批准你离开的。因为我把你留在水晶宫里，是为了让你做我的爱人。”

“女王陛下，我不值得您如此厚爱。”乔治说。

“您太谦虚了。所有英勇的骑士都相信他们配得上贵妇人的爱情。你还太年轻，暂未能明白您的全部优点。漂亮的朋友，让我来告诉你，你确实值得我的爱情，你要做的就是遵从你的贵妇的旨意。”

“女王陛下，我爱克莱瑞德的阿贝莉。我的贵妇只有她一人。”

“一个俗世中的女子！”女王大声喊道，脸色惨白，却依然非常动人，“一个粗俗的人类女子，那个阿贝莉，你怎么可能爱上她呢？”

“我不知道为什么，我只知道我爱她。”

“没关系，你会忘了她的。”

然后，水妖女王又把乔治关进了她莺歌燕舞的水晶宫里。

乔治不明白女人为何这么奇妙。置身在众多水妖之中的他，更像是身在吕科墨得斯女儿之间的阿喀琉斯，而不是在迷人城堡里意乱情迷的汤豪舍。心情抑郁的乔治沿着水晶宫的城墙一遍又一遍地走啊走，想找到一个逃跑的出口。但是他只看见一座把他牢牢地囚禁，壮观而沉寂的波浪王国。透过透明的城墙，他看见海葵盛开，珊瑚生长，在精美的石珊瑚和闪闪发光的贝壳上，紫色、蓝色、金色的鱼儿甩动尾巴游来游去，闪耀出星星的光芒。如此神奇美妙的场面并没让他感动，他感觉到水妖们在用甜美的歌声安抚她，他的意志渐渐松懈，灵魂也不再那么执着了。

可是有一天，乔治偶然在水晶宫的长廊里发现了一本用大铜钉装订的书，那本书的猪皮封面已残损不堪，从此他不再无精打采、漠不关心了。那本书是中海洋时期遗留下来的，书里讲述了骑士和贵妇的故事，写英雄们的冒险和奇遇，他们追求真善美，为了正义和荣誉，周游世界、惩恶扬善、保护寡妇、收养孤儿。他读着这些波澜壮阔的冒险故事，心里充满了感叹、羞愧和怨愤，脸色也一阵红一阵白。

他喊道："我也要成为英勇的骑士。我要周游世界，以我的贵妇阿贝莉的名义，为了人类的正义，惩恶扬善，济世救贫。"

于是，勇从中来，他拔剑出鞘，闯出了水晶宫。那些白衣女子纷纷从他面前逃开，像湖里荡起的涟漪。唯独她们的女王却气定神闲地朝他走来，一双绿眼睛冷冰冰地盯着他。

乔治跑向女王，高声喊道："快解开束缚我的魔咒，打开通向地面的道路。我要像个骑士一样回到地面上，在阳光下战斗。我要回到人们相爱、受苦和奋斗着的地方！把真实的生活和真实的光明还给我！把我的力量还给我！否则我就杀了你，你这个怪物！"

她面露微笑，然后摇了摇头，表明这根本不可能。女王美丽而沉静。乔治使出全身力气把剑刺向她，可是剑刚碰到她的胸脯就断成了两截。

"孩子呀！"她说道。水妖女王命令把乔治囚禁在她宫殿下面的一间漏斗形水晶牢房。牢房周围是张着血盆大口，露出三排尖牙的鲨鱼，它们游来游去仿佛轻轻一碰就会把牢房那层单薄的玻璃打碎，让里面的犯人胆战心惊，没法合眼。

这间海下牢房建在一块岩层上，那块岩层是矮人国最遥远的一个穹顶，还没有被怎么勘探过。

这就是两个小矮人在一个小时里亲眼所见的情景，画面逼真得就好像他们一直陪在乔治身边，和他一起经历了这一切。老诺尔给洛克国王描述了单人牢房的悲惨，然后像萨瓦人给他们的孩子展示神灯时一样，他对洛克国王说：

“洛克国王，现在您想看到的都已经看到了，您看得一清二楚，我没必要再补充什么了。我并不在意您眼前看到的这些是否让您高兴，看到事实，于我而言已经足够了。科学从不会讨好谁，也不会惹怒谁，它不具备人性。能给人安慰，让人陶醉的不是科学，而是诗歌。因此，诗歌比科学更重要。洛克国王，快去让他们给您唱首歌吧！”

洛克国王走出了深井，没说一句话。

第十八章　洛克国王历经千难万险

离开智慧之井后，洛克国王来到了他的宝库，有一只宝箱只有他一人有钥匙，他从里面取出了一枚戒指，戴在手指上。戒指是用一块神奇的石头做成的，放射出灿烂的光芒，这枚戒指究竟有什么魔力，下文就能见分晓。然后他返回了王宫，穿了一件旅行外套，踏上结实的靴子，还拿了根木棍，就踏上了旅程。洛克国王穿过人来人往的街道、大路，经过村庄，爬过斑岩地道，涉过油层和水晶岩洞。水晶岩洞之间由狭窄的洞口相连。

洛克国王一直都陷在深深的思考里，嘴里嘟哝着没意义的话。但他始终艰苦地向前跋涉。山岭挡住了前路，于是他翻山越岭；脚下裂开悬崖，他便深入崖底；他涉湍流，穿过硫磺蒸汽漫天弥漫的可怕地域；他在灼热的熔岩上印下行行脚印；洛克国王，一个执着的行路人。洛克国王还爬进过很多洞穴，洞穴里海水外渗，顺着海藻像眼泪一样一滴一滴地流淌下来，在崎岖不平的地面上形成泻湖，泻湖里生活着数不清的甲壳动物。在洛克国王脚下，硕大的螃蟹、龙虾、大虾、海蜘蛛发出咔嚓咔嚓的响声，然后丢胳膊断腿，惊惶地逃走。它们的逃窜惊醒了可怕的软体动物和好几百岁的章鱼，它们突然挥动起百十来条触须，从像鸟嘴一样的喙里喷出恶臭的液体。洛克国王始终没有停下来。他一直走啊走，走进了洞穴的尽头，那里栖息着一群群甲壳怪物。它们长着尖头，双面锯齿的钳子，趴在摇晃的树枝上，眼神模模糊糊的，它们的爪子伸到与洛克国王的脖子齐平的高度。他用力抓住凸出来的岩石，爬到岩石的一侧，那些甲壳怪物也追着他爬，他一刻不敢松懈，直到确定摸到了拱顶中间凸出的石头才敢停下来。洛克国王用自己的魔力戒指敲击岩石，随后发出了一声巨响，巨石移开了，刹那间一束亮光伴着瑰丽的光波射进了岩洞，那些在黑暗中喂食的怪物都被吓跑了。

洛克国王从射进亮光的洞口探进头去，看见了牢房里的乔治。当时乔治正一边想着阿贝莉和大地，一边郁郁寡欢。洛克国王终于圆满地完成了解救水妖囚徒的任务。

可是，当乔治看见这个留着长头发、蓄着长胡子、眉头紧皱的大脑袋正从牢房底物盯着自己时，他以为这是一个在威胁着他的巨大危险，于是他连忙摸索身边的佩剑，忘了那把剑已经在绿眼水妖面前折断了。而洛克国王呢，他一直都好奇地盯着乔治。

他自言自语道："嘿，不过是个孩子而已！"确实，乔治不过是个单纯的孩子，正因为他的超级单纯才使他逃脱了水妖女王美好而致命的亲吻。智慧超群的亚里士多德都未必能做得到这一点。

明白自己手无寸铁后，乔治大声喊道："大脑袋，你要干什么？我可从来没伤害过你，你为什么要来害我？"

洛克国王用又高兴又严厉的语气说道："小孩，你不懂因果关系、反射作用还有其他常见的哲学，所以你不知道你是不是伤害过我。可我们不谈这个。如果你不讨厌离开你的牢房，就赶紧出来吧。"

乔治很快爬进了洞穴，顺着岩壁滑了下来，刚落到洞底时，他就对解救他的人说：

"您是一位心地善良的小矮人，我将永远爱您。可是，您知不知道克莱瑞德的阿贝莉现在在哪？"

"我几乎无所不知，但我不喜欢问东问西的人。"洛克国王说。

乔治听见洛克国王这么说，心里很不是滋味。他默默跟着国王走进漆黑的地方，那里面有各类甲壳动物在来回蠕动。突然，洛克国王冷笑着说：

"年轻的王子，可惜这里不通车呀！"

乔治说："先生，通往自由的道路永远是美丽的。跟在我的救命恩人身后，我一点也不害怕迷路。"

洛克国王咬紧嘴唇。他们到达斑岩地道后，洛克国王将一条石头中凿出的台阶指给乔治看，那是小矮人们为了爬上地面而特意修的。

"这是你的路！永别了！"他对乔治说道。

"请别和我道别，告诉我我们还会再见。自从您把我救出来，我的整个生命都是您的了。"

"我之所以救你并不是为了你，而是为了一个女孩。我们最好别再见面，你不会喜欢我，我也不喜欢你。"

"我没想到被救出来也会让我痛苦，可我确实感到难过。永别了,先生。”乔治语气庄重地说道。

“一路顺风!”洛克国王粗声粗气地说道。

小矮人凿的台阶通向一个荒废的采石场,那里离克莱瑞德城堡不到一里路。

洛克国王一边往回走,一边喃喃自语,“这个小伙子既不聪明,也不富有,要不是他年轻、英俊、忠诚、勇敢,我实在想不明白阿贝莉怎么会爱上他。”

回到城里后,洛克国王像帮了别人大忙的人一样,脸上笑开了花。当他从阿贝莉的房间经过时,他把自己的大脑袋悄悄伸进屋内,就像他之前把脑袋探进乔治的牢房时一样,他看见阿贝莉正在用银线在一块薄纱上绣花。

“祝愿你快乐,阿贝莉!”他大声说。

“小洛克国王,也祝愿您快乐!愿您心满意足,事随所愿,没有任何遗憾。”

虽然他还有件事情没有如愿,但他确实没有任何遗憾。一想到这儿,他就特别有食欲,吃了很多野鸡肉。后来他叫来了鲍勃。

国王对他说:“鲍勃,骑上你的乌鸦,去矮人国的公主那里,告诉他被水妖囚禁了很多年的乔治今天回到了克莱瑞德城堡。”

话音刚落,鲍勃就骑着乌鸦飞走了。

第十九章　裁缝约翰的奇遇和树林里鸟儿为公爵夫人唱的动人歌谣

乔治重新回到出生的土地上时,见到的第一个人正是那位叫约翰的裁缝师傅。他胳膊上搭着给城堡总管做的红衣服。这位老实人一看见乔治就禁不住大叫起来。

“圣雅克呀！如果你不是七年前在湖里淹死的乔治·布朗西朗德少爷，那你要么是他的灵魂要么是他的幽灵呀！”他惊讶地说道。

“好人约翰，我既不是灵魂也不是幽灵，我就是乔治·布朗西朗德本人呀！我以前常常溜进你的店铺朝您要碎布片，用来给我妹妹阿贝莉的布娃娃做衣服。”

“少爷，这么说您没被淹死?”这位老实人说道，“我太激动了！您看起来气色不错。我孙子——皮埃尔，当年曾趴在我手臂上看您星期日早晨骑马经过去听弥撒，现在已经长成大小伙子了，当上了工人。我的少爷，苍天保佑，他确实跟我说的一样。要是他知道您并没像谣传的那样，沉到湖底，被鱼群吃了的话，会非常高兴的。他非常幽默，总讲些非常有趣的故事。克莱瑞德的居民都非常想念您。您从小就是个前途无量的孩子。直到我死那天，我都会一直记着您来我这儿朝我借缝衣针的事，当时我没借给您，因为觉得你太小，用针不安全，然后您跟我说您要去树林里捡最漂亮的绿色针叶当针用。我的小孙子也这么聪明。他现在是一名铜匠，时刻为您服务，我的少爷。”

“我谁都不需要。约翰师傅，跟我讲讲阿贝莉和公爵夫人吧！”

“哎！少爷，您这是打哪儿来呀？听起来您好像不知道阿贝莉公主七年前已经被小矮人劫走了，关押在大山里。她就是在您掉进湖里那天失踪的，那一天，克莱瑞德人失去了两朵最娇美的花。公爵夫人非常悲痛。这件事让我明白世界上最高贵、最强大的人也和寻常老百姓一样，有他们的痛苦，这说明我们都是亚当的后代。老话说得好，狗也可以看主教。就这样，善良的公爵夫人白了头发，从此再也高兴不起来了。春天的时候，她穿着黑裙在树林里散步,鸟儿在林中唱歌,那时候就连最小的鸟也比我们的克莱瑞德至高无上的统治者快乐。不过,她的痛苦也不是无边无际的,她还残存一点希望,因为尽管她没有一点你的消息,每天晚上至少能在梦里看见她的女儿还活着。"

这位老实的裁缝还说了些别的,可乔治自打知道阿贝莉被小矮人抓走后,就再也没心思听了。

"小矮人们把阿贝莉扣留在地下,一个小矮人又把我救出水晶牢房,这些矮人们的风俗习惯看来并不一样。我的救命恩人肯定和抢走妹妹的那群矮人不是一伙的。"

他心里反反复复在想着的就是怎样把阿贝莉救出来。

这时他们已经经过了城镇,在他们经过的路上,家庭主妇们站在自家门槛前互相打听这位外地来的年轻人是谁,她们都觉得乔治很英俊。人群里见多识广的人认出来这是乔治·布朗西朗德少爷,她们以为自己看见的是幽灵,纷纷画着大十字跑开了。

一位老太太说道:"我们得朝他身上洒些圣水。幽灵沾上圣水就会发出刺鼻的硫磺味,瞬间消失。他抓住了裁缝师傅约翰,一定会把他推进地狱的烈火里的。"

一位市民说:"厚道点,老太太。这位少爷和你我一样都是活生生的人,甚至比我们更像活人。说他从另一个世界来,倒不如说他来自一个高贵的宫廷恰当。善良的太太,他是从遥远的地方回来。去年仲夏我曾亲眼看见马厩总管弗朗克尔从罗马返回克莱瑞德。"

做头盔的玛格丽特非常欣赏乔治,她跑到自己的闺房,跪在圣母像前祈祷:"圣母,求您让我嫁一位跟这位少爷长得一模一样的丈夫吧!"

人人都在谈论乔治回来了,消息一传十,十传百,终于传到了

公爵夫人的耳朵里。公爵夫人当时正在果园里散步,听闻这个消息,心脏狂跳,听见树林里的鸟儿都在异口同声地欢唱:

“啾咿,啾咿,啾咿,
哦咿,哦咿,哦咿,
乔治·德·布朗西朗德;
啾咿,啾咿,啾咿,
你从小哺育大的孩子,
啾咿,啾咿,啾咿,
他回到了这里,这里,这里,
哦咿,哦咿,哦咿。”

弗朗克尔毕恭毕敬地走到公爵夫人身边,对她说道:“夫人,您以为已经死了的乔治·德·布朗西朗德已经回来了。我要把这件事写进歌里。”这时候,鸟儿们唱道:

“啾咿,啾咿,啾咿,
哦咿,哦咿,哦咿,
来到这里,这里,这里,这里……”

当看到她视若亲生儿子的乔治时,公爵夫人张开双臂去迎接他,却昏倒在乔治的脚边。

第二十章 一只小缎子鞋的故事

在克莱瑞德公国,几乎人人都对阿贝莉被小矮人劫持这件事深信不疑。虽然公爵夫人在梦中没发现什么精确的线索,但她也相信如此。“我们会找到她的。”乔治说道。“我们会找到她的。”弗朗克尔跟着重复了一遍。“我们会把她带回您的身边。”乔治允诺。“我们会把她带回您的身边。”弗朗克尔跟着响应。“我们会娶她的。”乔治说。“我们会娶她的。”弗朗克尔又跟着附和。他们向市民们打听小矮人的风俗习惯和阿贝莉被劫走时的情况。

问着问着,他们问到了莫瑞尔奶妈。她曾用自己的奶水喂养公爵夫人,但是现在她已经没有了奶水,于是她就在家禽饲养场喂鸡。裁缝师傅和马厩总管就是在饲养场找到的她。她一边给鸡喂食一边大声叫着:“宝贝们,宝贝们,宝贝们,来——来——来,宝贝们,宝贝们。”

“来——来——来,宝贝们,宝贝们。少爷,是您吗?小宝贝,小宝贝!您都长这么高了!——宝贝!还这么英俊?宝贝,宝贝,去!去!去!那只肥鸡把小鸡的食都抢走了。去!去!去!人世间也是这么回事呀,少爷!财富都在富人那儿扎堆,最后富人越来越富有,穷人越来越穷苦。世上根本就没有公正。少爷,我能为您做点什么呢?你们每人来杯啤酒怎么样?”

“非常好。谢谢您,莫瑞尔,我必须拥抱您,因为您用自己的乳汁喂养了世界上我最爱的那个女孩的母亲。”

“少爷,您说的是事实。我的乳儿六个月零十四天的时候长出了第一颗牙。那天已故的老公爵夫人还特地送给我一份礼物,千真万确呀!”

“现在,莫瑞尔,跟我们说说把阿贝莉劫走的那些小矮人的事吧!”

“哎!少爷,对于劫走她的那群小矮人的情况,我什么都不知道。我这样的一个老太太能知道什么呢?我以前知道的那点少得可怜的事情也被我忘得一干二净了，我常常连自己的眼镜放在哪了都记不住。总是鼻子上戴着眼镜还四处找。尝尝这种饮料，非常新鲜。”

“莫瑞尔，为了您的健康，干杯！但是有人说你丈夫知道阿贝莉失踪的事情。”

“这是真的，少爷。虽然他没受过教育，但他总能从酒馆和客栈里听来不少事情。他还从不忘事。如果他还活着，坐在这张桌子前，他能一直给您讲到明天。他过去总是给我讲各种乱七八糟的事，这些事在我脑子里都混淆了，我现在根本就理不清头绪。是真的，少爷。”

确实如此，这位老奶奶的脑袋就像一口裂开的汤锅。乔治和弗朗克尔要是想问出点什么事情非得费上九牛二虎之力不可。老奶奶一遍一遍重复来重复去，他们还是听出了这样一个故事：

“少爷，七年前的那天，阿贝莉公主和您一起出走，结果都没有回来。正巧那天，我已故的丈夫去山里卖马。确实是这样，他给那匹马喂了一顿兑了苹果酒的上好的燕麦，这样马腿才有力气，眼睛也会发光。他就牵着马走到山边的市场上。虽然给马喂了燕麦和苹果酒，可他一点都不心疼，因为那马卖上了价。动物和人一样——人们只看重它们的外表。做成这笔买卖后，我丈夫激动得不得了，他请朋友喝酒。那天傍晚，他一个人回来，喝多了没有找到好走的路，就从小路回来。他发现自己走到了一个山洞旁边，当时那种时候，那个时间，他清清楚楚地看见一群小矮人用担架抬着一个小孩，看不出是女孩还是男孩。虽然他喝了不少酒，但神智还很清楚，他怕摊上倒霉事，就赶紧跑了。但刚跑离山洞没多远，他把烟斗丢了，在他正弯身捡烟斗时，却看见了一只小缎子鞋。他心情好的时候总说：“烟斗可是第一次变成鞋。”因为那是一只小女孩穿的鞋，所以我丈夫断定小女孩在森林里迷路了，后来被小矮人们劫走了，一定就是刚才看见的躺在担架上的女孩。他正打算把缎子鞋放进口袋里，突然一群披着斗篷的小矮人向他扑来，抽了他好几个耳光，把他打得眼冒金星，呆若木鸡。”

“莫瑞尔！莫瑞尔！”乔治喊道，“那是阿贝莉的鞋！把它给我，我要吻上千遍万遍。我要把它放进我胸前的香囊里，在我死的时候，让人们把它放进棺材里，陪着我。”

“遵从您的意愿，少爷。可是你要去哪找那只鞋子呢？小矮人们把那只鞋抢走了，我可怜的丈夫只是想把那只鞋拿回来给长官们看，就被打了那么多耳光。以前他高兴的时候，总把这件事挂在嘴边。”

“够了！够了！告诉我那个山洞叫什么名！”

“少爷，人们管那儿叫矮人山洞，这个名字很合适，我已故的丈夫……”

“莫瑞尔！别再说了。弗朗克尔，你知道那个山洞在哪里吗？”

弗朗克尔倒光了酒罐里的酒，说道：“少爷，如果您了解我的歌，您就会知道矮人山洞在哪。我以前为那个山洞写了十一首歌，描绘山洞时，我连一块苔藓都没漏掉，少爷，我敢打赌，这些歌里，起码有一半是很有价值的。另外那些也不能忽视。我会给您唱一两首的……”

“弗朗克尔，”乔治喊道，“我们要攻克矮人国，救出阿贝莉。”

“我们会成功的！”弗朗克尔回答道。

第二十一章　危险之旅

夜幕降临，万物都沉寂下来时，乔治和弗朗克尔悄悄溜进矮厅里找出征的武器。在岁月斑驳的房梁下，长矛、长剑、短剑、大刀、猎刀、匕首闪着寒光，全都是杀人或杀猛兽必不可少的武器。每根横梁下面都立着一副盔甲，它们看起来坚定而骄傲，好像里面还装着那些穿着它们百战沙场的英勇灵魂。铁护手套十指抓紧长矛，盾牌躺在铁架上，好像是在表明作战时勇气固然重要，但谨慎也不可轻视，最优秀的战士既要做好进攻，也要做好防御。

乔治从这些盔甲里挑了阿贝莉的父亲曾穿过的那件，他就是穿着那件盔甲远征阿瓦隆和杜勒群岛的。弗朗克尔帮他穿戴整齐，他还特意戴上了那块刻着克莱瑞德金色太阳标志的盾牌。弗朗克尔找到了他祖父穿过的一件旧钢衣，衣服虽然旧，但衣服质量非常好。他还在帽子上插了一束破烂的羽毛。他选那串羽毛纯属一时兴起，想让自己高兴点，在他看来，快乐每时每刻都非常重要，尤其是在危险关头。

装备完毕后，主仆二人借着月光走进了黑黝黝的乡间。弗朗克尔事先就把马拴在了城堡暗道附近的树林边上了，他们走到那儿时，两匹马正在啃树皮呢。这两匹马跑得非常快，他们经过种种幽灵和幻影，不到一个小时工夫就到了矮人们居住的山里。

“就是这个山洞！”弗朗克尔说道。

乔治和弗朗克尔下马，手拿佩剑朝山洞里走去。这样一场冒险很需要勇气，但是乔治心中有爱，弗朗克尔又忠心耿耿，两人都毫不畏惧。最杰出的诗人可以这样来歌颂：“有爱为引，友情亦能无所不能。”

他们在黑暗中跋涉了将近一个小时，终于看见了一束亮光，二人非常惊讶。那照亮矮人国的亮光其实是一颗流星。借着地底下朦朦胧胧的微弱亮光，他们发现自己来到了一座古堡脚下。

乔治说："我们必须攻下这座城堡。"

弗朗克尔答道："您说得对。不过先让我喝口酒，我把这酒看做武器，因为酒越烈，人越有劲，人越有劲，长矛才越有威力，长矛越有威力，敌人就越不厉害。"

乔治一个人都没看见，便拿他的剑猛力砸城堡的大门。他听见一个小得可怜的声音，抬头一看，一个个头矮小，拖着长胡子的老头正在问话：

"你是什么人？"

"乔治·布朗西朗德。"

"你来这里干什么？"

"你们把阿贝莉关在这个鼹鼠洞里，我来是要把她带回去。你们这群肮脏的鼹鼠。"

那个小矮人消失了，又只剩下乔治和弗朗克尔了。弗朗克尔对乔治说：

"少爷，可能我这么说有点言过其实，但我觉得您刚才回答小矮人时没发挥出您最雄辩、最有说服力的口才。"

弗朗克尔天不怕地不怕，但他老了，岁月磨平了他的大脑也磨平了他的棱角，如今的他并不喜欢惹怒别人。乔治却年轻气盛，大喊大叫：

"你们这群可恶的地下矮人，鼹鼠、狗獾、睡鼠、白鼬、水鼠，快开门，我要把你们的耳朵割下来！"

他刚刚骂完，城堡的铜门缓缓打开了，因为他们没看见有人把两扇巨门推开，所以说门是自动开的。

乔治心里虽畏惧，但他心中的勇气胜过恐惧，于是他鼓足勇气跨进了这神奇的大门。一进院子，他看见所有的窗户、走廊、房顶、山墙、顶墙，甚至连烟筒管道里都站满了手拿弓弩的小矮人。

他听见身后的铜门又关上了，瞬间箭如雨下，射向他的头和肩膀，他又一次感到非常恐惧，也又一次鼓足勇气和力量。

乔治举起佩剑，手拿盾牌迈上了台阶，突然他看见台阶顶上站着一个威严的小矮人，他神色肃穆、手执金色的权杖，头戴王冠，身披紫袍。他认出来了，他就是那位把他从水妖的水晶宫里救出来的小矮人。

乔治扑倒在他的脚下，哭了出来：

“我的恩人，您是谁？您和这些抢走我深爱的阿贝莉的矮人们是一伙的吗？”

那位小矮人回答说：“我是洛克国王，我把阿贝莉留在身边是为了教会她矮人的智慧。孩子，你就像一阵冰雹一样砸进我美丽的花园。但是，我们矮人比你们人类坚强，也比你们懂得克制自己，不会轻易生气。我的才智远远胜于你，所以你做什么我都不会生气。在我超出你的所有优点中，有一点我始终保留，那就是公正，虽然我心里不是滋味。我这就把阿贝莉找来，我会当着你的面问她愿不愿意和你回去。我这么做不是要满足你的愿望，而是我非做不可。”

万籁俱寂，直到阿贝莉披着散乱的金发，穿着白裙出现。她一看见乔治，就跑进了乔治的怀抱，用尽全身力气抱住他的胸甲。

洛克国王问她：

“阿贝莉，他就是你想嫁的那个人吗？”

“是的，是的，小洛克国王，小矮人们，你们都看见了，我现在笑得多开心呀！”阿贝莉回答道。

阿贝莉哭了，泪水滴在了她爱人的脸上，这是幸福的泪水。这泪水里还有阿贝莉的笑声和千言万语像婴儿的喃喃自语一样没意义的柔情蜜意。但阿贝莉忘了自己的幸福模样会让洛克国王伤心。

乔治说："亲爱的，如我所愿，我又见到你了，你是世界上最漂亮、最优秀的女人。你爱我！感谢苍天，你爱我！可是，阿贝莉，你不爱这位洛克国王吗？水妖把我囚禁在水晶宫里，让我们不能相见，是洛克国王把我救出来的！"

阿贝莉转身望着洛克国王。

"小洛克国王，是您救的乔治？您爱我，您还救了和我相爱的人……"阿贝莉再也说不出话了，她跪在地上，双手蒙住眼睛，哭了起来。

所有看见这一幕的小矮人都感动得哭了，泪水扑簌簌地落在弓弩上。洛克国王还是那么镇定。阿贝莉感到洛克国王是那么伟大，那么善良，她像女儿爱父亲一样爱着他。

她握住爱人的手，说道："乔治，我爱你。上帝知道我有多么爱你。可是我怎么能离开小洛克国王呢？"

"哈哈，现在你们都是我的囚徒喽！"洛克国王用吓人的声音说道。

可是这吓人的声音是他装出来，他是在逗他们，其实他一点也不生气。弗朗克尔走上前来，双膝跪地，大声说：

"陛下，请您也让我分享我两位主人的刑罚吧！"

阿贝莉认出了弗朗克尔，对他说：

"是你吗，我善良的弗朗克尔？再看见你我太高兴了！你带的这个帽子可真难看！快跟我说说，你最近又写了什么新歌？"

洛克国王带他们三人去用晚餐。

第二十二章　皆大欢喜

第二天一早，阿贝莉、乔治和弗朗克尔穿着矮人们为他们准备好的华贵衣裳，走进了宴会厅，洛克国王身着帝王的盛装，很快就驾临了。他身后跟着全副武装的大臣，他们穿着粗犷的皮衣，头盔上装饰着天鹅羽毛。成群的小矮人从窗户、气孔和烟囱里钻出来，溜到长桌下面。

石桌的一头摆着做工考究的长颈壶、烛台、高脚杯和金杯。洛克国王登上石桌，示意乔治和阿贝莉靠过来，对他们说道：

"阿贝莉，矮人国的法律规定，外人进到矮人国，在这里住满七年后就可以重获自由。你已经和我们一起生活了七年，如果我再把你留下来，那我就是一个丑陋的公民，一个可耻的国王。我没能娶你为妻，那么在你离开这里之前，就让我为你和你选定的人主持订婚吧。我爱你胜过爱自己，这么做我心里非常开心。如果我还有痛苦的话，它们就像是天空中的一点云彩，你的幸福会将它们驱散开。阿贝莉·克莱瑞德，矮人国的公主，把你的手给我，还有你，乔治·布朗西朗德，把手给我。"

洛克国王把乔治的手放在了阿贝莉的手中，然后转向他的臣民，用洪亮的声音说：

"小矮人们，我的孩子们，请你们为这两位年轻人见证，他们回到地面将喜结连理。他们将一起回到地面，让勇气、谦虚和忠诚如花园里的玫瑰、石竹和牡丹一样盛放在大地上。"

听到洛克国王的这些话，矮人们大声欢呼，只是不知道这欢呼声是因为痛苦还是来自喜悦，他们的心中杂糅了这两种感情。

洛克国王又转向了这对恋人，一边指着那些精致的金银器：

长颈壶、烛台、高脚杯和金杯，一边对他们说道：

"收下这些礼物吧！这是小矮人们送给你的，阿贝莉，收下吧。它们会让你想起你的矮人朋友们。这是他们的礼物，不是我的。你过一会儿就会知道我要送给你的是什么。"

宴会厅里寂静无声。洛克国王用温柔无比的眼神望着阿贝莉，她带着玫瑰花环的脸庞娇美欲滴，头微微靠在未婚夫的肩上。

洛克国王说：

"我的孩子们，爱情里光有激情是不够的，还要心心相印，心有灵犀。激动人心的爱情固然很好，美好的爱情更好。愿你们的爱情里既充满温柔和包容，又坚韧无比；愿你们的爱情是圆满的，拥有宽谅和悲悯。你们年轻、漂亮、善良，但你们是人类，人类总是要经受更多的痛苦和考验。如果你们的爱情中没有悲悯，那这份感情就无法让你们度过人生的种种遭际。那样的爱情就会像是节日里的盛装，徒有其表，却无法遮风挡雨。我们真正爱一个人，也要爱他们的缺点，爱他们的贫穷。宽容、体谅、安慰，这些都是爱情的真谛。"

洛克国王停了下来，他心里激荡着既激动又温柔的情愫。

洛克国王接着说道："我的孩子们，祝你们幸福！好好地守护你们的幸福吧！"

在国王讲话的时候，皮克、泰德、鲍勃、特鲁和保罗都趴在阿贝莉的白色外衣上，在她的手上、胳膊上留下很多吻，恳求她不要离开。这时，洛克国王从腰带上取下一枚戒指，戒指的底盘光芒闪烁，这就是那枚洛克国王用来打开水妖水晶牢房的戒指。洛克国王把戒指戴在阿贝莉的手指上，对她说：

"阿贝莉，请收下我手中的这枚戒指。它能让你和你丈夫随时随地进入我们矮人王国。你们会受到热烈招待，我们会有求必应。请教导你们的孩子不要鄙视生活在地下，勤勤恳恳、与世无争的小矮人们，这就是对我的最好报偿！”

蓝胡子和他的七位妻子

第一章

关于那位有名人物——蓝胡子向来流传着种种荒诞不经的说法,其中最离奇的莫过于将这位绅士说成是太阳的化身了。大概在四十年前,曾有人专门为了研究此事在某校研读比较神话学,得出了蓝胡子的七个妻子都是曙光,他的两个内弟分别是晨曦和暮光,和被忒修斯抢去的海伦放走的迪奥斯居尔一样这样的结论。在此应该给那些迷信这种说法的人们提个醒:1817 年,阿让[①]图书馆里一位博学多闻的管理员让·巴蒂斯特·佩雷斯,曾用一种似是而非的方式证明,根本就没有拿破仑这个人,那个所谓的伟大统帅的传奇只不过是一个关于太阳的神话而已。尽管他的故事编造得非常巧妙、独出机杼,但是蓝胡子和拿破仑毕竟确有其人,这一点的确毋庸多言。

另一个并不确凿的假设说,有人认为蓝胡子就是 1440 年 10 月 26 日在南特桥上被绞死的雷斯元帅。其实用不着向萨洛蒙·雷那克先生求证元帅是否犯了死罪,他的财富是否遭到贪婪的亲王的觊觎,从而导致他殒身亡命。单凭蓝胡子和元帅二人毫无相似之处一点,就足以把它们分清,不至于张冠李戴。

---

① 法国西南部城市,洛特－加龙省首府。

约在1660年，查尔斯·贝洛特成功地写就了这位以娶过七个妻子而闻名的庄园主的第一部传记，将他塑造成一个十足的恶棍和有史以来最惨绝人寰的暴徒。姑且不论作者的诚意有几，但是书中信息的可信度就值得推敲。可能是作者对主人公抱有成见，何况他也不是第一个乐于渲染自己作品的残酷性的历史学家或诗人。如果说塔西特笔下的泰特斯似乎比真实泰特斯稍有美化，那么在蒂贝尔这个人物上，塔西特却是毫不留情地抹黑。传说中的麦克白本来就是一个被歪曲的人物，又被莎士比亚增加了罪名。其实，真实的麦克白是一位公正贤明的君主，根本没有背叛和谋杀老国王邓肯。邓肯年轻时曾在一次大战中被打败，翌日人们在一个叫做“枪炮商店”的地方发现了他的尸体。邓肯国王曾杀死麦克白之妻格鲁克诺的几个亲眷。麦克白鼓励商业发展，让苏格兰繁荣蓬勃，被称为是中产阶级的守护者和市民的真正君王。贵族们对于他战胜邓肯和保护手工业者始终耿耿于怀。不但把他杀死了，甚至还侮辱他的名声。在他死后，他的敌人们编造的虚假资料成了可以了解他生平的唯一史料。莎士比亚的文学天赋又迫使人们接受这些弥天大谎。长期以来，我一直怀疑蓝胡子也遭遇了相同的厄运。我所找到的有关蓝胡子一生全部经历的、早已为世人所知的材料，远远不能满足我的初衷。再三思量，我发现材料中有不少模棱两可之处，人们愈是要我相信这个人的凶残，我就愈加怀疑。

我的预感并没让我失望。不久，确凿的证据证明了我出于人性的直觉而做出的判断是正确的。在圣·德斯·博伊斯的一个石匠家，我发现了几份与蓝胡子有关的资料，其中有他的辩词和一份控告杀人凶手的匿名诉状，可是不知出于什么原因，这份诉状中道搁浅了。这些文件让我更加坚信自己的判断：蓝胡子是一个善良而不幸的人，在他死后，卑鄙的谣言玷污了他清白的声誉。从那以后，我就把还原他故事的真相当成了一项使命，但并不幻想这样的事情会有什么结果。我知道这种为蓝胡子正名的努力，是注定要归于沉默和遭人遗忘的。谎言具有迷人的魅力，而平淡无奇、实实在在的真理，又能如何抵挡谎言呢？

第二章

大约在 1650 年，贡比涅和皮埃尔丰两地之间有一块土地，在那里有一位名叫贝尔纳·德·蒙特拉古的富绅。他的祖先曾在王国中身居要职，但他却远离庙堂，不愿谋个一官半职，默默无闻地过着清静的田园生活。在他的吉莱特城堡里收藏着大量价值不菲的家具、金银餐具和绫罗绸缎。蒙特拉古先生平素十分慷慨大方，他把这些名贵的物品收在储藏室里，倒不是怕把它们用坏了，而是那个时候，在他的国家，庄园主欣然地过着深居简出的生活：他们和下人同桌用餐，星期天和农村姑娘一起跳舞。当然在某些特殊时候，他们也举行与日常生活大相径庭的盛大庆祝会，所以储备许多精美的家具和挂毯还是十分必要的，蒙特拉古先生也是如此。

蒙特拉古先生的城堡是在哥特王朝时期建造的，风格粗犷。外观相当粗糙、晦暗，甚至还保留了路易时代王国内乱时塔楼遭到破坏后剩下的断壁颓垣。城堡里面则漂亮得多，房间全部是按意大利风格装饰的，一楼宽阔的长廊上装饰着浮雕、绘画和镀金艺术品。长廊尽头有一个被称为“小房间”的屋子——查尔斯·贝洛特就这样叫它。当时的人们也把它叫做受难公主陈列室，因为佛罗伦萨的一位画家在屋里墙壁上画满了神话中薄命女人的悲剧故事:太阳神的女儿狄尔赛被安狄普的儿子们绑在公牛角上;尼奥贝在西比尔山上为被神箭穿透的孩子们哭泣;莱法尔的标枪掷向普洛克丽丝的胸膛。这些人物栩栩如生,呼之欲出,连房间里铺着的斑岩石板似乎都染着这些可怜女人的殷红鲜血。房间的一扇门正对河水早已干涸的护城河。

离城堡稍远的地方有一栋豪华建筑——一排马厩,马厩里面还放下可供六十四马用的驮轿,还能停放十二辆镀金四轮大马车。不过吉莱特的魅力所在,却是那些城堡周围的水渠和树林,人们可以在那里畅享垂钓和田猎的乐趣。

当地的许多居民只知道蒙特拉古叫蓝胡子,这是他在老百姓间唯一的称呼。他的胡子是蓝色的,那是因为它太黑,黑得过度就显得发蓝。你不要把蒙特拉古先生想象成雅典的蒂芬,那个家伙有三层蓝胡子,从靛蓝色的胡子里露出狞笑。不过把吉莱特城堡的庄园主同刚刚刮过脸,下巴上泛着蓝色光泽的喜剧演员或牧师们相提并论还是比较靠谱的。蒙特拉古先生不像他在亨利二世宫廷里供职的祖父那样蓄着尖尖的山羊胡子,也不像阵亡在马里尼安战役中的曾祖父那样留着大如蒲扇的胡子,更不像蒂雷纳克先生那样只有一点小髭须。虽然他的脸颊泛蓝,但无论如何,这位善良的庄园主丝毫没有因此而显得难看,或让人害怕,反而显得更有男子气概,即使流露出粗野的神气,也不至于惹女人们讨厌。蒙特拉古先生一表人才,身材魁伟,身体结实有力,面膛红润,虽然看上去有些土气,有着比沙龙里的香味浓得多的森林气,但凭借他的长相和殷实的财富,他本该备受太太小姐们的青睐,但事实却不尽如人意。不受女士喜欢倒不是因为他的胡子,而是他生性胆怯,在贵族女士面前,总是战战兢兢,魂不守舍。蒙特拉古先生对她们的畏惧和喜爱各占一半,这正是他一向情路不顺的根源。与某位女士初次见面，无论对她多么动心，他始终都保持着那种令人难堪的缄默，宁死都不会同她说一句话，只有那双怯怯地转动着的双眼流露出真实的情感。这种胆怯给蒙特拉古先生带来了诸多不幸，既妨碍了他和谦恭持重的女人们的正当交往，又使他无法躲避那些水性杨花的女人们的诱惑，这是他一生的不幸。

蒙特拉古幼年就成了孤儿，加之难以克服的腼腆和恐惧，他与许多唾手可得且门当户对的姻缘失之交臂，后来他娶了刚到本地定居不久的科莱特·帕萨茹小姐——她走村串镇靠耍熊挣钱糊口。蒙特拉古先生全心全意地爱着他的妻子。说实话，科莱特也有些讨人喜欢的地方：身体结实，胸脯丰满，皮肤虽然饱受日晒，却还相当水嫩娇艳。新婚燕尔，科莱特小姐对自己摇身一变成为一位贵夫人感到无比惊讶和喜悦。出身何等高贵，身材何等健壮的丈夫在她面前却像唯命是从的奴仆和心醉神迷的情人。科莱特小姐的心肠并不算坏，她被丈夫的好意感动了，但是没过几个月，她就对这种不能自由自在四处流浪的生活感到厌倦。虽置身于财富之中，餍足于关切和爱情，但这些都不及到地窖里去找她流浪时的伙伴——熊给她带来的乐趣大。她在熊的脖子上拴一条链子，鼻子挂着一个圆环，看着它那副无精打采的模样。她拥抱它，一边哭一边亲吻它的眼睛。蒙特拉古先生看到科莱特满面愁容，自己也忧从中来，这就更增添了她的悲哀。蒙特拉古先生对可怜的妻子过于礼貌和体贴，反倒招来她的厌恶。一天早晨，蒙特拉古先生醒来后发现科莱特不在身边，他找遍整个城堡却没发现蛛丝马迹。后来，他发现受难公主陈列室的门开着，才明白科莱特和她的熊就是从那儿跑出去，追求外面的世界的。此情此景蓝胡子悲痛欲绝，虽然发了无数封信件到处找，却始终没有得到一则有关科莱特·帕萨茹的消息。

当蒙特拉古先生还在为科莱特伤心哭泣的时候，贡比涅刑事长官的女儿珍妮·德·拉克洛施，在吉莱特城堡的一次舞会上偶然地和他跳了一次舞，让他怦然心动。蒙特拉古先生向她求婚，并且立刻如愿以偿。珍妮喜欢喝酒，喝起来不要命。她的嗜好愈演愈烈，不到几个月时间，她就变得像一个装酒的皮袋，上面还长着一张又圆又红的脸。最糟糕的是，这只发狂的皮酒袋没完没了地在房间里和楼梯上发狂、打滚、大哭、尖叫、咒骂、打嗝、骂脏话，吐得到处都是。恶心和害怕把蒙特拉古先生弄得晕头转向，但是他马上恢复了勇气，以无比的坚定和耐心，想方设法帮助妻子摆脱这令人讨厌的恶习。祈求、规劝、哀恳、威胁，能用的办法蒙特拉古先生都用了，珍妮依旧是老样子。他不准珍妮喝地窖里的酒，珍妮就到外面去淘弄，结果醉得更过分，一塌糊涂。

为了将珍妮从嗜酒的恶习里解救出来，蒙特拉古先生把缬草油倒进她的酒瓶里。珍妮以为蒙特拉古是往酒里下毒，就向他猛扑过去，用菜刀对准他的肚子一下子砍进去三寸深。蒙特拉古预感自己要死了，却不改他和善的秉性。“珍妮理应受到责备，”他说，“不过她更值得可怜。”有一天，蒙特拉古忘了关受难公主陈列室的门，像往常一样喝得酩酊大醉、神志不清的珍妮·德·拉克洛施走了进去。她看到墙上画着临死前痛苦挣扎的女人，以为她们都是活的，吓得惊慌失措地往外跑，疾呼救命。珍妮听见蓝胡子在呼喊她，又看到他在后面紧追不舍，就惊慌失措地一下跳进了池塘，溺水而亡。这事真令人匪夷所思，但确实如此。她心地太仁慈的丈夫，一直受着她恶劣的精神状况的折磨。

六个星期之后，蒙特拉古先生悄无声息地娶了佃农特雷涅尔之女吉戈尼。吉戈尼平常穿木鞋，身上一股洋葱味，除了一只眼斜和一条腿瘸外，她长得也还不错。吉戈尼刚嫁过去，一种疯狂的野心便攫住了这位牧鹅女郎。她只顾做着荣华梦，总觉得自己的绣花裙子不够阔气，珍珠项链不够漂亮，宝石不够大，四轮马车不够金光闪闪，而且池塘、树林和土地也远远不够。向来毫无野心的蓝胡子一想到妻子的高傲自大就惴惴不安。

蓝胡子天性单纯，不知不觉中，他不知道到底是妻子好高骛远，还是自己太过平庸，他对自己和他妻子的愿望截然相反的性情充满了恨铁不成钢的遗憾。他时而劝解妻子知足常乐，时而鼓动自己铤而走险。他虽然向来谨慎，但是现在夫妇之爱战胜了他的理智。吉戈尼一心想在上流社会出风头，能够进入宫廷，成为国王的情妇。可惜未能如愿，烦恼相逼，她很快就日渐消瘦，还染上了黄疸病，最后香消玉殒。蓝胡子满怀悲痛为吉戈尼建造了一座壮观的坟墓。

这位善良的庄园主时运不济，命途多舛，可能再也不会续弦了，但是他偏偏被布朗什·德·吉博梅克斯选为丈夫的最佳人选。吉博梅克斯的父亲是一位只有一只耳朵的骑兵军官，他说自己的另一只耳朵是为国王效力而牺牲了。吉博梅克斯聪敏机灵，她也正是凭着机灵跟周围所有的绅士一起来蒙骗她的丈夫。由于手段巧妙，她在城堡里，甚至就在蓝胡子眼皮子底下“兴风作浪”都未被察觉。可怜的蓝胡子当然也有点疑心，但他也不知道自己怀疑的究竟是什么。不幸的是吉博梅克斯全身心地投入到欺骗丈夫上，却对自己的情人防备不足，我是说她会为了一个情人而欺骗另一个。有一天，吉博梅克斯和一个她正爱着的绅士在受难公主陈列室里幽会，正巧被另一个她爱过的绅士当场撞见。那位绅士妒意大发，盛怒之下拔剑刺死了吉博梅克斯。几小时之后，城堡里的一个仆人发现不幸的夫人死在小房间里，从此那间屋子更加阴森可怕。可怜的蓝胡子恍然明白了他此前所蒙受的无数耻辱和妻子的悲惨结局,但他无法用妻子的惨死来抚慰自己戴"绿帽子"的痛苦。他对布朗什·德·吉博梅克斯的爱异常奇怪,比爱珍妮·德·拉克洛施、吉戈尼·特雷涅尔,甚至比爱科莱特·帕萨茹还要深。当他明白自己一直被蒙在鼓里而日后永远不会再被她骗的时候,他心中的悲痛和混乱的思绪非但未得平静,反而与日俱增,难以承受的苦难害得他疾病缠身,危在旦夕。

医生们想方设法治疗却收效甚微,他们告诉蓝胡子说,唯一的办法只有再娶一位年轻的妻子。于是蓝胡子想起了他的小表妹安吉拉 ·德·拉加朗蒂纳。她没有财产,自然会心甘情愿地接受他的求婚。蓝胡子之所以有娶她为妻的勇气,是因为她十分单纯,不谙世事。在被一个聪明女人欺骗之后,和一个傻女人生活让他觉得放心,但是在娶了拉加朗蒂纳小姐之后,蓝胡子发现事与愿违。安吉拉心地善良,无比温柔,真心实意爱他的夫君。不是她自己主动堕落,而是最不聪明的人也能马上把她引入歧途。只要对她说:"这么做,要不然妖怪就来了;过来,要不小妖精会把你吃了。"或者干脆只说:"把眼睛闭上,把这粒小药丸吃了。"傻姑娘马上就会遵照那些对她心怀不轨的无赖们的指使,干他们想让她干的事情。因为她长得很美,她让蒙特拉古先生遭受的欺骗和耻辱与布朗什·德·吉博梅克斯给他带来的耻辱不相上下,甚至有过之而无不及,加之安吉拉过于无知,对蒙特拉古毫不隐瞒,于是让他更为痛苦。她常常对蒙特拉古说:"先生,人家跟我说这个,叫我干那个,摸我这儿了。我看见了那个,摸了那个了。"她的直接让可怜的庄园主承受着超乎想象的折磨。他一直忍耐,可有时还是难免责骂这个傻姑娘:"你这个蠢货!"也打过她几个耳光,从此他便有了残暴的恶名,而且永未减轻。有一天,蒙特拉古先生外出打山鹬，一个化缘的僧人从吉莱特城堡经过，正巧安吉拉夫人在给洋娃娃缝裙子。那个聪明的僧人看出她既漂亮又愚蠢，就对她说天使加布里埃尔正在树林里的一个矮树丛中等着她，要送给她一副珍珠做成的松紧袜带。后来人们再也没有见过安吉拉，都传言她被狼给吃了。

经受如此悲惨的遭遇，蓝胡子怎么还下得了决心去缔结新姻缘。如果你不懂美丽的眼睛会对高贵的心灵释放怎样的魅力，那么这个问题你永远都不会明白。在蒙特拉古先生常去的一个邻近的城堡里，这位诚实的绅士遇到了一个身份高贵的年轻姑娘——阿里克丝·德·蓬塔尔森。她早年失去了双亲，贪心的监护人骗走了所有的财产，于是她一心想进修道院。一些殷勤的朋友从中撮合，百般劝说她改变主意，接受蒙特拉古先生的求婚。蓬塔尔森小姐貌若天仙，但指望在妻子的怀抱中享受无限幸福的蓝胡子，却又一次打错了算盘。对于蓝胡子来说，这次失算的苦恼比在前几次婚姻中蒙受的痛苦更深。蓬塔尔森小姐接受了他的求婚，实际上却只有夫妻之名。她毫不理会蒙特拉古先生的一切请求、眼泪和叱责，哪怕是最轻微的爱抚也不接受。蓬塔尔森小姐把自己关在受难公主陈列室里，整夜地独自待着，执拗地不接触任何人。人们实在不明白为什么会出现这种违背天堂和世俗人间规律的抵抗，于是只好归罪于蒙特拉古先生的蓝胡子。我们先前关于蓝胡子的看法又让这种假设难以成立，再说这也是一个不便乱加点评的话题。可怜的蒙特拉古先生忍受着世间最残酷的折磨。为了忘却痛苦，他拼命地打猎，把狗、马和管猎犬的仆人都累垮了。虽然他回到城堡里的时候早已筋疲力尽，但是只要看一眼蓬塔尔森小姐，马上就恢复了气力和苦恼。最后蒙特拉古先生终于发现这场婚姻实际是一个圈套。他实在忍无可忍，向罗马教廷提出了解除婚约的请求。在进献了一份厚礼之后，他的请求终于得到教会法律的许可。如果说蒙特拉古先生在打发蓬塔尔森小姐时对她还带着对女人应有的尊敬，没有在她的背上把手杖打折，那完全是因为他有着坚强的灵魂和一颗伟大的心，他能像管理吉莱特城堡一样管控自己。蒙特拉古先生发誓，从今以后再不允许任何女人闯进他的家门。要是他能一直坚守誓言该多好呀！

第三章

蒙特拉古先生和他的第六任妻子解除婚姻后又过了几年，邻居们对这位敦厚的庄园主家中接连不断的灾难只留下一点模糊的记忆。他的妻子们结局到底如何，人们无从考证，于是各种各样的谣言就在村庄里流传开来，夜里听闻让人不寒而栗。对那些传言，有人信以为真，有人一笑而过。这时候，一位遗孀西多尼·德·莱斯布阿斯夫人带着她的孩子们搬到离吉莱特城堡只有八里路的莫特·吉隆庄园定居。没人知道她从哪里来，她的亡夫是什么身份，一些人听说她的亡夫在萨瓦或西班牙任过职，也有些人说他死在印度，还有几个人认为这位寡妇广有田产，也有人觉得这个说法不足为信。莱斯布阿斯夫人生活阔绰，一来到莫特·吉隆庄园，她就把周围所有的显贵请到家中做客。她有两个女儿，大的叫安妮，是个有心计的姑娘，将近二十五岁还待字闺中，小女儿珍妮正是待嫁之年，外表单纯，内心世故成熟。莱斯布阿斯夫人还有两个儿子，都是身材匀称，英俊潇洒的帅小伙，一个二十二岁，是龙骑兵，另一个二十岁，是火枪手。我见过那个小儿子的证书，他是一个黑火枪手，这个身份在行路的时候是看不出来的,因为黑火枪手和灰火枪手的不同之处仅在于马的毛色,在服装颜色上没有差别,他们穿的都是镶着金带的蓝呢无袖上衣。至于龙骑兵,他们会戴着一种帽带优雅地垂在耳朵上的皮帽,这是个识别方法。龙骑兵都是流氓,以无赖著称,有民歌为证:

来的正是龙骑兵,妈妈,快快逃命!

谁要想在陛下的两个龙骑兵军团中再找出一个比科斯姆·德·莱斯布阿斯更出名的色鬼、更奸诈的骗子和更下流的流氓,准保白费力气。同他相比,他的兄弟,酒鬼兼赌棍皮埃尔·德·莱斯布阿斯都算得上是个诚实的小伙子。大家都知道,他活着的唯一乐趣就是取悦夫人们和赢牌。

他们的母亲莱斯布阿斯夫人,在莫特·吉隆大摆排场只不过是虚张声势。其实她家徒四壁,连镶假牙都欠别人的钱。一个巴黎放高利贷的人把衣服、家具、四轮马车、马匹和佣人租给她时威胁说,如果她不马上把一个女儿随便嫁给哪个富裕的庄园主,就要将一切财物统统收回。可怜的西多尼心里清楚自己随时都可能被剥光衣服,扔到空荡荡的房子里。她急于猎到一个女婿,她目光马上就落到了蒙特拉古先生身上。蒙特拉古先生看上去是个大老粗,还害羞木讷,但莱斯布阿斯夫人看出他是一个心思简单、容易上钩、性情温和、还容易坠入爱河的人。两个女儿都参与到她的计划中来,于是她们只要一遇到可怜的蓝胡子,就频频送去令人销魂、想入非非的秋波。很快蓝胡子就拜倒在两位莱斯布阿斯小姐的石榴裙下,曾经的誓言也被他抛诸脑后。他觉得她们两人都一样迷人,他什么都不在意,就寻思到底娶哪一位小姐好。几番思前想后,蓝胡子终于战胜了心中的胆怯,衣冠楚楚,神采奕奕地来到莫特·吉隆庄园,向莱斯布阿斯夫人表达了自己的要求,希望她能在两位女儿中为他选择一位为妻。莱斯布阿斯夫人亲切地回答说，她非常尊重他，同意他向看中的任何一位小姐求爱。

“要善于讨人喜欢，先生，”莱斯布阿斯夫人对他说，“我将第一个为您的成功而鼓掌。”

为了互相了解，蓝胡子邀请安妮、珍妮和她们的母亲、兄弟以及许多夫人和绅士到吉莱特城堡小住两周，他们每天无非是散步、打猎、钓鱼、跳舞、吃吃喝喝，玩乐消遣。

莱斯布阿斯夫人还带来一位名叫拉梅吕斯的骑士，他是个年轻的庄园主，负责把猎物赶出来。蓝胡子的猎犬和装备是他们那儿一流的，夫人们兴致勃勃地和绅士们一道追逐野鹿。但男女猎手们并不总是追赶野兽，而是成对地分散在树林里，然后再聚集，接着再散开。拉梅吕斯骑士总是故意和珍妮小姐成对迷路，晚上一起回到城堡，为自己的奇遇激动，为白天的经历兴奋。

经过几天的观察，善良的庄园主最终发现自己更喜欢妹妹珍妮，她比姐姐更水嫩，这当然不是说她不如姐姐老练。蓝胡子自然流露出了自己的偏爱，真诚的偏爱，因而也不必隐瞒，何况他还是个直肠子。蒙特拉古先生殷切地向那位年轻的小姐求婚，他没说多少话，光是盯着珍妮，转动着眼珠，从内心深处发出的叹息甚至能把橡树吹倒。他偶尔笑出声来，震得瓷器直抖，窗户乱颤。他是这群人中唯一一个没注意到拉梅吕斯骑士始终陪伴着莱斯布阿斯夫人的小女儿，或许他注意到了，但却没看出有什么端倪。蓝胡子跟女人打交道的经验毕竟有限，他对他们俩没有一点怀疑，对他爱的人，他是完全信赖的。我的祖母说过，秉性难移，生活经验一无是处。我认为她讲得有道理，我现在要说的真实故事也证明她是对的。

蓝胡子在那些日子里显得慷慨非常。夜幕降临，成千支火把把城堡前的草坪照得通明，餐桌上摆满了只有在乡间和树林里才能有的美味佳肴，穿着农牧神服装的男仆和山林女神服装的女仆在旁伺候，乐师们奏着一首首动人的曲子。撤席之前，小学的男女教师带领村里的孩子们来到宾客面前，向庄园主蒙特拉古和客人们致词祝贺。一个戴着尖帽的星相家凑到女士们身边，给她们看手相，占卜未来的爱情。蓝胡子允许所有的仆人开怀畅饮，还亲手把面包和肉分给贫穷的人家。

夜里十点钟，户外开始下露水，大家都回到被无数蜡烛照亮的房间里。桌子上摆着五花八门的赌具：各式纸牌、台球、滚球、轮盘赌的转盘、象棋、双六棋和骰子。无论哪种赌博，蓝胡子总是运气极背，每夜都要输掉一大笔钱，但莱斯布阿斯夫人一家却赌运亨通，所以他还能聊以自慰。妹妹珍妮总是把赌注押在拉梅吕斯骑士一边，他面前的金币堆成了小山。莱斯布阿斯夫人的两个儿子在赌局中也顺风顺水，赌注越大他们得到的好处也越多。人们一直赌到深夜，在这种高尚的娱乐中人们往往是不需要睡眠的。而且，正如蓝胡子故事最早的作者所说的那样："人们整夜都在互相捉弄。"此时此刻真是一天之中最甜蜜的时候。在阴影的笼罩下，互相爱慕的人装着开玩笑，一起躲入卧房深处。拉梅吕斯骑士有时装成魔鬼，有时装成幽灵或小妖精来吓唬睡着的人，但最后却总是溜进珍妮小姐的房间。莱斯布阿斯夫人的两个儿子在这些游戏中没有忘记善良的庄园主蒙特拉古，他们把让皮肤发痒的粉末撒在他的床上，在他房间里烧东西，熏得屋子里臭气熏天，甚至在他的房门上放了一罐子水，只要善良的庄园主一拉门，水就全泼在他的头上。人们都开心地耍弄他，但蓝胡子始终以他温和的天性忍受着这一切。

莱斯布阿斯夫人同意了蓝胡子的求婚，尽管她说一想到女儿要出嫁,她就悲痛欲绝。他们在莫特·吉隆庄园举行了盛大豪华的婚礼。美貌惊人的珍妮小姐穿着进口礼服,戴着许多头饰。姐姐安妮的绿天鹅绒裙子上镶着金边。她母亲穿的饰有珍珠和钻石的衣服是用卷曲的金线和黑色的雪尼尔线织成的。蒙特拉古先生的黑天鹅绒上衣别满了大钻石,他风度翩翩,一副天真、胆怯的表情,发着蓝光的下巴和宽阔的肩膀显得他尤为可爱。新娘的兄弟们当然也打扮得十分帅气,不过最迷人、最耀眼的,当属穿着缀满珍珠的玫瑰色天鹅绒礼服的拉梅吕斯骑士。

婚礼刚刚结束,那个把这些华美衣服和珍贵首饰租给新娘全家和情夫的犹太人就来了,他马上把东西全部收回,由驿站运往巴黎。

第四章

婚后的一个月中,蒙特拉古先生是世界上最幸福的人,他深爱他的妻子,视她为圣洁的天使,不过她根本就不是他想象的那样。可怜的蓝胡子错误地认为珍妮对自己很单纯,却万万没想到她极有心计,不但本人诡计多端,还依从她的母亲——整个法兰西王国中最奸猾的女流氓的操纵,对她言听计从。他的岳母带着大女儿安妮、两个儿子皮埃尔和科斯姆,以及拉梅吕斯骑士,一起在吉莱特城堡安营扎寨。骑士总是寸步不离蒙特拉古夫人身边,二人整日如胶似漆,这自然让那位善良的丈夫心生不快。他非常希望能常和妻子过二人世界,可是又不想伤害妻子和那位年轻绅士的情谊,因为妻子说骑士是她的奶兄弟。

查尔斯·贝洛特说,蓝胡子在结婚一个月之后就因为一件要事,不得不出行,开始一次为期六周的旅行,但他似乎不知道这次旅行因何而起。人们曾怀疑这是一个圈套，忌妒的丈夫往往用这种招数出其不意地让不贞的妻子现原形，其实根本不是这么回事：在夏托登战役中，蒙特拉古先生的表哥——乌达特，正在一面鼓上掷骰子，结果光荣地被一发炮弹射中，牺牲了。蒙特拉古先生这趟外出其实是到佩尔什去继承他表哥的遗产的。

出发前，蒙特拉古先生叮嘱妻子在他不在家的时候好好玩玩。"把您的女伴们请来，夫人，"他对妻子说，"和她们散散步，玩玩游戏，务必要热情招待她们。"

他把家中所有房间的钥匙都交给妻子保管，这表示在他出门期间，她就是吉莱特城堡独一无二的、至高无上的主人。

"这两把是家具储藏室的钥匙，"蓝胡子说，"这把是餐具柜的，那些金银家什平日里不怎么用；这把是开保险箱的，里面装着金子和白银；这是珠宝盒的，里面都是宝石；这把是万能钥匙，每个房间都能打开；这把小钥匙是底楼走廊那头的小房间的。你看一看吧！"

查尔斯·贝洛特声称，蒙特拉古先生还另外说了这么几句话：

"但是那个小房间，我不准您进去，坚决不允许。如果您打开了那个门，非但什么都得不到，还会让我非常生气。"

研究蓝胡子故事的专家在写这些话的时候搞错了，他们未加核对就听取了事后莱斯布阿斯夫人的一面之词，当时蒙特拉古先生根本不是这么说的。在他把小房间的钥匙，也就是我们前面多次提到过的受难公主陈列室的钥匙交到爱妻手上之时，他只是希望亲爱的珍妮不要去那个在他看来凶多吉少、家运不济的地方。确实，蒙特拉古先生的发妻——也是他最好的一位妻子，正是从那儿和她的熊一起逃走的；布朗什·德·吉博梅克斯和一些绅士也是在那儿让他备受欺骗和耻辱的;那里的斑岩石板染着他热爱的女罪人的鲜血。这些难道还不足以让蒙特拉古先生对那间小屋生出可怕的回忆和不祥的预感吗?难道还不足以让他觉得那里不吉利吗?

他对珍妮·德·莱斯布阿斯说的一番话表达了他的心神不安的情绪和单纯的愿望。在此我将原话一字不差地照录如下:

“夫人,我对您向来无丝毫隐瞒,而且我觉得不把家里的全部钥匙交给您就是不尊重您。这个家是属于您的。您本可以到那个小房间里去,和进入别的房间一样。不过,它已经让我遭够了罪,我总觉得那儿有点不吉利。您要是相信我,就记住我的话。为了让我安心,您保证不会到那里去。要是您有个什么三长两短,或者因为我遭了难,我会伤透心的。夫人,请您原谅我多虑,幸好这些顾虑没有什么凭据,全是出于我的一片担心,夫人,我太爱您了。”

说毕,善良的庄园主拥抱了他的妻子,坐着驿车出发前往佩尔什。

查尔斯·贝洛特说:“邻近的女友们,还没等人家来邀请,就跑到新娘家去,迫不及待地要目睹珍妮家的殷实富足了。她们很快就逛遍了大大小小的房间和藏衣室,发现一间比一间美观,一个比一个富丽。她们无不对朋友的一步升天大加赞赏,内心非常艳羡。”

但凡论述这一问题的历史学家都认同,蒙特拉古夫人无心欣赏那些财富的原因是急于打开那个小房间。完全正确,正如贝洛特所描述的那样:“被好奇心驱使的珍妮连对同伴们的礼貌都顾不得了,她丢开她们,沿着一个隐蔽的小楼梯跑下去,心急火燎得有几次险些摔断脖子。”事实确实如此,但是有一点谁都没有说过,珍妮之所以十万火急地往那个地方跑,只是因为拉梅吕斯骑士在那里等她。

自从珍妮在吉莱特城堡里安身之后,每天她都要到小房间里,去幽会那位年轻的绅士,更确切地说,她们一天幽会两次。蒙特拉古夫人对这种与新嫁娘的身份极不相称的男女交往从不避讳,也不厌倦,毫无疑问,她和骑士之间的关系不纯洁、不忠诚。如果蒙特拉古夫人只是损害她丈夫的名誉,无疑这些行为会遭人谴责,但即使最严肃的道学家也不难发现她情有可原。他们完全可以用时代风俗对年轻女郎的影响,城市和宫廷的"榜样作用",不良教育的必然后果,还有居心叵测的母亲的教唆——她赞同女儿的私情,这些理由来证明。贤哲向来都很严肃,懒得理会这种柔情蜜意的过失。珍妮的错误屡见不鲜,根本算不得什么大不了的问题,人非草木,孰能无情,谁都会觉得她做的事情有可原。可是败坏丈夫的名声并不能让她满足,她还要大胆妄为地谋财害命。

就在那间被称为受难公主陈列室的小房间里,蒙特拉古的夫人——珍妮和拉梅吕斯骑士密谋杀死了那位忠实体贴的丈夫。可是自此以后,每当她走进那个房间,就说自己看见屋里挂着六个被害的女人尸体,石板上凝结了斑斑血迹,她认出了她们就是蓝胡子的前六任妻子,也预感到了自己的命运。她所说的四肢残缺不全的尸体实际上是些壁画上的人物,应该把她的幻觉和莱迪·麦克白的幻觉对比一下。珍妮设想出这可怕的场面只是为了方便日后渲染,替谋杀亲夫的凶手开脱,给受害者抹黑。蒙特拉古先生注定必死无疑了,手头的几封信让我不得不怀疑莱斯布阿斯夫人也牵扯进了这场可耻的阴谋。至于她的大女儿,毋宁说她就是主犯。安妮小姐是全家最狠毒的人,她从不沉湎于肉欲,在放荡的一家人里还保持着贞洁，她拒绝享乐并不是因为欲望会令她堕落难堪，而是因为她生性狠毒，唯有残忍的行为才会让她感到快乐。她向两个兄弟——皮埃尔和科斯姆许下诺言，让他们配合珍妮的计划。

第五章

我们余下要做的就是根据真实的资料和确凿的证据，来描述这起罪恶。它堪称是流传至今最令人发指、最忘恩负义、最卑鄙无耻、最龌龊的一桩罪行了。只有1449年3月9日夜里发生的那宗谋杀案可以与其相提并论。那天，一个叫吉尧姆·德·福拉维的人，被他年轻瘦小的妻子布朗什·多伏勃勒克、私生子多尔邦达斯和剃头匠让·博吉庸三人杀害。他们用枕头把他闷昏，然后用大棒子将其打死，又像宰牛一样割开他的喉管放血。不过布朗什·多伏勃勒克证实她的丈夫早就企图把她淹死，而珍妮却背叛了一个深爱她的丈夫，把他交给了一群无恶不作的恶棍。我们将尽可能谨慎地呈现所有的事实。

蓝胡子的归期比预期的稍早一些。如果有人以为他这是出于小心眼和忌妒，企图当场捉奸捉双，那可就大错特错了。他高高兴兴、无忧无虑地回来了，想给她个惊喜。蓝胡子的温柔、善良、达观和平和，即便铁石心肠也会为之动容，但拉梅吕斯骑士和莱斯布阿斯这些恶棍却只从中看到了图财害命、霸占财产的契机，更何况现在他又继承了一笔新遗产。

年轻的妻子喜笑盈盈地迎接丈夫归来，顺从地让蓝胡子抱着进入卧室，对善良的丈夫百依百顺。第二天早晨，她把留给她保管的那串钥匙还给蓝胡子，但是却少了受难公主陈列室的那一把。蓝胡子细声细语地向妻子要那把钥匙，珍妮找了些借口搪塞，拖延了一段时间后，才把钥匙还给他。

看到钥匙，蓝胡子顿时意识到妻子一定去过小房间。因为他发现钥匙比自己交给妻子的时候更光亮、干净，而只有用过才会这样。

蓝胡子心里十分痛苦，苦笑着对年轻的妻子说："亲爱的，您到小房间里去过了，但愿我们都不要遭到什么不幸！我原本想保护您免受那个房间的影响，倘若您真会遭受什么不测，我就没法活了。原谅我吧，深爱的人都很迷信。"

蓝胡子的这番话当然不可能吓到珍妮，因为他的言谈举止流露出的只是爱意和忧郁。但是年轻的蒙特拉古夫人一听到这些话，却拼命地大叫："救命啊！救命啊！杀人啦！"这是他们约定的信号。一听到喊声，拉梅吕斯骑士和莱斯布阿斯夫人的两个儿子就会立马扑过去刺死蓝胡子。

但是被珍妮藏在衣柜中的骑士却独自跳了出来，蒙特拉古先生一看见他握着剑扑过来，马上起身防卫。珍妮被吓得魂飞魄散，仓皇地逃到走廊里，正撞见姐姐安妮。安妮并没有像人们传说的那样呆在钟楼上，因为当时城堡的钟楼早都按照红衣主教黎世留的命令推倒了。她的两个兄弟早已脸色惨白，摇摇晃晃、站立不住，谁不敢去冒这么大的危险，于是她极力怂恿鼓动他们。珍妮急忙哀求："快！快上！我的兄弟，快救救我的情人吧！"于是皮埃尔和科斯姆向蓝胡子冲了过去。他们看到他已经卸下了拉梅吕斯骑士的武装，并且用膝盖把骑士死死地压在身下，就卑鄙地拔剑从背后刺穿了蓝胡子的胸膛，在他咽气之后还乱捅了好一阵子。

蓝胡子没有任何继承人，他的遗孀自然而然地继承了他所有的财产。她把部分财产送给姐姐安妮作了嫁妆，用一部分为两个兄弟买了上尉的军衔，剩下的用来和拉梅吕斯骑士喜结连理。那位骑士一夜暴富后，也摇身一变成了一个受人尊敬的人。